# 田邊的悍姑娘

上

風文創 1107

碧上溪 著

# 目錄

# 序文

碧上溪

這是我人生的第一部長篇作品，也是寫作生涯的開端，對我來說有著別樣的情感和期待，很榮幸這部小說能與大家見面。

之所以寫這本書，很重要的原因是我對種田文的喜愛，寫一部關於種田的小說很早之前便在心中萌動。

偶然一次看了關於古代農業的紀錄片，使我深刻認識到古代種植業是多麼落後。農民靠天吃飯，阡陌之間辛勤勞作，用汗水澆灌著土地，倘若遇上戰亂或是天災，吃不飽飯的人比比皆是，甚至很多人被餓死。

古人種田不易，這裡固然有封建統治的原因，但糧食產量低是關鍵所在，如果古代水稻也能畝產千斤以上，百姓便可豐衣足食。

歷史無法改變，時空不能穿越，我無法將現代高產量的水稻種子送去古代，然而我卻能在文學作品中圓這個夢。

這個幼稚的想法如一粒種子在我腦海生根發芽，初衷是不再有人忍飢挨餓，於是便有了可以提高糧食產量的系統。

文中女主角沈瑜突破重重困境，利用系統把糧食產量提高到驚人的地步。她推進了一個落後朝代農業的進步，大大提高了百姓的生活品質。沈瑜以女子之身被封為一品侯爵，不但改變了家人的命運，同時也收穫了自己的愛情。

這個故事是一個美好的願望，把不可能變成可能，這便是我在寫作中得到的最大快樂。本書沒有宏大的世界觀，沒有國仇家恨，更沒有權謀的烽火連天，平平淡淡的種田生活，不具有任何現實意義，僅供讀者朋友閒暇之餘消遣時光。若能使君片刻歡愉，便是我最大的滿足。

由於作者水平有限，本書有許多缺點和不足之處，敬請廣大讀者批評指正。

最後，衷心感謝為本書出版付出努力的朋友們，謝謝！

# 第一章

天回山下，小河村。

沈家低矮的土房內，幾道光線透過門板縫隙照在地上，這是房間唯一的光線來源。後世的豬圈都比這房子好太多。牆壁扭曲傾斜，彷彿一場大雨就能讓它傾倒。

躺在危房床上的沈瑜，正在努力消化原主留下的部分記憶。

沈瑜末世身死，意外穿越到剛死了爹的小可憐沈魚身上。

沈家有三子，沈瑜的爹沈常青排行老大，生了三個女兒，老二沈常德和李氏有兩兒一女，老三沈常遠有一兒一女。

沒兒子又老實的沈常青不受待見。其妻劉氏性子軟，又因沒生出兒子，說話沒分量，腰板不直。

爹娘立不起來，三個孩子也跟著受罪。幹得多、吃得差。沈老太總是罵道：「吃啥吃，吃了也白吃，賠錢貨！」

沈老太尤其看不上沈瑜。

原因說起來可笑，十五歲的沈瑜雖然瘦小，但模樣著實好，比村裡任何一個女娃都長得俏，不像劉氏，更不像沈家人。

村裡有那好事的，背地裡傳沈瑜不是沈家的種，被沈老太無意中聽見，之後便對沈瑜非打即罵。劉氏怎麼解釋都沒用。

沈瑜重重的嘆了口氣，還不如讓她穿到無父無母的孤兒身上呢。被一大家子欺負要怎麼搞？

沈家，一個字窮，全家就沒有一個人穿的衣服是不帶補丁的。沈瑜身上的衣服更是破破爛爛的像個乞丐一樣。

不只沈家，小河村甚至整個大周土裡刨食的百姓都差不多。

慶幸的是「良種改造系統」還在。

只要有土地，任何糧食種子經過系統的改造升級後，不但產量翻倍，口感更是提高幾個檔次。

就沈家的現狀來看，自己如果沒有空間系統，沈瑜覺得一頭撞死，重新投個胎可能更好。

相比末世土地污染、動植物變異、糧食難種，這裡簡直是天堂般的存在，至少不用擔心人類哪天會滅絕。

所以沈瑜並沒有被突如其來的變故嚇到，反而對未來有了些許期待。

「死丫頭，大白天的睡懶覺，等著我伺候呢！」

沈瑜閉上眼睛本不想理會，奈何就是有人不肯放過她。

那扇搖搖欲墜的木門被大力的從外面拉開，融融的日光瞬間照亮了昏暗潮濕的屋子。

一個矮小黑瘦、尖酸刻薄的老婦人三步併兩步的走到床前，掀開沈瑜身上滿是補丁的被子，衝她吼著。

「還不起來？當自己是千金大小姐呢，我看妳就是躲懶，不想做活，誰慣的妳，今兒我就治治妳這懶病！」

說著用手揪住沈瑜的胸襟往床下拖。

沈瑜現在可不是從前那個任人欺負的小白菜。她雙手抓住沈老太的手腕，猛地一擰再用力一推，沈老太後退幾步摔倒在門口。

沈瑜的舉動把跟著沈老太進屋的母親劉氏和沈草、沈杏兩姊妹驚得目瞪口呆。

也包括沈老太，死丫頭竟然敢打她？待她反應過來後破口大罵。「小畜生，敢對我動手，看我不打死妳這個賤蹄子！」

沈老太掙扎著從地上站起來，拿起門口的燒火棍就往已經站在地上的沈瑜頭上砸。

沈瑜一閃身，伸手抓住木棍，沈老太拽沒拽動，沈瑜一鬆手，沈老太「唉唷」一聲坐了個屁墩兒。

不等沈老太張口罵，沈瑜快步上前，一手緊緊卡住沈老太的脖子。

劉氏母女就是沈老太的出氣筒。她們甚至沒時間為死去的丈夫和父親悲傷，就得投入到沒完沒了的活計當中。

原主早上撞了頭昏死過去，這老婆子不但不給請大夫，還咒罵不停，把這孤兒寡母的一家四口罵得狗血淋頭。

就像剛死的不是她親兒子，這三個姑娘不是她孫女似的，這樣的毒婦就該放到喪屍堆裡，讓她一口一口被生吞方才解恨。

沈老太臉憋得青紫，兩手去扳沈瑜的手指。奈何沈瑜力氣大，她只能在地上掙扎。

沈老太對上沈瑜駭人的目光，平生第一次有了害怕的感覺。

劉氏終於從突發的變故中回過神，上前拉住沈瑜。

「二丫！快鬆手，那是妳奶。」

見沈老太被憋得直翻白眼，沈瑜鬆開了手，要死也不能現在死，她可不想重活一次還沒開始就背上弒親的罪名。

沈老太像剛出水的魚般大口喘著粗氣，待緩過那口氣，瘋了一般往外奔，邊跑邊喊道：「殺人啦，老頭子兒子快來救我，死丫頭要掐死我啊……」

劉氏被嚇得手足無措，焦急地走來走去。

「妳這孩子，怎麼能跟妳奶動手，這可怎麼辦哪？」二丫闖了這麼大禍，沈老太豈能放過她。

「二丫，妳出去躲躲。」

大姊沈草當機立斷拉著沈瑜往外走，想讓妹妹躲出去。

「對，二姊妳快走。等奶消了氣妳再回來，要不她會打死妳的。」小妹沈杏又怕又急，想哭又不敢哭的樣子。

看她們為她著急的樣子，沈瑜心頭一酸。她雖對這三人沒感情，但畢竟占了原主的身體，不能一走了之，否則受之有愧。

沈瑜看她們眼裡盡是恐懼，便輕聲安慰。

「都別怕，有我呢！」

經歷過一世的沈瑜清醒地知道，人善被人欺，她沈瑜寧可死也不會讓人踩在腳下碾磨。

沈瑜撿起地上的燒火棍率先走出房間。外面春日暖陽，可比陰暗潮濕的土房子裡舒服多了。

此時沈瑜也沒時間和心情來享受午後陽光的溫暖。

兩個男人氣勢洶洶的直奔沈瑜而來，抬胳膊就要搧過來。

沈瑜冷笑，不問青紅皂白上來就要揍姪女，這是親叔叔？

沈瑜掄起棍子就是一頓打，末世活下來的人怎能沒點本事。她知道打哪兒疼，院子裡頓時響起殺豬般的嚎叫。

揮了幾下棍子，沈瑜已經氣喘吁吁，原主剛撞破了頭，此時能站直沒趴下已經很不錯了。

沈常德的媳婦李氏驚叫起來。「唉唷，小小年紀這般對長輩，該好好收拾一頓！」

沈瑜眼神不善地看向李氏。「二嬸要收拾誰？」

沈家兩兄弟被打得措手不及，著實挨了幾下，再看沈瑜也沒多大能耐，忍著疼就要再次上前。

沈瑜憋著勁準備開始第二輪的揮棒。

恰好老爺子剛從外面回來。沈富貴一臉嚴肅地站在上房門口，老妻的話他是不信的，二丫平時連話都不敢說，怎麼敢掐她？但他總得問問，這家裡不能沒個規矩。

剛才沈家兩兄弟殺豬般的叫聲引來了不少看熱鬧的人，圍著沈家低矮的院牆竊竊私語。

沈瑜看見沈富貴，心裡一琢磨，把棍子往沈常德和沈常遠兩人腳下一扔，哭喊著跑到沈富貴面前跪下，雙手抱住沈富貴的小腿，邊哭邊說。

「爺爺救命，奶奶想打死我，說我光吃飯不幹活。您看看那麼粗的棍子差點打到我頭上。」說著沈瑜指地上的棍子給沈富貴看。

沈老太在旁邊氣個倒仰，眼神露出凶光。「小畜生倒打一耙，我看妳是活膩了……」說罷揚起手臂就要打。

沈常遠兩兄弟也要上前，讓沈富貴給喝住。「行了，也不怕人笑話。」

沈富貴問：「到底是怎麼回事？老大家的妳說。」

劉氏低著頭帶著謙卑。「二丫剛醒過來還沒來得及喝一口水，她奶就拉她下地，還用木棍打孩子的腦袋，那麼粗的棍子啊……」還沒說完劉氏就跌坐在地上哭。

「爺，二丫頭上還淌著血呢，這要砸上一棍子……」沈草及時補充。

「爺，我娘說的是真的，是奶要打死我姊。」沈杏說完哇哇大哭，邊哭邊打嗝。

沈瑜聽三人的話，心想還不是蠢得無可救藥。若這三人關鍵時刻不能為她挺身而出，她也就沒有留下的必要了。

沈老太氣得渾身發抖，她何時受過這等憋屈。一時間沈家大院裡哭聲、罵聲混成一團，圍觀的人越來越多。

「爺，我爹剛來找我了！」沈瑜的一句話驚得院子裡像按了暫停鍵一樣，看熱鬧的人也抽了一口涼氣。

一時間所有人的目光都集中在沈富貴身後的沈瑜身上。沈瑜心想要的就是這效果。古人最信鬼神，他們這叫做了虧心事，怕半夜鬼敲門。

「爺，我爹說不讓我跟他去，說如果我跟他走了就回不來了。我爹讓我回來照顧我娘我姊還有我妹，不讓人欺負她們。」

「別瞎說，妳爹已經……」沈富貴呵斥道。

「我沒瞎說，是真的，我爹說了，他死得冤，誰敢欺負我們，他半夜就來找他……」沈瑜雙眼直視沈富貴，沒有半點怯懦的意思。

沈富貴心裡打怵，畢竟兒子新死，他閨女就撞破了頭，在加上二丫這孩子平時老實聽話，不像說謊的樣子。

「爺，死得冤是啥意思？我問爹，但他不說，他讓我回來問我奶。」

沈瑜把臉轉向沈老太。「奶，我爹說他死得冤妳知道，妳怎麼知道？」

沈老太一哆嗦。「別瞎說，我、我怎麼會知道？」

沈老太是不想說，但架不住看熱鬧的不嫌事大。

「哎，我聽說沈常青是為了給他娘抓野雞才不小心從山崖上摔下去的。」

「是嗎？唉唷，要這麼說，可不就是挺冤的嘛！為了一隻沒影兒的野雞丟了命啊！」

「可不是嘛，留下這孤兒寡母的可不是得受人欺負。看二丫頭上還流著血呢。」

大家七嘴八舌就把事情經過還原了個大概。

「奶，是真的嗎？妳讓我爹去抓野雞？」沈瑜悲傷地看向沈老太。「我爹是為妳死的？奶？」

沈老太目光躲閃。「放屁，誰讓他去的，是他自己願意去的，跟我沒關係。」

沈瑜擦了擦眼淚往劉氏那邊走，身體一個趔趄差點摔倒。沈瑜在心裡嘆氣，她身體沒恢復，武力值發揮不出來。

正面幹怕吃虧，否則也不用哭哭啼啼裝可憐。

這一家子就是欠收拾，多揍幾頓就老實了。

沈瑜踉蹌著走到劉氏和兩個姊妹身前。「奶，我知道您不待見我們一家，可我爹也是您兒子，如今我爹墳頭都沒長草呢，您就用那麼粗的棍子打我腦袋，您怎麼忍心？」

一時間院子裡沒了聲音，沈瑜心想還差點火候。

妹妹，只能對不起妳了。

在其他人看不到的地方，沈瑜把手伸向沈杏，在小丫頭腰間使勁掐了一把，原本抽抽噎噎的沈杏已經不哭了，突如其來的痛讓她「哇」的一聲大哭出來。

邊哭還邊用可憐又費解的眼神看她姊，那意思分明在說：掐我幹啥呀？

看著孩子哇哇大哭，劉氏也跟著哭，沈草也默默流淚。

這場面活脫脫就是孤兒寡母被沈家全家欺負的現場。

「這沈家可真是的，我還琢磨把娘家姪女介紹給沈金寶呢，看來得考慮考慮。」

沈老太氣得咬牙切齒，看沈瑜的眼神像是淬了毒。

但她又不敢發作，害死兒子、逼死孫女的罪名她可不敢擔，大孫子要是再因為她耽擱婚事，老頭子非休了她不可。

沈家兩兄弟捂著被打疼的地方又氣又恨，這死丫頭今天中了什麼邪，以前打一巴掌屁都不敢放一個，今天怎麼變得伶牙俐齒了？

他們想說話但又怕被殃及，若是落下一個欺負寡嫂、姪女的壞名，誰家姑娘還敢進沈家的門？

他們可都是有兒子的人，只好忍著站在一旁不說話。

沈富貴鬍子一抽一抽的，他沒想到自家教訓個丫頭會發展到壞名聲的地步，剛想發火。

不料沈瑜兩眼一翻，栽倒在地。

這可不是沈瑜裝的，頭上的大口子還在淌血，身體本就虛，剛剛對陣沈老太母子已經耗盡了所有的力氣，她是強撐到現在。

劉氏和兩個孩子嚇得驚叫。「二丫！」

沈富貴張了張嘴，最後憋出一句。「好了，老大家的帶孩子回屋去。也不怕人笑話。」說完自己先回屋了。

沈常德和沈常遠也趕緊溜回了屋。

沒熱鬧看，圍觀的人群自然也就散了。

沈草和劉氏把沈瑜攙到床上躺下。

劉氏勸道：「二丫啊，這次得了教訓，以後可不要跟妳爺奶他們頂嘴，那是不孝。」

「姊，好厲害，這次奶沒打妳，也沒罵咱娘。」沈杏一雙葡萄似的眼睛閃亮，一臉崇拜地看著沈瑜。

沈瑜嘆氣，這一家子受氣包，把非打即罵的日子過成了習慣。

唯有沈草眼裡滿是擔憂。「奶那人咱都知道，她不會就這麼算了，往後……」

沈草是怕沈老太秋後算帳。

沈瑜安慰道：「不怕，有我在，以後我不會讓妳們再被人欺負。」

「二丫，妳真的見著爹了？」沈草好奇地問。

沈瑜心想怎麼可能，嘴上卻說：「嗯，爹讓我好好照顧妳們。」
「爹！」沈杏低著頭默默地叫了一聲，娘兒幾個又默默地流眼淚。
此時沈瑜也顧不上她們了，兩眼一閉就睡過去，這一覺睡了一天一夜，直到劉氏把她喊醒。
「二丫，起來吃粥。」劉氏端著一個破了幾個豁口的大碗小心翼翼地走進房間。屁股後頭跟著小沈杏。「姊，快點起來，娘給妳加了一個雞蛋，是爺讓的！」小丫頭還舔舔乾巴巴的嘴唇，彷彿她口中說的那個雞蛋是什麼山珍海味。
粥是沒幾粒米的粟米粥，粟米是後世備受推崇的養生佳品小米，在這裡卻是百姓的日常主食。
水稻沈家也種，但產量低，都賣掉換錢了，一年四季都吃粟米，偶爾也吃豆子、高粱米。白麵也只有過年的時候才捨得買點。
「姊！雞蛋可好吃了。」
沈杏眼巴巴的看著她姊和碗裡的雞蛋。
「賠錢貨怎麼不死了呢，浪費老娘一個雞蛋。」外面沈老太氣得叫罵。
沈瑜也不理會，把碗推給沈杏。「星星，雞蛋給妳吃，姊不愛吃。」
沈杏懂事地搖搖頭。
「二姊吃，我不要。姊妳傻掉了，我叫杏，不是星星。」

「沈杏不好聽，姊給妳改個名兒叫沈星，以後就叫妳星星，像天上的星星一樣亮晶晶！」

二房、三房孩子的名字不是金就是玉再不就是寶，只有她姊兒仨一個草、一個魚、一個杏。

「好聽！大姊、娘，以後叫我星星啦！」小丫頭高興地晃著小腦袋。然後跑出去，不肯吃那個雞蛋。

經過昨天那麼一鬧，沈老太安靜了不少，沈瑜睡到日上三竿也沒聽見沈老太的叫罵。應該是沈富貴交代過了，落人口舌總不是什麼好事。

這天夜裡，沈瑜迷迷糊糊的出了門，喝小米粥的壞處就是夜裡總起夜。

這時沈老太也急匆匆從上房出來，夜裡黑漆漆的，沈老太也沒注意牆根那兒站著個人，擦著沈瑜走過，去了茅房。

沈瑜眼珠子一轉，頓時來了精神。

沈老太正在解決生理大事，冷不防地似乎聽見有人喊她，嚇了一跳。一開始以為是老二或老三，她問了幾聲沒人應。

沈老太心裡有些發毛，蹲著的腿開始打顫。

「娘……」又一聲低沈嘶啞的聲音響起，在寂靜的夜裡格外清晰。

想起白日裡沈瑜說關於沈常青的話，沈老太「嗷」一嗓子，褲子都顧不上提，連跑帶爬地滾回上屋，關緊房門。

沈老太慌慌張張地把沈老爺子推醒。

「老頭子，老大、老大回來了……」

沈老太把剛才聽見沈常青喊她娘的事講了一遍。

沈富貴被老妻弄醒，很是不耐煩，他斥責沈老太。「瞎說什麼，肯定是妳聽錯了，是老貓叫。」

沈老太急了，她怎麼可能連人和貓都分不清。「不是，我聽得真真的，就是老大……」

「睡覺！」沈富貴轉了個身繼續睡。

躺在床上的沈老太越想越害怕，越想越覺得那是她大兒子的聲音。

突然，屋內響起兩下輕微的敲門聲，沈富貴猛地坐起來，兩人屏住呼吸側著耳朵聽，哪裡還有什麼聲響。

嚇不死妳！幹了壞事的沈瑜心情舒爽地回屋美美的睡到天亮。

這一宿沈老太睡得特別不踏實，剛睡著就被一聲若有似無的「娘」給驚醒。以至於連早飯都沒起來吃。

午後，劉氏在院子裡做活，沈草抱著沈富貴和沈老太的衣服要去河邊洗。

躺了兩天沈瑜身體恢復得差不多了，頭不暈，身子也有勁了。

沈瑜想出去活動筋骨，帶著沈星跟沈草一起出去。走時，她把廚房的火石偷偷帶上。

沈老太剛從雞窩出來，手裡還攥著兩顆雞蛋，見沈瑜出來，張了張嘴，最終沒有說什麼，狠狠瞪了沈瑜一眼回了屋。

由於走得太快，被門檻絆了一跤，差點跪在地上，沈老太在屋裡又是一陣罵咧。

沈瑜嗤笑一聲，連一個眼神都沒給她，敢再招惹她那就再修理。她一個從死人堆裡摸爬滾打出來的人會怕一個愚蠢無知的鄉下潑婦？

村外不遠有一條小河是錦水河的分支，村裡洗衣、做飯都用這條河的水。

沈瑜看沈草瘦弱的小身板要洗那麼多衣服，說是給兩位老人洗，但裡面分明有沈常德和沈常遠的衣服。

沈瑜心有不忍上去幫忙，被沈草攔住。「妳和星星去玩吧，我一個人就行。」

沈星拉著她姊的手。「走，我帶妳去摘果子。」沈瑜也不太想碰那一家子的東西，拉著妹妹的手往山上去。

「妳倆就在山邊玩，不要去天回深山裡，很危險。」沈草蹲在河邊朝走遠的兩人喊。

「知道啦！」

天回山之所以叫天回山，據說因為山太高，從遠處看就像是山峰頂到天打個折又彎回來，向遠處綿延幾十里。

兩人走到一座小山包上，沈星找了棵野果子樹，摘野果是她為數不多最快樂的事。

沈瑜站在高處向遠處眺望，天藍地闊，山高林密，初春的季節，大地披上一層新綠，充滿著生機。

沈瑜用力呼吸——

多麼美好的世界啊！

遠處天回山脈一側是一馬平川的平原，一眼望不到邊的那種，平原上依稀可見去歲留下的枯草。

沈瑜心裡一動，問踮起腳尖專心摘果子的沈星。「星星，那邊的平地有人種嗎？」

沈星回過頭看她姊指的方向。「錦水川？沒人種啊，那邊都是野地。種起來費勁，咱村的地都種不過來呢。」

這年代人口還是少啊，再加上落後，都是用人力種田，可不費勁嘛，地多了也種不過來。

沈瑜依稀記得官府曾發過通告，鼓勵百姓開墾農田，新開墾的田地免徵三年稅。只要有種子，大片的土地對她沈瑜來說就是吃不完的糧食和數不盡的銀子。

沈瑜用食指輕輕摩挲下巴。

在這裡，或許她可以大有作為啊！

沈星摘了一把野果遞到她姊面前，沈瑜仔細看就是野山楂，又小又酸澀，籽大皮肉就一層，去了籽也沒啥了。

若經過「良種改造系統」改造一番，定是又紅又大、酸甜可口。

儘管不好吃，沈星卻吃得開心。

沈瑜伸手掐掐星星的小臉蛋，小姑娘才六歲臉上卻沒有多少肉，完全沒有這個年紀該有的嬰兒肥。

「別吃這個了，姊給妳找好吃的。」沈瑜領著沈星往山裡走。

中午那碗粥消化得差不多了，晚飯也必定是粥，還不讓喝飽。撈飯好幾天才吃上一回。所謂撈飯就是把小米用鍋煮到半熟，撈出來再用水蒸。撈飯水分大，量看上去多，這裡的人基本上都這麼做。

撈飯也不常做，只有農活重的時候，才會做上幾次。

沈家人都已經習慣頓頓喝粥，但沈瑜餓得渾身難受，總感覺要往外冒出酸水，為了吃飽不得不自力更生。

安全起見，沈瑜先把沈星放到一個離地面三尺高的樹杈上，讓娃兒抱著樹幹邊吃邊等她回來。

沈瑜一個人往樹林茂密的地方走，這種地方，野雞、野兔必定少不了，沈瑜想看看能不能弄到一隻。

不負所望，一隻遛達的野雞被拚了命跟牠賽跑的沈瑜追得顧頭不顧尾地扎進草堆。沈瑜喘著粗氣提起野雞，擰斷脖子。這凶殘程度也是沒誰了。

沈星看見她姊提著野雞回來，眼裡盡是不可置信，口水流出來了她自己都不知道。

「饞了？」沈瑜給她擦擦口水笑著問。

沈星小臉一紅。「才不是，是酸的。姊，妳抓的啊？好厲害！」

沈星覺得二姊從昨天醒來好像有點不一樣了，不但能讓奶奶不打她，還會抓野雞。

沈瑜用火石生了火，把野雞毛都燒了燒，再用樹葉裹起來埋進火堆做簡易版的叫花雞。

沈星盯著火堆都不帶錯眼的，邊看邊吸口水。

沈瑜看得心酸。「星星，將來姊天天讓妳吃肉。」

沈星眼睛跟小電燈泡似的「啪」一亮。「真的？」隨即又黯淡了下去，小屁孩老成地嘆了口氣。「奶不讓。」

沈瑜沒說什麼，關於沈家怎麼搞她得再想想。只是她想慢慢來，有人卻趕著作死。

雞肉沒鹽沒調料，兩人也吃得噴香。「要不要給大姊和娘留一點啊？」沈星吃了一隻大雞腿就飽了，但眼睛始終沒離開過雞。

沈瑜也想給劉氏偷偷帶回去一點，但以沈老太的道行，估計一進院子就能聞到味兒，她可不想剛消停兩天再起爭端。

「給咱姊帶點。娘，暫時就不給了。」

沈瑜把利害關係跟沈星說了一遍。

小丫頭兩手握著小拳頭保證。「我知道，絕對不會說出去，那以後我們偷偷帶著娘出來，姊到時候妳再抓野雞！」

沈瑜逗她。「妳怎麼確定我還能抓到啊，這野雞賊得很，可不好抓喔。」

「我就是知道，姊妳變厲害了。」小星星格外的通透呢。

等沈草也吃完了，三人提著兩大桶衣服回家。

沈瑜自覺身上已經聞不出味兒了，奈何沈老太的鼻子比狗還靈。

三人進院，沈老太就從主屋走出來，就像專門等著三姊妹回來似的，但可沒迎接的意思。

「死丫頭，洗個衣服慢騰騰，就是出去躲懶。」

沈瑜可不慣著她，高聲說：「奶，給您和爺洗的衣服裡怎麼還有二叔三叔的啊，咱家的規定不是各洗各房嗎？我們孝順您是應該的，怎地兩位叔叔還要姪女洗衣服？這話說出去可不好聽啊。」

沈老太怎麼可能承認？

「死丫頭別胡咧咧，哪有他們的，都是我和妳爺的，不愛洗就直說，別胡說八道。」

沈瑜又轉向在院子裡的李氏和張氏。「二嬸、三嬸，我姊天天幫妳們洗衣服，妳們不臉紅嗎？」

李氏撇嘴。「喲，我可沒讓她洗。」

「嗯？什麼味兒？妳們吃肉了？」沈老太路過沈星的時候突然問。

沈星被嚇得一愣，轉身要走，被沈老太一把抓住，然後沈老太彎腰低頭在沈星身上聞來聞去。

沈瑜扶額，真是一點長輩的樣子都沒有。還有，這是狗鼻子嗎？一丁點肉味兒都能聞出來。

沈瑜上前把沈星從沈老太手裡解救出來。

「奶，您要實在想吃肉，就把咱家的雞殺一隻，您可別總想著抓野雞了，我爹都死了，我不想連妹妹都沒了。」

沈老太一聽沈瑜又拿沈常青說事，頓時炸了。「賤蹄子妳還沒完？是妳爹命不好，跟我有什麼關係……」

「夠了，跟孩子計較個什麼勁兒？」沈富貴及時出來阻止。

沈老太不依不饒。「老頭子，這幾個死丫頭背著咱們吃肉，該好好教訓一頓。」

沈富貴看看沈瑜，沈瑜迎著沈富貴的目光，毫無懼意。

沈富貴道：「淨瞎說，她們幾個丫頭上哪兒去吃肉？趕緊回屋，丟人現眼。」

沈老太悻悻地走了，邊走邊罵劉氏。「老大家的都啥時候了，還不快去做飯，等著我伺候呢。」

沈瑜也懶得理她，只是安靜了沒幾天，沈老太又搞出了一件大事情。

院內，沈老太雙手插腰，口沫橫飛的叫罵。

「這個家我還作不得主了？我費勁巴力求人給妳閨女介紹婚事，反倒是我的不是了。老大家的，妳良心讓狗吃了……」

劉氏表情有些痛苦。「娘，您這不是把二丫往火坑裡推嗎？楊老二那歲數都能做二丫的爹了，二丫才十五歲啊，怎麼能嫁給他？」

「怎地就不能嫁了？楊老二家房子新修的，人口簡單，二丫過去就當家作主。就這麼定了。」說完，沈老太氣哼哼的回了屋。

此時的二丫沈瑜正和小星星在山裡烤鳥蛋呢，她哪裡知道自己被她奶以二兩銀子賣給了村裡的老鰥夫。

自從發現跟著二姊進山總有好吃的，沈星就跟發現了新世界的大門一樣，仗著最近沈老太不太罵人，沈瑜養傷不用做活，總拽著沈瑜往山裡鑽。

等她們回到家，就見母親劉氏和沈草坐在屋裡抹眼淚。沈瑜納悶，這是又挨罵了？知道原委後，沈瑜冷笑。「沒事，妳們不用管，我有辦法。」

「妳能有啥辦法？草兒的婚事就是妳奶作的主，我是一萬個不樂意，但是娘也是沒辦法。如今，妳這、這還不如草兒呢。」

劉氏就跟水做的似的，有事就知道哭。自己不硬氣，指望誰幫？可是對劉氏，沈瑜也沒辦法，誰讓她得叫人一聲娘呢。

沈草早就訂了婚，是二嬸的娘家姪子，人家也不怎麼樣，據說比沈家還窮，那得窮成啥樣？

「姊，放心吧，妳不想嫁就不嫁。」沈瑜對沈草說。

沈草欲言又止。妳都自身難保了，怎麼還安慰我呢？

沈瑜跟沒事人一樣，飯照常吃，飯桌上沈老太陰著臉，李氏、劉氏時不時的瞄沈瑜，沈瑜全當沒看見。

沈瑜喝了一碗小米粥下了桌，這日常主食是粥的日子，可真夠糟心的。

沈瑜出了上屋，扛上家裡劈柴的斧頭，慢悠悠地往村後頭走。

楊老二以前有過一個媳婦，過門後楊老二非打即罵，沒多久就跳河死了，三、四十歲了一直說不上媳婦。

她就說沈老太憋著壞呢，原來是想找個人搓磨她。哼！那也要她有那個本事才行。

沈瑜舉起斧頭把楊老二家新做的木頭大門劈成兩半，然後是房屋門。

楊老二正坐在床上蹺二郎腿，被這幾聲嚇得差點栽下床，正要發火，一看是沈瑜，臉上頓時換了臉色。

趿拉著鞋，一臉猥瑣地朝沈瑜走過來。「媳婦妳怎麼來了？」

「媳婦？」

沈瑜舉起斧頭，對著楊老二就要砍下去。

楊老二「媽呀」一聲，轉身就跑，沈瑜也不追他，在屋裡一陣亂砍。等停下來，楊老二的屋裡已經沒有完整的東西了。

沈瑜看著自己的傑作很是滿意，拍了拍掌，提著斧頭往回走。

見沈瑜出來，再看看她手裡的斧頭，楊老二「嗷」一聲又從院裡跑到院外。隔著院牆喊：「沈瑜！我是妳相公，妳敢動手？」

「你是誰相公？」沈瑜語氣冷如霜，楊老二猶如吞了冰碴子冷得發顫。

「楊老二，你可要想好了，我前幾天磕了頭，腦袋就不大好使，總是控制不住我自己，總想砍點啥。你還娶嗎？」

說著沈瑜已經走到了院外，手一甩，斧頭剛好釘在楊老二腳邊。

楊老二嚇得一屁股坐在地上，兩腿間一股腥臭流出。

沈瑜不禁罵道：「慫貨！」

「不娶，不娶，我不娶了，是妳奶找到我，讓我出二兩銀子就能把妳娶回家，我才答應的。」

楊老二怕了，這丫頭瘋了，這樣的媳婦誰敢娶啊！

沈瑜走到楊老二跟前，拔起斧頭。「不娶最好，你還能多活幾年。」

楊老二對上沈瑜的眼睛又是一哆嗦，雖然怕但還是忍不住為自己爭取。「那二兩銀子，妳得退給我。」

「誰收了你的銀子就找誰要去，你跟我要？要得到嗎？」

沈瑜扛著斧頭越過層層包圍看熱鬧的人群，施施然回家了。

前後不過一盞茶的功夫，「沈瑜瘋了，見人就砍」的話傳遍了整個小河村。

沈瑜扛著斧頭進了院，把院子裡的沈老太嚇了一跳，她總有種不好的預感。

果然，沒一會兒，楊老二找上門來要錢。

沈老太肺管子都要氣炸了，這次她堅決不放過沈瑜。再次把兩個兒子都叫出來給自己撐腰。

沈瑜的斧頭還在手裡拎著呢，就等著他們發難時用。沈常德、沈常遠兩兄弟看眼神不善、拎著斧頭從屋子裡走出來的沈瑜，本想說的話都憋了回去。

自古軟的怕硬的，硬的怕不要命的，人的本性使然，所以即便沈瑜是沒有他倆肩膀高、又瘦又小的乾豆芽，但這根豆芽手裡有能奪人命的斧頭，還是一副絕不手軟，誰來砍誰的架勢，他們也怕。

「二叔、三叔找我有事？」

沈常德臉色不太自然。「妳奶找妳！」

沈老太狠狠地瞪了兩兒子一眼，沒用的東西。

「妳把楊老二家砸了？」沈老太破天荒用了比較溫和的語氣問沈瑜。

「嗯，砸了。」沈瑜淡定回答。

「死丫頭，好好的妳砸人家幹啥？人家管妳要錢來了。五兩銀子，妳看著辦吧！」

「管我要？」

沈瑜衝著在院門口躊躇不敢進來的楊老二問：「楊老二你說找誰要錢？你再給我說一遍。」

「找、找沈老太。」楊老二嚷嚷要沈老太還錢，他看都不敢看沈瑜。

「奶，妳聽清楚了？人家是找妳要錢，跟我可沒關係。」

沈老太再也憋不住了。「老三你就看著這死丫頭欺負妳娘？還不給我打死這賤蹄子！」

沈常遠雖然很不想出手，但娘的話他又不好不聽，於是硬著頭皮上。「二丫，妳砸壞了人家的東西就得賠，別抵賴。」

沈瑜對著沈常遠胸口就是一腳，沈常遠如一塊爛木頭般從矮牆滑到地上，捂著胸口噴出一口鮮血。

所有人都目瞪口呆，楊老二「嗷」一聲，頭也不回地跑了。

「妳妳……」沈老太用手指著沈瑜，沈瑜迎著她的手指一點點靠近，逼得沈老太步步後退。

「奶，妳說咱家房子值不值五兩銀子？」說完沈瑜徑直走向灶間，用火石把堆在灶頭的乾柴點著了。

沈瑜走出灶間，身後滾滾濃煙也跟著飄出來。

沈家一大家子都瘋了一般往灶間跑，火總算沒燒起來。

等出來後一個個灰頭土臉，一身的黑灰，包括劉氏，她也被沈瑜的舉動嚇得夠嗆，這還是她那個聽話老實的女兒嗎？

大家都站在院子裡看著沈瑜，不知道該怎麼辦，牆角那裡還坐著個吐血的沈常遠。沈老太想罵不敢罵，生怕再刺激沈瑜，她再幹出驚天動地的事來。

# 第二章

很快的，沈富貴終於從屋裡出來了。

沈家這麼一鬧，全村人差不多都到齊了，沈富貴在裡面早聽到了，卻都不出來。現在出來，是知道她打了人、燒了廚房。沈瑜冷笑，端著大家長的架子，卻不幹一件正事。

沈富貴很不喜，忍不住大罵。「翻了天了，二丫頭妳想怎麼樣？這些日子還沒做夠？」

「爺，您說這話不虧心嗎？我爹屍骨未寒，你們二兩銀子就把我賣了？您夜裡還能睡好嗎？夜裡我爹沒找你聊聊？」

「放肆！有妳這麼跟長輩說話的嗎？」沈富貴也是被氣著了，看架勢也要上來打沈瑜，被沈常德拉住了。

沈常德拉著他爹的胳膊，小聲說：「爹啊，這丫頭瘋了，你看三弟都被她打得吐血，咱家的房子也差點被燒了啊。」

「畜生，不敬長輩，還動手打人，老三去報官，告她不孝，讓她去坐牢。」

「對，抓她去坐牢。」沈老太突然像是有了主心骨，又活泛起來。

劉氏一聽，嚇得撲通一聲跪在沈富貴和沈老太面前。「爹，娘，不能報官啊，報官二丫就完了。」

沈富貴正是有氣沒地方撒呢，解下腰帶就要往劉氏身上抽。

沈瑜的火噌噌往上竄，恨不得一巴掌拍死這個老不羞。

她把手裡的斧頭往前一扔，斧頭尖兒貼著沈富貴腳邊插進地裡。只要再偏一點，沈富貴的腳趾頭就沒了。

饒是沈富貴想硬氣，也只能呼呼喘氣，光瞪眼不說話。

這是沈瑜穿越過來後第一次真的想殺人。

公爹打兒媳，聞所未聞、見所未見。

沈富貴又驚又怕，用顫抖的手指向沈瑜。「妳、妳敢，我是妳爺！」

沈瑜眼裡閃過戾氣。「要不是因為是我爺，現在你就是一個死人了。」

「死丫頭反了反了，妳爺妳也要殺！一定要報官！」沈老太躲在沈富貴身後叫嚷，看沈瑜像是看仇人，只是這語氣怎麼聽怎麼沒有底氣。

「好啊，報官就報官，正好我爹的冤沒處伸，你們沈家欺負孤兒寡母，賣親孫女的債也該有個說法。」

真要經了官，誰輸誰贏還不一定呢。

這地方百姓都窮得叮噹響，吃飽飯都難，孝道、禮節等都不甚嚴格，官差也懶得管尋常百姓家中雞毛蒜皮的小事。

再說任何年代無權無勢的百姓最不願意跟官府打交道，真要去縣城見官，沈富貴還真不一定敢。

其實沈富貴哪敢報官？地地道道的泥腿子最怕的就是與官差打交道，見著都躲著走，他就是想嚇唬嚇唬沈瑜。

但他們不知道沈瑜已經不是之前那個膽小怕事的沈瑜了。

再說，她雖然動手打人，但都沒有傷到要害，官府也不能把她怎麼樣。他們沈家做的事情本身也見不得光，因為大周律法有一條規定就是：無罪清白者不得買賣。所以沈瑜才有底氣說報官。

沈瑜走過去攙起還跪在地上不知所措的劉氏。「娘，起來！」

母女倆轉身的功夫，沈富貴猛地拿起地上的斧頭，像是突然有了底氣和力量。「你們都一起上，把這個小畜生給我抓住，沈塘！」

沈富貴一聲令下，沈常遠站起來狠狠地往地上吐了口血唾沫，沈常德也走上來。

沈瑜把劉氏往沈草那邊輕輕一推，心想這些人怎麼就不長記性呢，挨揍還不夠？

接著轉身朝沈常德的肚子就是一拳，再飛出一腳把沈常遠踹向沈富貴，巨大的衝擊力把沈富貴和沈老太雙雙砸倒在地，沈富貴手裡的斧頭掉下來正中沈老太的腳背。

沈老太殺豬般的嚎叫響徹小河村，她該慶幸的是斧頭背朝下，她的腳還在。

兩下連擊發生在一瞬間。沈常德把隔夜飯都快吐出來了，沈瑜本想打臉，無奈她身高搆不到，只能照著胃的位置打。

這一下也夠沈常德受的，臉色青紫，倒在地上弓著身體，像一條蠕動的毛蟲。

張氏和李氏見自家男人都被打倒在地，瘋了一般上來撲打，還有沈金寶、沈金貴也上來為父親出氣，要打沈瑜。

還真以為人多力量就大呢，可笑。

兩個成年男人沈瑜都沒在怕的，何況這沒長大的半大小子和兩個婦人。不多時，李氏和張氏母子紛紛倒地，站都站不起來。

李氏和張氏自從嫁進門就拈輕怕重，生了兒子有依仗，跟在沈老太後頭沒少欺負劉氏，甚至坐月子都要劉氏這個大嫂伺候。

沈金寶是沈家大孫子，比沈瑜還小一歲；沈金貴也有十三了，都沒少欺負沈草和沈瑜這兩個姊姊。

沈瑜早就看他們不順眼了，今天居然還敢往她手裡撞，找死嗎？

「啊，殺人啦！」張氏叫了起來，讓沈瑜一個瞪眼給嚇了回去。

沈玉和沈丹兩個女孩被沈瑜不要命的樣子嚇得渾身發抖，躲在門後不敢冒頭。

沈瑜拍拍手，對著地上掙扎、哀號的一眾沈家人說：「怎麼？你們覺得我最大的依仗是那把斧頭？以為奪了斧頭我就得任你們宰割？呵！」

「妳不是二丫，妳是誰？」還是沈老太率先抓住了重點。

二丫在她眼皮子底下活了十五年，什麼樣子她一清二楚，這個面前的沈瑜半點沒有以往二丫的樣子。

沈老太雖然這麼說，但畢竟見識有限，她也搞不清楚到底是怎麼一回事。人還是那個人，只是性情完全不一樣。

「我不是二丫又是誰？」沈瑜反問。

沈瑜步步進逼，再次撿起砸傷沈老太的斧頭。沒辦法，這家裡稱得上有殺傷力的東西也就是這把豁了口子的斧頭了。

要嚇唬人還就非它不可。否則她兩手空空跟他們講道理，有人肯聽才怪。

「沈富貴，你剛說要把誰沈塘？」沈瑜眼神陰冷，連「爺」也不叫了。

沈瑜又說：「不怕死的都上來，我的斧頭可沒長眼。」

院內眾人嚇得直打哆嗦。他們再橫，也只是普通的莊稼地人，怎會見過這種陣仗？

院外的人竊竊私語，這丫頭太狠了。

「哎呀，這沈家可真能鬧，前兩天不是剛打一架嗎？」

「可不是，這二丫可真不得了，敢拿斧頭比劃她爺，難不成真瘋了？」

「那也是被逼的，你看楊老二那事兒。否則一個丫頭哪敢跟長輩動手啊，還嫁不嫁人了。」

沈瑜不理會人群的議論，一腳踩上沈金寶的手臂，把斧頭抵在沈金寶的手腕處。「剛是哪隻手打我來著？留著也是禍害，砍了吧。」

院外的人群看著沈瑜彪悍的樣子，也是嚇了一大跳。難不成這丫頭真要殺人？

「嗷！不行，二丫我錯了，真的錯了。妳快放下斧頭，可不能砍啊！」李氏爬過來趴在地上哭著給沈瑜作揖賠不是，哪還有以往的囂張跋扈勁兒？

沈家其他人都已經嚇傻了，他們完全搞不懂為什麼一大家子卻沒能制住一個丫頭片子，還被她打得毫無還手之力。

劉氏從震驚和害怕中緩過神，走過來勸沈瑜。

「二丫，把斧頭放下，那是妳弟。」

沈草也走過來勸。

「二丫妳不能這麼做，妳得想想我和咱娘還有星星。」

「哇……姊，我害怕！」

沈星被她姊的樣子嚇得再也控制不住，哇哇哭出來。

沈瑜剛剛沒有手下留情，只是一時氣憤上了頭，她又不是心智不成熟的小姑娘，真殺了人她也不好辦。

但樣子還得做一做。如果說上次只是敲打，這次就得來點狠的。只有讓他們從心裡對她產生畏懼，以後才不敢招惹她們，這是她沈瑜的生存法則。

對於劉氏和沈草的勸告，沈瑜裝作無動於衷，手裡的斧頭還在沈金寶的手臂磨來磨去。

沈金寶已經嚇傻了，剛一股腦兒衝上來別提有多後悔了，眼珠子跟著沈瑜手裡的斧頭轉來轉去，身子一動不敢動。

沈瑜想著差不多了，正想著收手，突然一道不合時宜的聲音響起。

「呦，聽說有人要報官？本官正好路過，是誰要報官啊？」

沈瑜心裡一驚，轉身就見兩個男人從沈家牆外的北角走出來。

兩人約莫二十多歲。其中一男子身材挺拔，長相正氣威嚴。

最搶眼的是走在前面的白衣男子，面容俊朗，五官精緻完美，一頭黑髮隨風飄揚，手中握著一把摺扇，倒是有幾分仙氣。

無可挑剔的外表。沈瑜心一動，這顏值很是賞心悅目啊！

見慣了麻布爛衫、面黃肌瘦的人，這等光鮮美男突然闖入視線，著實讓人眼前一亮，就像灰暗空間裡的一道光。

只是在還有寒意的初春，還是戶外，那扇子搖個什麼勁兒，不嫌風大嗎？

不過……他說本官？他是官？

陌生男人站在門口搧扇子，院子裡老弱婦孺倒一片，一時間所有人大眼瞪小眼，場面有些尷尬。

「咳，有人想報官？」白衣男子再次提醒。「齊某正是準備上任的錦江縣縣令，你等有何冤屈啊？」

一聽說是即將上任的新縣令，沈老太豈能錯過。「縣令大人，快點抓她，這個孽障要殺人哪，您快看看斧頭還在她手裡呢！」

沈瑜低頭一看。「……」證據確鑿的現場。

沈富貴拍了拍沈老太的手臂安撫。他顫巍巍從地上站起身來，走到白袍男子身前，先是跪下一腿，然後再艱難地雙腿跪地，那樣子艱難，又像是下了很大的決心。

「大人，此女本是草民孫女，她突然發了瘋，要殺我們一家老小，幸好大人來得及時，否則我們沈家可就……請大人做主，救我沈家人性命！」說著沈富貴還用打著補丁的袖子擦眼角。

小輩毆打長輩，長輩心酸又無奈，不知道的人還真會被沈富貴的樣子騙了。

隨後沈家不大的小院子裡呼啦啦跪倒一片，七嘴八舌地喊：「請大人給我們做主！」

沈瑜心想，沒想到沈富貴還有綠茶潛質。這一副委屈又傷心的樣子，著實很有說服力，真是小看他了。

「哦？」齊康看了一眼面前的沈富貴，抬頭看還拎著凶器，一句話不說的沈瑜。

沈瑜也回看他，只是這縣令的眼裡怎麼有些許笑意呢，是她的錯覺嗎？

「不是這樣的，二丫沒有……」劉氏慌了，撲通一下跪在地上為沈瑜求情。

「老大家的妳住口，二丫瘋了，難道妳要讓沈家一家老小都為她陪葬嗎？」沈富貴不想讓劉氏說下去，高聲呵斥。

劉氏一縮，也就真的被嚇住了，不敢吭聲。

齊康沒有理會跪了一院子的人，輕踱幾步四處看了看，遂給沈家定論：家徒四壁、一貧如洗。

齊康輕輕嘆氣，他一路從京城走來，所到之處的農家都是如此模樣，豐衣足食的人家少之又少，像沈家這樣狀況的人占了大多數。

沈瑜視線始終跟著齊康，心裡琢磨。聽這縣令的意思，他們應該早就站在院外聽了，所以事情的原委及是非曲折，他不會不清楚。

但若這縣令不想清楚怎麼辦？

小說裡好像在這個時候塞點銀子最管用，但是她沈瑜兜裡一個銅板都沒有，再說賄賂縣官這等大事，又豈是幾個銅板能解決的？所以這條路是行不通了。

沈瑜在心裡迅速思考，如果這縣令是那等不問是非的昏官，乾脆敲暈了，自己再往天回山一鑽，不信他們能抓得到她。

劉氏和沈草她們畢竟沒有大錯，應該也不會被她連累。沈瑜打定主意，如果這個縣令發難，她絕不手軟。

這年代沒有攝影機，往深山裡一鑽，換個地方換個身分想必也不難。

「他們說謊！是他們要害我二姊！」這稚嫩聲音，不是沈星又是誰。

沈星滿臉淚水，走到縣令面前，雙膝一彎。跪下去的小女孩，還沒有面前男子的小腿高，小姑娘的眼神卻堅定無比。

「是我奶一直都看不上我們一家，只因我娘沒有生出兒子，我姊前兩天還因為我奶磕破了頭，今天我奶還把我姊給賣了，我姊不願，我爺就要抓我姊沈塘……」

沈瑜此時無比欣慰，沈草這個十六歲的大姑娘見到縣令都被嚇得不敢抬頭，劉氏更是被沈富貴喝得不敢再吭聲。

反而是這個六歲的孩子，在姊姊蒙受冤屈的時候，抗拒心中的膽怯，盡自己最大的努力為她辯解，說不感動那是假的。

小星星極力為她辯白，沈瑜也不能再無動於衷。她扔了斧頭也跪了下來。古人就是這點麻煩，跪來跪去，百姓見官就要跪。

跪，是這個世界的生存準則，甚至無關尊嚴，所以沈瑜跪得也沒什麼太大壓力，就是這姿勢實在是難受，膝蓋略疼。

齊康把沈瑜的動作、表情都看在眼裡，知道她這一跪是多麼的不情願。

齊康走上前，掐著沈星的胳肢窩提了起來。

沈星覺得這個縣令似乎不像別人說的那麼可怕，於是又高聲說：「我說的都是真的，大人您不能因為我小，就不相信我！」

沈星小大人般的舉動，把齊康逗笑了，他摸摸小孩兒的髮髻，輕聲說：「乖！」又在別人看不到的地方朝沈瑜擠了一下右眼。

沈瑜呆了。「……」他們不熟吧？這個朝代的官都這麼歡脫的嗎？

不過沈瑜的心卻因為齊康的言行安定下來。她覺得這個眉清目秀的小縣令應該不是壞人。

沈富貴趕緊道：「大人別聽小孩子胡說。」

齊康笑道：「胡說？你這個公爹拿著腰帶要抽打自己的兒媳，打不成後讓兩個兒子打孫女，難道是本官看錯了？」

「草民，草民……」縣令發難，沈富貴一時有些無措，趴伏在地上說話都不索利了。

「她不是我的孫女，我孫女二丫乖巧得很，從來不會罵人，更不會打人。她中邪了，對，她一定是中邪了……」沈老太狠瞪沈瑜。

沈瑜也不甘示弱。「被你們欺負的就是二丫，如今我反抗了就不是二丫？中邪？奶，這話您怎麼說得出口？大人，請為小女子做主。」

今日她是衝動了些，她是不屑賣慘扮柔弱來博同情，但今天若不趁這位縣令在的時候把沈家的氣焰壓下去，不說她，劉氏三人也不好過。

齊康走到劈柴的木樁前，另一名男子從隨身的包裹裡拿出一張墊子放在上頭，齊康一撩衣襟坐下，再蹺起一隻腿，搖了搖扇子。

「說說看。」

騷包。沈瑜忍不住在心裡嘀咕，嘴上卻說：「我娘一個人煮一大家子的飯，挑水劈柴，還要下地做農活；我和我姊沒日沒夜的埋頭苦幹、任勞任怨，可是爺奶仍不滿意，挨打受罵已經是尋常事，如今他們以二兩銀子把我賣給了三十多歲的老鰥夫，我不從，他們就要弄死我……」

雖然對原主沒有多大認同感，但說到這些，沈瑜也不禁難受，更多的是氣憤。

「奶，妳總罵我賤蹄子，那我爹是什麼？生了我爹的妳和爺是老蹄子嗎？難不成我爹不是沈家人，身上流的不是沈家的血？」

「妳……」沈老太面目都有些猙獰了，看著沈瑜的眼神像毒蛇一樣陰冷。

「噗」一聲，齊康一個沒忍住笑了出來。這丫頭可真敢說啊，還真是天不怕地不怕。

沈家外面圍了不少看熱鬧的人，都捂著嘴憋著笑。

「這丫頭，她奶說她不是沈家的種，可沒說她爹不是……」

「她爹不是，那沈老太豈不是……」

見眾人都看過來，沈老太的臉再也掛不住了，她何時受過這等氣，事關她的名節，瞬間變了臉，一瘸一拐整個人張牙舞爪地朝沈瑜撲打過來。

只是還沒走幾步，就唉唷一聲又重重地跪在地上。

「大膽，在大人面前竟敢如此放肆，不要命了嗎？」

沈瑜心裡一驚，看了看與縣令同行的男子，她剛都沒看清楚這人是怎麼出手的，高手啊！

她沈瑜的身手是打喪屍硬練出來的，對付普通人還可以。不知道大周是不是崇尚武學武德？飛簷走壁、飛天踏浪什麼的，想想都覺得很帥！沈瑜在那兒異想天開。

再看沈富貴，臉色很不好看，狠狠瞪了沈老太一眼。「妳這個無知的蠢婦……」

罵完沈老太，他不得不硬著頭皮對縣令請罪。「大人，都是草民該死，教妻不嚴，驚擾了大人，請大人恕罪。」

齊康掃視了一眼沈家小院和院外的人群。「按理說這是你的家事，本官只不過是上任途中突然口渴，想過來討杯水喝。既然碰上了，本官就得問問，畢竟這小河村也在我的治下。」

齊康突然轉變語氣，厲聲道：「你確實該死！若不是你縱容，又豈會助長他人氣焰？本朝律法，不得私售人口，即便是親生父母也不能隨意賣兒賣女，你卻縱容老妻賣孫女，你可知罪！」

窮苦人家賣兒賣女的也不在少數，但那都是私底下做的，民不舉官不究。擺到檯面上，又是在縣令大人面前，那就是觸犯律法的罪。

沈富貴和沈老太一聽要治他們的罪，哪還敢再說沈瑜的不是，跪地不斷磕頭謝罪。沈家其他人大氣都不敢喘。

齊康又道：「我還沒到任，嚴格來說今兒這案子不該我審，而且這裡也不是衙門。我就不多管閒事了，你就當我是個路過求水的客人。接下來你自己處理家事吧，我喝口水歇歇就走。」

沈瑜趕緊起身回屋裡找了個乾淨少豁口的大碗，舀了一碗水遞到齊康面前。

齊康接過水沒說話，沈瑜又重新跪了回去。

沈瑜也拿不準這縣令是什麼意思，審都審完了，現在又讓沈富貴當作家事自己解決。

除了院外的低聲私語，沈家院內一片安靜。

最後沈富貴不得不硬著頭皮說：「草民治家不嚴，一切都是草民的錯，今後一定嚴加管教。二丫的婚事作不得數，至於楊老二的銀子，全由草民一力承擔，與二丫一家無關。」

齊康吹了吹碗裡的水，像是沒聽見，又像是在思考。

沈富貴跪在地上不停用袖子擦汗，生怕縣令再治他們的罪。

半晌，齊康像是終於喝夠了水，心滿意足的答了一句。「好！」

齊康站起身來。「既然沈家大家長已經把事情解決了，那本官也該走了。天兒，我們走。」

隨著齊康走出院外，圍觀的村民呼啦啦跪了一片。好一會兒，沈家院子裡的人才緩過神來。

驚動了縣令的一場鬧劇，就這麼高高舉起，輕輕放下。

沈老太見縣令走遠，想要說話，被沈富貴呵斥了回去。「行了，妳還沒鬧夠，也不怕人笑話？都回去吧。」沈富貴扔下一句話就回屋了。

再說齊康，走出小河村後，齊天忍不住問：「大人，那沈家人明顯是欺負孤兒寡母，大人怎麼不幫幫她們？」

齊康搖了搖扇子。「要怎麼幫？孤兒寡母是可憐，但留在沈家至少有屋避寒、有飯吃，如若讓她們分了出去，幾個婦孺又沒多大力氣，田都種不了幾畝，要怎麼活？」

頓了頓，又笑著說：「再說那小丫頭心狠手辣，小小年紀就有一股狠勁，今天即使沒有我們，她也不見得吃虧。是分是合就看她自己了。救急不救窮，我們管不了那麼多。」

半晌，縣令大人仰天長嘆。「錦江縣——窮啊！」

難道大周的百姓要一直過這樣的窮苦日子嗎？

他突然為自己的仕途之路感到憂傷！

不遠處，兩輛馬車等在樹蔭下，齊康和齊天上了馬車，向錦江縣城駛去。

沈家上房，所有人的臉色可都說不上好看。沈富貴陰沈著臉，大家也不敢說話。

只有腳背腫得老高的沈老太在床上「唉唷、唉唷」地不停叫喚。

請大夫得去鎮上，一般村裡人沒啥傷及性命的傷都是自己忍著、養著，沈老太的腳估計是骨折了，但是還能動，所以就自己包了包，就連吐血的沈常遠也沒想過去看大夫。

沈老太偷雞不著蝕把米，恨不得把沈瑜生吞活剝。

「老頭子就這麼算了？就讓那丫頭作威作福騎在我們頭上拉屎？我今後可要怎麼在村子

裡活喔……」

沈富貴也氣，氣沈瑜敗壞沈家名聲，也氣沈老太辦事不力。「嚎什麼嚎，要不是妳自作主張收了楊老二的銀子，能出這事？妳還有臉哭！」

沈老太本就委屈，一聽沈富貴把錯都怪到她頭上，頓時炸了。「你怪我？我是為了誰啊？還不是為了這個家。倒是我的錯了，我不活了……」

邊哭邊往沈富貴身上撞，不得不說沈老太把刁蠻的鄉下刁婦表演得淋漓盡致。

沈富貴被她撞得差點從床上掉下去，氣得推了沈老太一下。沈老太哭得更厲害了，一副隨時要暈過去的樣子。

沈常德趕忙拉住他娘，勸道：「爹、娘！你們這是幹什麼，如今就想想該怎麼辦吧！」

沈常遠的媳婦張氏扶著自家男人坐下。「我覺得沈瑜這丫頭這幾天邪門得很，跟以前大不一樣了。」

沈常德的媳婦李氏從進屋就一直拉著沈金寶的手沒鬆開，她這會兒仍心有餘悸，也道：「二丫也不知道中了什麼邪，太凶殘了，萬一哪天她再像今天這般發瘋可怎麼辦呀！金寶可差點……」還沒說完就嗚嗚哭起來。

沈金寶站在他娘身邊，臉上還毫無血色，眼睛也紅紅的，顯然嚇得不輕。

沈瑜若是見到這情景，一定樂不可支，嘗到被人欺負的滋味了吧，終於知道怕了，不作死就不會死，說的就是他們。

「是啊，爹，不能留她，今天兒子差點就完了，您沒看到，她那一腳有多狠。」沈常遠坐在他爹娘的床尾摸胸口，到現在還覺得胸口隱隱作痛。

張氏撇撇嘴說：「不留又能怎麼？娘給找了人家都沒趕出去，再說經過這事，還有誰敢娶她，怕是要爛在家裡嘍。」

沈常德也道：「就是啊，爹您想想，這丫頭要是一直在咱家，您孫子的婚事都得耽擱了，家裡有這麼個煞星，哪家姑娘敢進咱們沈家的門啊！」

沈常遠一肚子氣。「我看乾脆把她們一房都分出去算了，落個清靜！」

沈老太道：「不行，她們都走了，家裡的活兒誰幹？我不同意。」

劉氏、沈草和沈瑜三人把洗衣、做飯、養雞、餵豬的活兒全包了，突然沒了這三個免費勞工，沈老太怎麼肯？

不得不說沈老太好算計，既想把不聽話的沈瑜嫁出去，又想讓老實聽話的劉氏和沈草給她做牛做馬。

李氏和張氏想到分家後，家裡的活計都得分到她們身上，心裡雖不情願，但為了兒子和一家子的性命也只好認了。

李氏勸沈老太。「娘，草兒和那個死丫頭都到了嫁人的年紀，也幹不了多久，沈星那丫頭也幹不了什麼活，還不如把她們分出去。」

張氏也跟著勸。「就是啊，娘，二丫就是個喪門星，想想您的幾個大孫子和孫女，可不能被她拖累，趕緊把她們分出去吧。等她們活不下去的時候，自然要回來求您，到那個時候，想怎樣不都是您老說了算……」

沈富貴略微思索，皺著眉頭說：「妳大哥剛沒就把她們分出去，別人得說我們沈家欺負孤兒寡母，再說都驚動縣令大人了，她們娘兒幾個能乖乖出去？」

沈常遠一擺手。「管不了那麼多了，您得為咱這一大家子考慮，為您的孫子們考慮，誰愛說就說去，咱家的臉都讓那死丫頭給丟盡了，還怕誰說？再說縣令大人走了就走了，天高皇帝遠，他還能為了一個丫頭再回來？二丫連村子都沒出去過，她還能去找縣令評理不成？齊縣令自個兒都說了，路過喝口水，才不是特意來管咱們的家事。爹，您有啥好擔心的？」

沈瑜今天讓他丟臉都丟到縣令面前了，沈富貴自然是想眼不見為淨。被兒子這麼一說，也覺得十分有道理。

最後，沈家人一致同意把沈瑜她們娘兒四個分出去。

第二天吃過早飯，沈富貴通知所有人來上屋，還沒開口，村長就來了。

一夜之間，沈家的事傳得沸沸揚揚，全村皆知。把新上任的縣令大人都給招來了，沈家這多大的臉面，就是這面是負面的。

昨日，村長趙作林給縣城讀書的兒子送錢糧，回來已經半夜了。回來就聽自家人說了沈家的那場熱鬧。

聽說縣令都到場了，趙作林這個悔啊，後悔錯過了在縣令大人面前露臉的機會，哪天去不好，自己怎麼偏偏就今兒個去縣城了呢。

一大早趙作林來到沈家，作為一村之長，小河村的大小事還得經過他的手，何況是驚擾了縣令的大事。

趙作林的到來把沈家人嚇了一跳，但大家心裡都清楚，村長是為何事而來。

沈常德道：「村長，您怎麼來了？」

趙作林看了一圈屋裡的人，沈家一大家子都聚齊了。

沈瑜站在門口的牆邊，左右站著劉氏、沈草和小星星，其餘人都離她們娘兒幾個遠遠的，不大的屋子分成了大小兩個陣營。

沈老太時不時的拿眼睛瞪沈瑜，到底是有所顧忌，也不像以往那樣張嘴就罵。

「沈老哥，這是要做啥？」村長比沈富貴要小幾歲，叫沈富貴一聲哥。

沈富貴表情很不自然，但也知道事情避不過去。「商量分家的事！」

分家？

沈瑜倒是暗自欣喜。分家好啊，終於能遠離這一家子極品了。

「分家？」趙作林一驚，他知道昨天沈家大鬧了一場，但沒想到已經到了分家的地步。

趙作林見屋子裡人多，就把沈富貴叫到外面，沈富貴說了不得不分的理由，他也不好說什麼，畢竟是人家的家事。「好吧，那我就給你們做個見證。」

沈富貴本不想村長參與，但趙作林都這麼說了，他也不好反駁，只能讓村長在旁見證。

聽到結果，趙作林心想這哪是分家，分明就是把一家四口趕出沈家。

劉氏和幾個孩子自己屋裡的東西可以帶走，再分得幾個破碗罐、兩擔粟米、三畝旱田，銀錢一個銅板也沒有。而且沈富貴還讓她們盡快搬出去。

趙作林是個明白人，還算有些公正心。「沈老哥啊，你這家分得不公啊，這點東西讓三個孩子和她們娘怎麼活下去，這可都是你孫女。」

沈老太憋了一肚子氣，幾次想說話都被沈富貴用眼睛瞪回去，這會兒聽村長這麼說，自然不樂意。

「怎麼活不下去了，她們能耐大著呢，再說三個丫頭片子跟我們有啥關係。」

趙作林不悅道：「瞧瞧妳說的都是什麼話？三個孩子不是你們沈家人？跟你們沒關係？妳說的這是人話嗎？」

趙作林也看出來了，沈家就是不想管。在這小河村，他的話還是有些分量，既然沈家不公，他不能坐視不理。

最後由村長作主，又給劉氏加了兩畝旱地。

因對村長有所顧忌，也怕被人傳苛責寡婦兒媳，沈富貴只好同意。

沈瑜倒是不在乎分的那點東西，那一畝、兩畝地可以幹啥？她要是等這幾畝地種上小米、再等到秋天收穫，還不得餓死？

沈家自己都窮得叮噹響，能分給她們多少東西。背靠天回山還怕餓死？別人不敢做的，不代表她做不到。

糧食會有的，有了糧食，銀子還會遠嗎？

沈瑜始終沒有說一句話，沈家人都鬆了一口氣。畢竟見識過沈瑜不要命的樣子，他們可還怕著呢。

劉氏從沈富貴說分家開始就六神無主，幾次想說話都被沈瑜按了回去。就這破家還有什麼可留戀的，做牛做馬還不夠嗎？

等回到自己屋裡，劉氏才道：「這可怎麼辦，我們要怎麼活啊？」

倒是沈草看得很開。「娘，分開了好，我們都能幹活，餓不死的，以後再也不用受欺負了，多好。」

沈瑜也安慰。「是啊，娘，放心，有我呢，用不了多久，保證讓咱家天天吃肉！」

「噢，天天吃肉！」

沈星是最開心的一個，她還不知道獨立生存有多麼艱難，只知道今後不用再挨她奶罵，再也不用擔心沈丹和沈玉背地裡偷偷打她了。

「可是妳爺讓咱們搬出去，咱們住哪兒啊？妳爺奶可真絕情，妳爹剛沒，就不把我們當沈家人，就這麼把我們幾個趕出去，這是要逼死我們啊！」不等說完，劉氏就哭。

沈瑜心想她爹在的時候，也沒把他們當作沈家人。

住的地方的確是個問題，沈瑜一時也沒想到好的去處，好在已經是春天了，天氣逐漸暖和起來。

「娘，他們又沒說讓我們今天就搬走，等會兒我去找村長問問哪兒有空房。實在不行我們就自己搭個窩棚，總能應付過去的。」今天村長為她們說了好話，她也要去表示一下感謝。

劉氏心裡難受，見三個孩子因為分了家而高興，說什麼都沒有用了，只是眼裡的擔憂一點也沒有少……

# 第三章

村長家在村子中央，沈瑜一路走過，路人紛紛避開，連一旁玩耍的三歲小童也邊跑邊喊：「沈魚來啦，快跑！」

沈瑜一愣，這怎麼有點像鬼子進村的感覺，她有那麼嚇人嗎？

沈瑜不知，她可謂一戰成名，給小河村的村民們增添不少茶餘飯後的話題。

如今凶名在外，熱度還沒消下去，可不人人避之唯恐不及嘛。

一村之長的家要比村子裡其他人家好上許多，房子是半泥磚，高一些，看上去也寬敞得多。

村長媳婦在院子裡曬豆子，見沈瑜進來一愣，隨後道：「二丫來了。」

趙作林聞聲從屋子裡走出來。「二丫來了，有事啊！」

「村長，我來一是謝謝您，二是想問問，有沒有空的房子能讓我們暫住一段時間？您也知道以前我們沒什麼時間跟村裡人走動，不大清楚，就想著過來問問您。」沈瑜說。

趙作林擺擺手，不以為意。

「謝啥，應該的。村裡都是一家一房，哪有空閒房子。明兒我找幾個人給妳們蓋一間吧，也不費事，幾個壯漢三、五天就能把房子蓋起來。」

沈瑜自然同意，別的事情都好說，這蓋房子，她們一屋子女人還真不好辦。而且現在她凶名在外，自己張羅估計都沒人理她。

有村長幫忙最好不過了。只是這份人情，恐怕得以後才能還了。

村長的辦事效率還挺高，當天下午就把人找齊了，三天的功夫就在村子東頭把泥土房給建了起來。

土是山腳下挖出來的黃黏土，裡面加上稻草、碎石，四面牆一點一點壘起來。這樣的房子注定是蓋不高，人走進去能伸直腰就夠了。

房梁是村長找人在山裡砍的木頭，房頂也是用稻草鋪蓋，真真正正的茅草屋。

沒花一分錢。鄉下人自家建房子大多是相互幫忙，不用給錢。不成文的規矩是誰家起房每天提供兩頓飯。

但就沈瑜家的這個狀況，人家也不好去吃，村長就讓大家各回各家。

男人們沒什麼意見，還沒到種田的時候，閒著也是閒著，就是出點力氣，幫一把孤兒寡母就當做善事了。但家裡的媳婦不樂意，三五成群的出來發洩不滿。

遠遠的沈瑜走來，剛還說得熱火朝天的婦人們都閉了嘴。

所謂人情，必定是有來有往，沈瑜家都是女人，在外人看來以後吃飯都成問題，放出去的人情也收不回來。女人有意見可以理解。

村裡人已經不錯了，要知道她二叔、三叔沒有一個人過來幫忙。

房子的地址是沈瑜選的，村長的意思是讓她們在村子裡找塊空地，但是沈瑜覺得村頭的這個位置挺好，地界開闊，遠離人家，做起事來方便。

泥土房剛建好潮濕，不能馬上住人，需要晾乾。

搬過去之前，沈瑜一家還是住在沈家。

劉氏在自己住的房子後頭，用石頭壘個臨時用的火灶，吃水用柴都是自己去弄來。這些以往也是劉氏、沈草和沈瑜在做，所以現在並沒有什麼太大不同，反而活計比以前輕了不少。

劉氏自從分家後，情緒就很低落，為一家子的將來愁眉不展。倒是沈草和沈星比往日活潑了些，眉眼間也不再是鬱鬱之色。

沈瑜的舉動不但改變她們的處境，也給了她們很大的底氣，尤其是沈星。

沈玉背地裡又要打沈星，被沈星一把推倒，小丫頭插著腰抬著小下巴對倒在地上的人說：「再敢打我，讓我姊揍妳！」

她姊可說了，要自己作自己的主，別讓人欺負。誰再敢打她，就毫不客氣地打回去，打不過回來找姊！

哼哼，小丫頭現在可有底氣了，沈老太和沈富貴她不敢惹，但沈玉她都不怕了。

沈瑜知道後，抱起沈星親了好幾口，誇獎道：「幹得好！以後就這麼做！」

不得不說，這個家沈草多少隨了劉氏的性子，反倒是六歲的小沈星有股倔勁兒。

沈瑜教沈星勇敢、自立，不讓別的孩子欺負。沈瑜作夢也想不到，這一舉動會把沈星教成暴力小蘿莉，堪稱沈瑜第二。

自此，她們姊妹倆在小河村無人敢惹！

「星星在家陪著娘，我和姊去山裡採野菜。」

「好！妳們放心，我一定好好照顧娘，誰欺負娘，等妳回來，我一定告訴妳。」

沈瑜聽得好笑。「怎麼？妳還想讓妳姊我拿斧頭砍人？」

沈星調皮地吐了吐舌頭。「沒有啦！」

她們進山連把稱手的工具都沒有。這年頭鐵貴，沈家也就一把破斧頭和切菜的刀算是硬貨，如今分了家，沈瑜想用也不可能再給她用。

姊妹倆各自揹著背簍，往村子附近的小回山走，山說大不大，說小不小。天回山主脈在錦水川那邊，距離村子還有些距離。

這些天，沈瑜都是和沈星往山裡鑽，沒有往更深的地方去。沈草進山砍了好幾年的柴，對天回山比沈瑜熟悉得多。

「姊，妳帶我往裡走走吧，咱看看能不能多摘點野菜。」山腳下每天都有村民過來，野菜和可食用的樹枝嫩芽都摘得差不多了。

「行，但也不能太往裡走。深山裡沒有路不說，野狼和老虎都有，只有老獵人才敢進。」

沈草畢竟在這山裡走了許多年，知道的比沈瑜多。

小河村的人們大都往這座小回山上來，一來近，二來安全。

沿著小回山再往東去才是天回山主峰的方向，再往那邊走，人跡罕至，甚至連路也沒有了。

兩人費了一些時間才爬到山頂，坐在一塊大石頭上休息。

沈瑜望向對面的一大片懸崖，涓涓細流彎彎曲曲的經過一層一層的岩石從懸崖上流淌下來。更遠處，天回山峰雲霧繚繞。

天高雲淡、景色壯觀，如能在地上鋪張毯子，擺上些瓜果梨桃就好了，若再有隻燒雞就更美了。不過沈瑜也只能在心裡想想，自我滿足一下。

「姊，咱這山上有啥值錢的藥材不？」沈瑜問。

沈草把背簍裡的野菜倒了倒，嫩一點的放在上面。聽沈瑜這麼問，想了想說：「村子裡有人挖天麻去鎮上的藥鋪賣，運氣好的還可能遇到仙草。」

「仙草？」沈瑜好奇。

透過沈草的描述，沈瑜知道了長得像蘑菇一樣、赤紅的仙草就是靈芝。

「咱們村以前有個獵戶，採到過仙草，據說賣了很多錢，然後獵戶就不打獵了，一家人搬到鎮上住了。」沈草說著一臉羨慕。

看來靈芝在這個世界也很值錢，現代人沈瑜是知道，靈芝那玩意兒的藥用價值雖高，但也沒有多神奇，後世還拿來餵雞呢，只是被古人誇大了功效而已。

沈瑜想往裡走，沈草不同意，只好作罷。兩人揹著半背簍野菜回了家。

第二天沈草和劉氏收拾新房子，主要是用撿來的樹枝簡單的圍起來當作院牆，在附近開闢出一塊菜田，馬上要播種了，分的那五畝地也要翻一遍才行。

只靠那五畝地，沈瑜的系統沒有用武之地，必須再多弄一些土地才行。讓沈草、沈瑜和劉氏去開墾荒地是不實際的，再說就靠她們三人，什麼時候才能刨出一畝地？

琢磨怎麼掙錢的沈瑜決定再次進山，不為打獵。春天的野獸處在繁殖期，凶猛異常，饒是沈瑜覺得自己身手還行也不敢託大。

所以她再次進山的目的是藥材，如果能弄到一些貴重藥材的種子最好不過了。

她家住得偏，往後幾步就是小樹林，圈出一塊種點藥材，也不一定有人發現。

沈星想跟，沈瑜不讓。

出發時，沈瑜偷偷把鐮刀放在背簍裡，鐮刀割完粟米就都收起來，平時也不放在明面上，少了一把沈老太他們也不會那麼快發現。畢竟進深山老林，沒有稱手的傢伙是不行的。

沈瑜目的很明確，進天回山腹地，這次她抄近路走，沈草提過。

差不多走了一上午的時間，前方逐漸沒有人的蹤跡，低矮的灌木交錯叢生。沈瑜把那柄鐮刀揮舞得虎虎生風，剛長出嫩葉的樹枝應聲落地。

兔子、野雞等已經多了不少，沈瑜還見到一隻紅狐狸追野雞跑。狐狸在換毛，茸毛一片片脫落，新的毛還沒長全，看上去毛色灰撲撲的一點都不好看，這種皮毛肯定也不值錢。

遠方偶爾處傳來幾聲狼叫，沈瑜側耳傾聽，根據聲音判斷，在很遠的地方，應該是遇不到的。

沈瑜的目標主要是靈芝，所以她走的地方多是河流兩岸、山林谷底，這種地方潮濕、腐殖層較厚，是靈芝最喜歡的生長環境。

直到太陽西沈，沈瑜還是一無所獲。即使是地廣人稀，野生靈芝也不是遍地有，還是自己想得太美好了。

眼看太陽快落山了，等天黑下來，森林裡的危險就會加倍，而且她這麼久沒回去，劉氏她們肯定會擔心。

心有不甘的沈瑜告誡自己，再走一百步就回頭……百步終止，沈瑜嘆了口氣轉身，就在這時，她隱約聽見不遠處有低沈的嗚咽聲。

很細微的喘息。

沈瑜側著耳朵認真聽，聲音是從前方樹叢中傳來。

她輕手輕腳地慢慢靠近，走近才發現，前方地面略微凹陷，形成一個天然的山谷。谷中一棵大樹遮天蔽日。樹枝繁茂，不細看很難看清樹蔭掩映下的山谷。

腳下腐爛的樹葉層變得越來越厚，沈瑜屏住呼吸，小心翼翼地扒開前面低矮的樹叢往裡看……

這一眼，讓她倒抽一口冷氣。

一隻碗口粗的青花大蛇正纏著一頭公鹿的脖子不放。

別看蛇遠不如公鹿健壯，那纏力絕對不可小窺。蛇身越纏越緊，那頭公鹿已經是呼氣多進氣少了。

好大的鹿啊！沈瑜心裡竊喜，眼睛發亮。

過了大約一刻鐘，那公鹿漸漸不再發出聲響。

眼看著就要天黑了，不能再等下去，沈瑜慢慢靠近兩隻動物。

儘管沈瑜很小心，花蛇還是發現了有東西靠近，它鬆開公鹿的脖子，把蛇頭連著上半身撐起來，做出攻擊的姿勢。

沈瑜站在原地不敢輕舉妄動。

末世她曾幹掉過一條水缸粗的巨蟒，自然知道這種動物有多難對付，一不小心被它纏住，就有可能被勒斷氣。

許是剛剛與公鹿的爭鬥耗盡了力氣，在沈瑜的猛然進攻下，花蛇的攻擊速度並不快。沈瑜心中有了勝算，試探了幾個回合，看準時機，快狠準地用鐮刀把蛇身砍成兩段。

一分為二的花蛇在地上不停扭動，蛇頭的部分想要往樹叢裡鑽，被眼疾手快的沈瑜削掉了腦袋。

沈瑜舉起淌著血的鐮刀，慶幸自己進山時用路邊的石頭磨過鐮刀，否則，光是這蛇皮都夠砍的。

看著地上的兩個死物，沈瑜犯愁了。離家至少也得兩個時辰，要她怎麼弄回去。難不成只能扛隻鹿腿回去？剩下的豈不是便宜了山裡的野獸？

沈瑜在原地轉來轉去想找個什麼物件，抬頭看看跟前的參天巨樹，樹幹得需要六、七個人手拉手才能合抱，樹幹四周則長著密密麻麻的藤蔓。

沈瑜想砍幾條藤蔓，鹿帶不回去，鹿角一定得揹回去，那可是名貴藥材，值不少錢。待沈瑜割了幾鐮刀，大樹根部逐漸顯露出來，樹下的東西驚得沈瑜說不出話。一株長得像小樹般層層疊疊如蘑菇般的植物，可不就是沈瑜苦苦尋找的靈芝？真是踏破鐵鞋無覓處，得來全不費功夫。

沈瑜小心地清理周圍的藤蔓和腐敗枝葉，把靈芝連根拔起。足足有兩尺高的靈芝，長著數個分岔，沈瑜數了數足足有十二個頭，最大的一個直徑有盆那麼大，看上去好似一棵靈芝樹。

沈瑜看看地上的兩個死物，以前聽人說過有些天材地寶會引來野獸的搶奪，今生有幸遇到了，並且讓她漁翁得利。

沈瑜壓著心中的興奮，把靈芝用藤蔓纏幾下，防止她走路不小心碰掉，掉一朵價值就會少不少，然後放在背簍裡。

安頓好靈芝，沈瑜拿著鐮刀準備把鹿角砍了就趕緊回家，這麼重的血腥味定會引來野獸，到時候她想走就難了。

沈瑜握緊鐮刀比劃著怎麼砍最省勁，突然，沈瑜認為已經死掉的公鹿倏地一下站起來，把沈瑜嚇得後退十幾步。

……這是詐屍了？

公鹿站起身子左搖右晃，一副站不穩的樣子，再看公鹿的眼睛——驚恐！

這是憋著一口氣，沒死成。

既然沒死，沈瑜也不準備殺牠，但地上的蛇不能浪費了。沈瑜把去了蛇頭的兩段用藤蔓兜了兩下，拖著就走。

天已經黑下來，野狼的嗥叫聲似乎越來越近。

沈瑜也耗了很大力氣，又提著十幾斤肉，走起來也挺費勁。

身後還不斷傳來聲響，沈瑜停下，轉身看那頭公鹿步履蹣跚地跟在她後頭。

一開始沈瑜以為牠是慌不擇路，跟著沈瑜逃命。

但走出很遠，沈瑜覺得不太對勁，因為有更適合牠走的寬敞地方，但那頭公鹿偏偏跟著她鑽進十分難走的小路。

沈瑜琢磨，或許是動物的本能讓牠以為是面前的這個人救了牠，所以這頭鹿跟著她。既然白送上門的東西，沒有不要的道理。

沈瑜靠近公鹿，幾番試探，公鹿終於讓沈瑜摸了。

遠處逐漸靠近的狼叫不但讓公鹿異常暴躁，也讓沈瑜心裡發毛。她想乾脆把手裡的蛇扔了，但又捨不得，她們家好久沒見葷腥了。

看看公鹿，沈瑜想把蛇放在公鹿背上，嚇得公鹿一跳老遠，還用鹿角輕輕頂了幾下。這是不樂意的意思啊。

沈瑜也無奈。「行行，不給你揹。」

一人一鹿快速地穿梭在黑夜的森林裡。前方的樹木逐漸稀疏，但沈瑜判斷，他們還沒有走出深山的區域。

聽著一聲緊似一聲的狼叫，沈瑜不敢再耽擱，一躍騎上公鹿。

一開始公鹿不適應，扭幾下身子想把沈瑜甩掉。

沈瑜緊緊抓住鹿角。「別鬧，不想被吃掉就快走。」

也不知道是聽了沈瑜的話，還是被遠處狼嗥虎嘯嚇的，帶著沈瑜快速奔跑。

騎在公鹿上的沈瑜，心臟怦怦怦跳得如擂鼓，聽著耳邊的風呼嘯而過。

也不知道過了多久，公鹿一個衝刺，出了樹林，來到一片開闊之地。沈瑜仔細辨認，這應該是錦水川的平地。

確認好方向，沈瑜握著鹿角讓牠再繼續跑。

能平安回來是不幸中的萬幸。這會兒，沈瑜才想起害怕，看看手裡提著的東西，暗暗怪自己貪心。

再說劉氏和沈草，她們從新房子回來就知道沈瑜進了山，以為下午就會回來了，誰知天都黑了人還沒到家，沈草想要進山找人，被她娘拉回來。

即使是白天很安全的小回山在夜裡也可能有黑熊出沒，村裡沒人敢夜裡進山。

沈草想到昨天妹妹問自己關於大山的事，猜到沈瑜是獨自一人進了深山，氣得直跺腳。

「這死丫頭真覺得自己能耐大，怎麼就敢一個人往深山裡鑽？」

沈星貼著劉氏站著，眼睛有些紅紅的，攥緊拳頭，默默在心裡對自己說：不會有事，姊一定不會有事……

幾人焦急地站在大門外向遠處張望。此時夜色已深，四周逐漸沒了聲響，早睡的人已經打起了鼾聲。

母女三人越發絕望，劉氏跪坐在地上低聲哭泣。沈草和沈星站在劉氏兩側，不知道該怎麼辦。

突然，遠處傳來踢踢躂躂似馬蹄奔跑的聲音，越來越近，吸引了三人的注意力。

遠遠的沈瑜就看見沈家門口站著的幾人，不用想也知道是誰在等自己。

沈星第一個跳起來，「哇」的一聲撲到她姊身上。

今晚真是把她嚇壞了，短短的幾個時辰，沈星反覆想著，她姊如果真的沒了，可怎麼辦？她們是不是要回到從前的日子？

沈星哇哇大哭，沈瑜更加自責，是自己欠考慮了。

沈星的哭聲把沈家人吵醒，沈常遠氣得大罵。「嚎什麼嚎，還讓不讓人睡覺了！」

上屋的沈老太幸災樂禍地對沈富貴說：「今晚狼叫得歡，死丫頭莫不是被狼叼了？」

沈富貴瞪了沈老太一眼。「別瞎說，睡覺！」

沈瑜安撫好妹妹，顧不上跟她們解釋，讓沈草回屋找來繩子，把公鹿拴在自家房簷下。公鹿倒也沒掙扎，老實得很，沈瑜怎麼弄就怎麼弄，卻不讓沈草和劉氏近身。

沈草和劉氏先從最開始的擔憂、害怕到現在的震驚，沈瑜一個指令一個動作，她們都忘了怪沈瑜。

沈星臉上還掛著淚，驚喜地看她姊騎回來的大鹿，她就相信她姊一定沒事，這不，還給她們帶回來一個大驚喜。

回屋點上油燈，沈瑜臉上的血跡又嚇了眾人一跳。

劉氏焦急得很。「二丫，臉上怎麼有血啊？快讓娘看看，哪裡受傷了？」

沈瑜現在滿身滿頭的汗跟洗了澡似的。「沒事，娘，不是我的。我打了一條蛇扔外頭那個……」

說完，沈瑜把背簍小心地摘下來放到牆角，她並沒有急著把靈芝拿出來，沈草還好，劉氏是個藏不住的，沈星畢竟才六歲，萬一表情藏不好或是說溜嘴，被沈家人知道又是一場麻煩事。

沈瑜先跟劉氏道歉。「娘，是我不好，在山裡迷路了，才回來這麼晚。」女兒平安無事，劉氏長長吁了口氣，原本責備的話也說不出口了。「回來就好，回來就好。」

沈瑜又累又餓，吃過飯簡單的擦洗一下，倒頭就睡。

沈星挨著她姊，定定地看，生怕一個不小心，她姊再沒了。沈家人說沈瑜死在山裡頭的話，把她嚇得不輕。

第二日，沈瑜被一陣驚叫吵醒，聽聲音應該是李氏。自從分了家，李氏和張氏開始輪流做飯。

李氏一大清早不情不願地起來做飯，被院子裡的公鹿和大房屋簷下血淋淋的東西嚇得驚叫。

待沈瑜起來推開門，見沈家人圍著她們房門口，盯著鹿兩眼放光。大家一看出來的是沈瑜，呼啦後退了幾步。

沈老太一臉諂媚地問沈瑜。「二丫，這鹿是妳抓的？」

沈瑜打了個呵欠。「是啊，奶，還有那蛇也是我弄死的。」說著指著門旁邊斷成兩截的花蛇給沈老太看。

沈家人看那蛇身的斷口，白花的鮮肉向外翻著，又都不自覺地後退幾步。

沈瑜突然想起來，騎鹿跑的時候，那把鐮刀似乎讓她給弄丟了。

算了，丟就丟了吧，大家也不知道是她拿的。沈瑜不負責任地想。

兩截血肉模糊的死蛇嚇退了沈家人，但沈瑜知道這只是暫時的。

「娘，新房子怎麼樣了，我們搬過去住吧？」與其天天防著，不如早點遠離。

劉氏有些為難。「還沒曬好呢，現在住過去恐怕有點潮。」

「不怕，娘，我們多撿點柴禾燒一燒就好了，再說這天越來越暖了，不會潮到哪裡去。」

「對、對，快點搬過去，妳看咱奶看大鹿的眼神，恨不得一口吞了，咱得趕緊走。」沈星蹦過來拉著劉氏的手晃。

沈瑜摸摸小丫頭的頭，誇獎道：「星星真棒！」

小丫頭美滋滋晃了晃腦袋，然後問：「姊，大鹿怎麼辦？要賣掉嗎？」

沈瑜抿著嘴思索了一下。

這公鹿和她也算一場緣分，有了靈芝她不需要賣牠賺錢，如果真賣掉的話，鹿就只有被吃掉的命。

「先養著吧！」

早飯在沈瑜的強烈要求下做了粟米撈飯，劉氏知道自己女兒昨天大難不死，雖然心疼那點粟米，但還是同意了。

菜是一鍋蛇肉湯，劉氏把半條蛇放在瓦罐裡燉，只放了一些除腥的調味料。蛇肉美味鮮嫩，一家人吃得肚子溜圓。

肉的鮮美味道惹得沈金貴幾次走到院子裡張望，都被他娘給叫了回去。

沈常遠很是不高興。「大嫂也真是的，那麼多肉也不知道孝敬爹娘一點。」

李氏也附和。「就是，雖然分了家，可她們到底還是沈家人，這還住一個院裡呢，就不認咱爹娘了，全都是白眼狼。」

沈老太本就不高興，聽兒子、媳婦這麼一說，心裡更不舒坦，放下飯碗就要出門。「我去端過來，那本是該孝敬我的。」

「吵啥，也不嫌丟人？都吃飯！」沈富貴呵斥。

眾人訕訕地閉了嘴，這一頓飯吃得沒滋沒味。

其實劉氏原本想送肉給上房，被沈瑜給制止了，不能開這個頭。不但是對沈家眾人，也是對劉氏。

女兒不同意，劉氏也只好作罷。以前劉氏凡事都由自己男人拿主意，如今男人沒了，沈瑜倒成了她的主心骨。

沈瑜也樂得如此，性子軟不怕，只要能聽得了勸。她會讓劉氏和沈草她們逐漸改變，自信不只源於自己，有時候也是別人給的。

幾個人的衣物、被子加起來也就兩個包裹，劉氏一個人就拿得了。

沈草背簍裡放著幾個碗和瓦罐，沈瑜把粟米放到公鹿背上，見沈星躍躍欲試，就讓她牽著走。

公鹿從昨天來到沈家之後就很安靜，並沒有野生動物被拴住的暴躁，劉氏連連稱奇，沈瑜也很驚訝。

母女四人大包小包地從村子裡走過，又牽著一隻碩大的公鹿，閒著的人都從屋裡出來圍觀。

「呦，沈家的，這是要去哪兒啊？」

「嬸子，我們搬家呢。有空去坐坐啊！」沈瑜笑呵呵地回道。

「這麼快啊，這哪兒來的，這可值不少錢呢！」村民們好奇的當然不是搬家，而是那頭惹人眼熱的公鹿。

「哦，您說這鹿啊，山上抓的。」

人群又是一陣唏噓。「敢拿斧子砍人就是不一樣啊，這麼大的鹿都能抓住。」

沈瑜也不理會他們的議論，帶著母親和姊妹，牽著公鹿大大方方地走出了村子。

走沒多遠就到了沈家小院，昨天劉氏和沈草已經把小院的籬笆做了起來。新鮮的樹枝插到地裡，葉子還沒乾呢。

把糧食放下，沈瑜把公鹿拴到院外的門樁上，將繩子放到最長，讓牠自己吃周邊的嫩草。鄉村野地多的是新鮮的野草。

籬笆小院，兩間土胚房坐北朝南。左邊廚房，右邊一間臥房。臥房中間一扇低矮木門，沈瑜現在比較瘦弱，身高不到一百六，若是個子再高點，進這房門就得彎腰。

村長還找人幫忙做了張桌子、四張凳子。雖然簡陋，但看著比在沈家時像樣。

沈瑜小心地把背簍放下，昨天回來後她一直沒顧得上看，也不知道有沒有破損。

「姊，妳揹啥？還用草蓋著，給我看看。」沈星早就注意她姊的背簍了，在沈家她沒敢問，怕被上房的人知道。

現在回到自己家沒了顧忌，趕忙往她姊身邊湊，大眼睛亮晶晶，眨睫毛的樣子很可愛。

沈瑜刮刮沈星的鼻頭，這可不是好吃的。沈瑜小心翼翼地揭掉背簍上面的草，把靈芝整個提出來放到地上。

掉了兩朵，還是最大的，應該是跑的時候刮到了背簍。不過沒關係，就單獨這一朵賣出去也是很值錢的。

十多個小扇子形狀的靈芝層疊如樹，像是經過精心雕琢一般，煞是好看。

劉氏和沈草放好粟米和衣物也過來圍觀。待她們看見地上的東西時，都捂著嘴巴不敢相信。

只有沈星不知道這是何物。「哇，好大的蘑菇，晚上要吃蘑菇嗎？」

「這個可不好吃，不信妳嘗嘗。」說著沈瑜拿起一朵送到沈星嘴邊，沈星也是個膽子大的，想都沒想張嘴就咬。

一口下去，苦得直皺眉頭。「好苦！」

「二丫！」沈草震驚之餘，趕忙撥開沈瑜餵沈星的手。

雖然她沒見過神仙草，但聽別人說也知道個大概。

沈瑜帶回來的這一株都長成小樹了，紅得發亮，這哪裡是什麼蘑菇，山裡的蘑菇沒有她不認識的，這分明就是神仙草啊。

沈星噘著嘴。「不好吃妳揹回來幹啥？」

「拿回來種啊，這個可是好東西，星星不喜歡吃可有人喜歡吃，咱自己種就可以賣錢了。」沈瑜不想讓沈星知道太多，小孩子不需要守什麼秘密，無憂無慮地長大就好。

「這個還能種？」

劉氏驚奇，她也是小時候在娘家時見人採過，就小孩巴掌大的一朵賣了幾百兩銀子，聽她爹說，這東西賣得比金子都貴。

她家二丫揹回來這個最小的都有巴掌那麼大，這得多少錢啊？識數不多的劉氏已經算不來沈瑜這個破背簍裝回來多少錢了。

「能種！」沈瑜給予肯定的回答。

「二丫，真能種？」沈草不信，只知道這東西貴得很，從來沒聽說過有人種，所以有些擔心。

「二丫，要不還是別種了吧，萬一種壞就不值錢了。」

「放心吧，種這個不難，只需要上面這個深褐色的粉就行了。」雖然過了孢子粉採收的季節，但上面還有一丁點的殘留，只要有一點點，沈瑜就能將它發揚光大。

「真的？」劉氏和沈草異口同聲，聲音裡帶著喜悅。

沈瑜讓她們找來新鮮的樹葉，她用木片一點一點把十二朵靈芝頂上的孢子粉輕輕地刮下來。沒辦法，家裡太窮，草紙是不可能有的，只好用樹葉。

劉氏和沈草離得遠遠的，大氣都不敢喘，生怕一個呼吸把那輕如灰塵的神仙草種子給吹沒了，同時拉住沈星不讓她過去。

沈瑜收著種子，趁人不注意，把孢子粉放進了「良種改造系統」，十二個時辰之後取出來，種子就改造完成。

眼前最重要的是，這靈芝樹要怎麼處理？

距離小河村比較近的就是鎮上和錦江縣城，府城的話要走兩天的路，太遠了。

沈瑜決定先去縣城探探路，實在不成再去府城。小地方的土財主也不一定拿得出千兩銀子。

一兩靈芝一兩金子——這是沈瑜從沈草和劉氏嘴裡了解到的。

沈瑜決定這棵十個頭的靈芝樹，不給她五千兩她絕對不賣。

「這個留著咱們吃吧。」沈瑜把兩片掉下來的葉片拿出來。這一家子都瘦弱不堪，個子尤其不高，補一補也是好的。

沈瑜很不滿意自己不足一百六的身材，很想再長高一些。

「啥？自己吃？妳這敗家玩意兒，這是自己能吃的東西嗎？」劉氏第一次拿出當娘的威嚴，把沈瑜臭罵了一頓。

「是啊，二丫，這個自己怎麼能吃呢，好多錢哪！」沈草也勸，生怕沈瑜真的把這東西給吃了。

沈瑜無奈，她又不能自己吃，算了，等有了錢再食補吧。她前世一百七十幾，只要營養夠，再長高應該不是問題。

俗話說得好，二十三竄一竄，二十五鼓一鼓。她今年才十五，還有得竄呢。

沈瑜把靈芝樹放到床底下，把床單拉下來蓋住，叮囑沈草看著，別讓小沈星拿出去玩了。

她則拿著兩朵靈芝，向錦江縣城出發。

知道神仙草在床底下，劉氏連床都不敢坐了，生怕床不堅固讓她壓塌了。還讓沈草時刻在房間裡待著不要出門，嚴防沈星靠近。

小星星撇嘴，她是那麼不懂事的小孩嗎？怎麼都管著她啊，她不開心，出去看大鹿吃草。

小河村距離主道很近，離錦江縣也不算遠，否則當初縣令大人也不可能拐到沈家去找水喝。

小路走一刻鐘的功夫上主道，沿著主道走就會直通縣城。

沈瑜分文沒有，雇不起牛車，只能靠兩條腿走到縣城，到縣城時已是中午。

她沒有耽擱，經過多番打聽後，走進了錦江縣最大、口碑最好的松鶴堂。

她開門見山對夥計說：「你們掌櫃的在嗎？我找他有些事情。」

夥計也沒有不高興，客客氣氣地問：「小姑娘，您找我們掌櫃什麼事？您得先跟我說，我才好給您通報。」

也是，掌櫃哪是說見就能見的。

「我這兒有一些藥材，想賣給你們松鶴堂，還煩勞小大夫幫忙通報一聲。」

原來是賣草藥。「小姑娘，尋常藥材我就能作主，您給我就行了。」

沈瑜笑笑說：「這藥材有點不尋常，你還是幫我找一下掌櫃吧，我怕你作不了這個主。」

聽沈瑜這麼說，夥計思索了一下，把沈瑜帶到後堂。「姑娘在這裡稍等片刻，我去請掌櫃的。」

不一會兒，一位慈眉善目、個子不高的小老頭背著手，優哉游哉地走了進來。「小姑娘，聽說妳有好東西？」

沈瑜也不說話，把那朵稍微小一點的靈芝拿出來放到桌上。

就見方才還瞇著眼的小老頭，眼睛唰的一下，睜得又大又亮。

# 第四章

先前的小夥計也是一驚，沒想到小姑娘要出手的是神仙草，而且看個頭和色澤，年分不會少，難怪說他作不了主。

「姑娘，這是我們周掌櫃！」

沈瑜起身問好。「周掌櫃好。」

老頭個子不高，一頭銀髮，花白鬍子垂到胸前，仙風道骨的模樣倒是有醫者風範。

周掌櫃面色凝重，小心地拿起靈芝，細細觀察了好一會兒，不禁說道：「好東西啊！」

有好些年沒見過這麼好的東西了，越看越喜歡。

「哎？這裡怎麼好像有個牙印？」周掌櫃摩挲靈芝邊緣的幾個小點。

沈瑜有些不好意思地摸了摸臉頰。

「是我家小妹頑皮，不小心咬了一口。」

幸好小星星不在，否則肯定跟她姊急：明明是妳餵我的好不好！

「哦，倒也沒什麼。」周掌櫃沒在意。

沈瑜鬆了一口氣，人家要是因為這兩個牙印，少給幾兩銀子也說得過去。

周掌櫃坐到椅子上，問一旁的沈瑜。「丫頭，這是妳摘的？妳家大人呢？」

沈瑜禮貌的一笑。「是我自己採的，我作得了主。」

小老頭打量沈瑜，心裡卻想：神仙草何時像大白菜了，一個小丫頭隨隨便便就能採到？

「妳打算怎麼賣？」

沈瑜也不端著，實話實說。

「我也不知神仙草價值幾何，聽聞松鶴堂童叟無欺，掌櫃的為人厚道，樂善好施，不如掌櫃的開個價？」

周掌櫃聽聞，哈哈大笑。

「小姑娘倒是會說話，那我也實話實說。這株神仙草品相完好，看成色和大小有百年以上，市面少見，放到京城能賣到千兩銀子，但妳也要知道，我從中也是要賺一些的，所以最多給妳八百兩。」

聽到價格，沈瑜面上不顯，心裡卻是震驚加激動。

她知道靈芝貴，可沒想到這麼貴，她原本以為一朵能賣個三、五百兩就頂天了。

「掌櫃的厚道，您再看看這株值多少？」

沈瑜把背簍裡用布頭蓋著、稍微大的那朵拿出來，這兩朵是長在靈芝樹最底層，個頭也是最大的。

周掌櫃盯著桌上兩株難得一見的神仙草，好半天才說話。「姑娘還有？」

沈瑜搖頭。「沒了，就這倆。」

又是一番仔細端詳。「這株看著怎麼像是從主幹上掰下來的，妳還有？」周掌櫃不動聲色地轉頭看向沈瑜。

沈瑜驚訝，單從靈芝的掰痕就能看出端倪，這個周掌櫃這麼神？

「周掌櫃說笑了，從樹根上扒下來就這個樣子。」

小老頭笑咪咪也沒再追問。「這株大了一圈，兩株總共給妳一千八百兩如何？」

沈瑜自然答應。「掌櫃的爽快！」

滿身補丁都快成乞丐服的小姑娘，知道自己即將有一千八百兩卻依舊面不改色，這可不是一個鄉下窮苦丫頭該有的樣子。

「小姑娘家住哪裡？家裡都有什麼人？」

「我家住小河村……」沈瑜也沒藏著，大大方方地回道。

銀貨兩訖，沈瑜懷裡揣著一千五百兩的銀票，背簍裡裝三百兩的散碎銀子出了松鶴堂。

周掌櫃笑道：「姑娘以後再有這等好東西，一定要來我松鶴堂，保妳滿意。」

沈瑜想想自己即將種植的孢子粉。「好，多謝周掌櫃。」

等沈瑜走遠，周掌櫃折回屋裡把兩株神仙草拿出來，怎麼看怎麼覺得這兩株是從一個大的上面掰下來的。

沈瑜走出一段路，再也控制不住自己激動的心情，原地跳了好幾下。

天降橫財！她就說老天讓她重活一回，怎能看她過成乞丐？

瑜。

齊康正在路上走，遠遠就見一女子跟得了瘋病似的在路上一蹦再蹦。

咦？怎麼有點眼熟？

再往那人臉上看，那張嘴高興得都快咧到耳根了，幾天沒見精神了不少。

「呦，這不是小河村的鯉魚精嗎？別來無恙。」縣令大人搖著摺扇，似笑非笑地走向沈瑜。

沈瑜正興奮呢，冷不防看見縣令大人，尤其是聽到對她的稱呼之後，眉頭不由得皺了一下，但還是恭恭敬敬地給縣令行了一個躬身禮。

齊康察覺到了這細微的動作，不滿道：「妳看見我皺什麼眉？我這玉樹臨風之姿給妳看，妳還吃虧了不成？」

這人怎麼像個浪蕩公子，沒一點身為縣令的莊重，長得好看就隨便給人取外號，沈瑜撇嘴。「縣令大人難道還想收銀子？」

沈瑜這話的對象是縣令其實是有些不敬，但齊康卻一點也不惱，帶著盈盈的笑意。「那倒不必，鯉魚精也好看，我也不虧。」

說她好看？沈瑜心想這縣令不但不莊重，眼睛也不太好，就她這副破衣裳加上營養不良的樣子還好看？

「大人，您莫不是在調戲小女子？」

齊康驚了，把扇子「啪」地合上，然後用扇子指著自己問：「我？調戲妳？」

沈瑜撇撇嘴。「不然呢？」

「妳這小丫頭，給妳根桿子，還真敢爬，要不要讓街上的人來評一評？」他的眼神從沈瑜頭頂掃到腳底，還衝沈瑜露了不止一個腳趾頭的破鞋努了努嘴。

齊騷包又唰的一下把扇子展開，作勢要喊人。

「大家快來……」

沈瑜上前一把捂住齊康的嘴，這縣令莫不是瘋了，還真要讓人來評理？她也不過一句玩笑話而已啊。

齊康比沈瑜高出一頭，沈瑜踮著腳尖仰著頭，齊康微微低著頭看她。

眼前的女子眼睛明亮、睫毛很長，淡粉的嘴唇。粗略看好看，仔細看也好看，他哪裡說錯了？

被他不動聲色地盯著看，沈瑜後知後覺，尷尬地鬆開手後退。「大人您莊重一點，您可是縣令！」

齊康邪邪一笑。「縣令怎麼了？縣令也不能任人調戲！」

沈瑜扶額，她就沒見過這種類型的人，真是適應不了他的腦迴路。

「鯉魚精妳可真不經逗！」

沈瑜鼓了鼓氣還是說出來。「大人，我叫沈瑜，但是是王俞的瑜，不是鯉魚的魚。」

「那都不重要，鯉魚精妳怎麼來縣城了？」

沈瑜算是明白了，她叫什麼不重要，他喜歡怎麼叫才重要。

要說為何叫沈瑜鯉魚精，還得從那日縣令大人從小河村回來說起。

縣衙後廚大娘為了迎接新縣令的到來，特地買了一條又大又肥的鯉魚。

那鯉魚又勁又倔，不但連盆帶水掀翻在地，還把攥著牠的廚房大娘撲騰得坐了個屁蹲。

齊康蹲在地上看著鯉魚打挺、一蹦多高，莫名地想到了沈瑜——魚——鯉魚精！還真是很像啊！

沈瑜覺得跟齊康說話有些上頭。「大人，我還有事先走一步，再見！」說完頭也不回地走了。

齊康站在原地看沈瑜走遠，笑道：「這小姑娘有點意思。」

齊天也很無奈。「大人，您好歹注意一下身分。」

齊康轉回身慢慢走。

「天兒，放輕鬆，這裡不是京城，鯉魚精也不是大家閨秀、豪門貴女，那麼嚴肅做啥？多累。」

齊康想了想，又說：「你不覺得挺好玩的嗎？一逗就炸，哈哈！」

沈瑜沒有注意到身後齊康和齊天兩人走進了松鶴堂。

突然成了暴發戶，該幹什麼？

答案是：買！買！買！

縣城最繁華的地段，整條街都是商鋪，衣食住行在這裡都能得到滿足。

鐵鍋要十兩銀子？買！家裡的鍋碗瓢盆全部換新。

光不同的布就買了十疋，棉花二十斤。給自己挑了兩雙藏青耐髒的鞋，又給家裡的三人各買了兩雙。衣服可以自己做，鞋子比較費時費事，還是買現成的划算。

走進糧店一問價格，沈瑜咂舌。

稻米比粟米貴五倍，買一斤大米的錢能買五斤小米。也難怪沈家明明有二十畝水田，但大米卻一粒都捨不得吃。

稻米產量低，一畝地也就一擔多，還不到兩百斤。扣除五十斤上交衙門，二十畝地也還不到兩千斤，但換成銀錢購買粟米卻很多。

麵粉稍微好一些，但也比粟米貴。大米、麵粉各買了一百斤，又買了二十斤豬肉和排骨。各種調味料也都買了一些。

還有水缸、米缸，以及各種裝東西的罐子。

見什麼有用或可能有用都買，不得不說手裡有錢，隨便花的感覺真是爽！

揹是揹不回去了，沈瑜去街角雇了輛牛車。所有東西加起來整整裝了一牛車。

這一車東西花了將近二百兩。這還是在縣城，百姓都比較窮，某些東西相對便宜，要是府城可就不止這些錢了。

回家的路上，落日已經隱沒在天回山頂，只留餘暉映照著錦水川廣闊的田野。

來時沒顧得上看，這會兒坐在牛車上，沈瑜看向官道西側的錦水川。天回山脈被錦水江攔腰切斷，岸北的山脈向遠處延伸。

縣城在錦水江南岸，也就是天回山脈與官道之間都是錦水川的地界。

「大爺，這錦水川怎麼沒人種呢？就這麼荒廢著，多可惜啊！」

趕車的是一位上了年紀的老人。「可惜啥？咱這兒地廣人稀，土地多的是，在家門口開出幾塊田就夠種了，哪還用得著跑這麼遠來種。」

沈瑜這才想起來，從小河村一路走來，好像沒見過幾個村莊。不像後世每隔二、三里就有一個村子。

還真是地廣人稀，八千畝平原就這麼荒著！

松鶴堂內，齊康問周掌櫃。「您的意思是說，她手裡可能還有神仙草，而且有可能已經成樹？」

齊康新官上任，忙得不得閒，今日才有空探望父親的至交，也是曾經的御醫周仁輔。

「周伯父，您放著京城不待，寧願生活在這窮鄉僻壤，博楠兄怎麼放心，臨行前還託我照看您呢。」

「我那兒子就是瞎操心。這裡雖然窮一些，但山是好山，水是好水，又是我的家鄉，老了，落葉總要歸根。」

兩人又說了一會兒家常，周仁輔忍不住炫耀。「給你看個好東西，今兒剛收的。」

齊家小公子自然見過不少好東西，這兩朵神仙草雖好，但也不是曠世稀有。

不過……仙草樹？這倒是引起了他的興趣，於是他詳細打聽。

姑娘？聽描述，可不就是剛剛在大街上遇見的鯉魚精嗎？

「周伯父說的可是真的？」才幾日不見，那丫頭竟然有如此奇遇，難不成她還真是那錦鯉轉世，命帶富貴鴻運？

周掌櫃喝了一口茶，捋了捋花白的鬍子。「以我多年的經驗判斷，她應該還有，至於多大就不好說了。她沒承認，我也沒再追問，畢竟是人家自己的東西，她若不想出手，問了也沒用。世姪對那仙草樹有興趣？」

齊康擺了擺手。「我沒興趣，只是上面那位壽辰快到了，我爹正四處尋寶呢，每年都是南珠翡翠，沒點新意，那位又不缺那些東西。但如果是罕見的仙草樹，倒是別具一格，分量足夠。」

周掌櫃笑著打趣。「若真能得了，你可是賺了，神仙草再寶貝也不過萬兩白銀，可比那些個稀世珍寶便宜多了。」

「誰說不是呢？」能省好多銀子。

兩人心照不宣，相視一笑。

沈瑜到家時，天已經完全黑下來。

家門口，劉氏她們焦急地等待。看到她，沈星興奮地跑過來撲到她姊懷裡撒嬌。沈瑜把給她買的糕點、糖果和一些小孩子喜歡的零食都塞給她。

小孩兒樂得合不攏嘴，小胳膊都抱不住了，她長這麼大，可從來沒吃過這些好東西。

劉氏看見滿滿一車東西，又是米又是麵的，嚇了一跳。「二丫，這都是妳買的？」

「是啊娘，姊呢？讓她也來幫忙，東西太多了。」

劉氏張了張嘴，想說什麼，見有外人沒說出口。

趕車的大爺幫忙把東西搬到院子裡，沈瑜付了車錢，她們幾人把東西都放好，沈瑜才顧得上吃飯。

晚飯依舊是燉蛇肉，那條蛇不小，早晚吃了兩次還剩一段。也不知道是不是蛇肉大補，今天一天沈瑜都不覺得累。

也是她們幾個身子弱，否則一天兩頓蛇肉非得流鼻血不可。

四人圍坐在一張桌子上，沈星吃零食，劉氏和沈草看沈瑜吃。

沈瑜被兩人直勾勾的眼神盯著，一口粥把自己給嗆著了。「妳們別這麼看我啊……」

劉氏是個藏不住話的，忍了半天終於忍不住了。「二丫，賣了多少錢？妳怎麼買這麼多東西？」

沈瑜看看沈星，小孩兒只顧著手裡的糖果，對她們三人談話的內容一點興趣也沒有。

沈瑜把事情經過簡單說了一下，然後，除了沈星還在吃，劉氏和沈草傻愣愣地杵在那兒說不出話來。

劉氏也顧不上埋怨沈瑜花了二百兩，她們作夢都沒想過自己會有這麼多錢。

沈瑜也不勸，總得給她們時間消化。世間有幾人能有這等造化。

第二天早飯，沈瑜終於吃到了夢寐以求的白米飯、紅燒肉，感動得眼淚都快流出來了，這才是人過的日子啊。

沈星大口地吃米飯，幸福地直瞇眼睛。以前只有過年那天沈家才會做一次，還只給她小半碗，沈老太說她吃多了浪費。

沈瑜怕她一次吃太多傷了脾胃，在她要盛第二碗的時候攔住了。「一次吃太多對身體不好，咱家以後頓頓白米飯，中午做烙餅和排骨。」

小孩兒這才打個飽嗝，不捨地放下碗筷。「姊，以後能頓頓吃肉嗎？」

劉氏笑道：「美得妳！還頓頓吃肉？」

沈瑜給她保證。「沒問題！」

「妳就慣著她吧。」

劉氏節儉慣了，有錢了也改不了省錢的習慣。

「錢留著也不下崽兒，生不帶來死不帶去，一定要吃好喝好，不能虧待了自己。」

劉氏一臉不贊同，繼而苦口婆心。「二丫，有錢也不能這麼花，錢都是省出來的。再說，妳們三個早晚要嫁人，嫁妝豐厚嫁得才好。」

「您這話說得不對，錢是掙出來的，不是省出來的，您省了半輩子，地裡也沒蹦出半個銅板。」

劉氏啞口無言。

沈瑜接著說：「至於嫁妝您不用操心，我姊和星星的嫁妝，我自然會給她們準備。」

劉氏也知道自己這個女兒自從上次醒來，性子變了，主意大得很，說不過她，索性閉嘴。

「星星，陪姊去錦水川轉轉，妳也好消消食，看妳的小肚子鼓得像個大冬瓜，哈哈。」

「妳去錦水川幹麼？那邊全是雜草和稀泥，摘野菜人們都不愛往那邊去。」

「娘，咱家現在有錢了，得弄點地，不能坐吃山空，如果咱能把錦水川開墾出來，以後就不用愁了。」

「行，那妳們去吧，我和妳姊把衣服做出來。」沈瑜買了很多布料，她得盡快給一家四口多做幾件衣服。

等沈星她們走了，劉氏擔憂地對沈草說：「二丫怎麼就不愛做針線活了呢，女人家不會縫衣服能找到好人家嗎？」

沈草卻不以為意。「咱家現在哪樣不是二丫帶來的，她自己有本事，還怕嫁不出去？就憑那個東西。」說著衝床下努努嘴，示意劉氏有仙草樹，不用怕妳女兒嫁不出去。

沈草的意識裡，這寶貝是沈瑜得到的，以後自然都是沈瑜的。

沈草腦海裡突然出現那個年輕又好看的縣令大人。「縣太爺都嫁得！」誰也想不到，玩笑時的戲言，竟是一語成讖。

沈瑜牽著公鹿的繩子，去水草茂盛的地方順便放放鹿。這鹿還真把這裡當家了，老實得像頭牛。

「姊，我們要一直養著牠嗎？」沈星蹦蹦跳跳圍著鹿轉來轉去。她很開心，沒人打她還有姊姊疼，最重要的是吃得好。小小的人兒心裡也裝不下別的東西了。

「養著吧，過幾天做輛車給牠拉。」

「哇，那我就可以坐車了！」

「星星可以給牠取個名字。」

「嗯？小鹿？不對，應該叫大鹿。」

「我記得咱村子王棵家的孫子就叫王大鹿吧，妳叫一聲大鹿，人家答應了怎麼辦？」沈瑜開玩笑地說。

「對喔，那叫什麼呢？」小丫頭冥思苦想。

「叫鹿丸怎麼樣？好不好聽？」

沈星想了想。「姊，這不好聽，鹿完，鹿要完？」

沈瑜無語。「……」讀書少不能怪孩子。「星星，過陣子我教妳讀書寫字。」

沈瑜打算閒下來後，買幾本書把常用的字都認一認。

錦水川原來是一片沼澤，如今已經乾涸，只有少數地方水汪汪。

其中一個稍大的塘，她要是沒記錯的話，當初沈富貴要把她沈的就是這個塘。沈瑜有些無語，水深也就到她膝蓋，他是想淹死誰？

土是黑土，多年的腐植滋養，土壤肥沃。靠近官道是錦水江的支流，常年水流不斷。這麼好的地方居然荒著，能不窮嗎！

只是這錦水川上有樹根、草根、石頭，還有爛泥，想要開闢出一塊塊的稻田，需要耗費很大的人力。

要怎麼在最短的時間內墾出田來？沈瑜也發愁。

只能請人了，能弄出多少算多少吧，她手裡的銀子夠弄個幾百畝了。

兩人回來還沒到中午，沈瑜讓劉氏切了一塊豬肉，又拿了幾樣糕點和一段蛇肉去了村長家。除了感謝，還想問問開荒地的事情。

得知沈瑜想開荒，村長趙作林猶豫了一下。

「五畝地確實是少了點，但妳們娘兒幾個沒什麼力氣，也刨不出幾畝田。而且馬上要種了，妳們現在弄，今年種可能來不及了。」

沈瑜道：「我們確實不行，所以我想請村裡人做，到時還得麻煩您幫忙找幾個老實本分的。」

趙作林納悶，分家時沈富貴可是一分錢都沒給，她們孤兒寡母的，哪來的錢請人？

趙作林有些為難。「請人是要花錢的。」即便他是村長也不能每次都讓人白做工，幫忙總要有個限度。

沈瑜看出村長的顧慮，趕忙說：「您放心，我出錢，我想問問錦水川那片地怎麼個買法？」

「妳要種錦水川？」村子周邊的土地已經被開墾得差不多了，沈瑜她們想開荒地，可不就得往更遠的錦水川？

「錦水川那邊比較荒，樹根多，開墾起來費勁。人們都不愛往那邊去，不過土壤卻很肥沃，地勢也平坦。」

「已經開墾出來的一畝地要賣六兩銀子以上，荒地價格低一些。新開荒免三年賦稅，以後每畝每年交半擔產出，如遇災年，官府會酌情減賦。妳能開出幾畝去衙門登記……」

知道了想要知道的消息，沈瑜告別了村長。

沈瑜走後，村長媳婦看著肉，眉開眼笑。「這二丫可比沈家那一家子強多了，知恩圖報。」

通往縣城的官道上，一輛馬車正緩緩地駛向小河村。

馬車裡，縣令大人慵懶地斜靠在軟墊上，一雙無處安放的大長腿透過簾子伸到了馬車外。

「也不知道以我和她的交情，鯉魚精會不會賣給我？」

坐在前面趕車的齊天忍不住道：「公子，雖說您與沈姑娘見過兩面，但是你們沒交情。」

不但沒交情，昨兒還把人氣走了。

齊康不以為然。「怎麼就沒交情了，一言一行皆關情，我與她雖只見過兩面，但我們可是說過不少話，而且她還摸了你家公子我俊美的臉龐，你敢說沒交情？」

齊天很識趣地閉上嘴，跟他家公子爭論，那些世家子弟都甘拜下風，他算老幾？

沈瑜到家已經快中午了，沈星兩眼放光地跑出來撲到她姊身上，沈瑜不解地問：「這是怎麼了？」

沈草在一旁笑著說：「等妳的烙餅燉排骨呢，我和娘要做米飯，她攔著不讓，偏要等妳回來做。」

「好，馬上做。」沈瑜摸摸小孩兒的頭頂，讓她自己先玩。

劉氏和沈草沒做過幾次麵食，烙餅更是從來沒做過。

沈瑜前世自己生活，廚藝不差，早上的紅燒肉已經征服了一家人，否則沈星也不會指定她來烙餅。

一家子老實人，腦子也比較簡單，都沒想那麼多，都覺得是二丫聰明，想吃啥自己一琢磨就會，做出來的也好吃！

排骨已經剁成小段洗好，就等沈瑜回來做。

火灶裡燒上乾樹枝，鐵鍋很快就嗞嗞冒熱氣。其實劉氏她們不太會做的另一個原因是——第一次使用鐵鍋。畢竟以前做菜都是放瓦罐裡煮。

半勺豬油化開，再放半勺糖炒色，大料、桂皮等與排骨一同下鍋翻炒，濃濃的肉香飄出老遠。

沈星站在廚房門口用力吸吸鼻子。「好香啊！」

「妳沒看看妳姊放多少油，多少好東西，能不香嗎？」劉氏的聲音從院子裡傳來，沈瑜做菜她都不敢進廚房了，怕看見沈瑜糟蹋東西，心臟病犯了。

活了半輩子，沒見過誰做菜放一勺油的，她說一句，死丫頭回她好幾句，她還能說什麼，眼不見心不煩唄！

「星星走遠點，別站在那兒。」沈瑜把沈星趕走，爆鍋的油煙聞多了可不好。

燉排骨最好放點配菜，於是沈瑜放了一把去年曬的蘿蔔乾，這是沈老太唯一讓劉氏帶走的乾菜，因為蘿蔔乾家家都很多，他們早就吃膩了。

排骨繼續燉著，沈瑜開始和麵。

把麵粉用溫水和好，麵團要軟不能硬，這樣做出來的餅才軟和。醒一會兒，把麵團擀成薄薄的一大張，抹上一層化開的豬油，捲成一個卷再切成一小段壓平，再擀成餅。

餅不能擀得太薄也不能太厚，太薄沒有層次、口感也不好；太厚又不酥脆，所以這烙餅看似簡單，真要做得好吃也不容易。

擀好十張餅，排骨也可以出鍋了。

烙餅用的也是豬油，昨天買回來的豬肉，肥肉都讓劉氏榨成油放在瓦罐裡存著。豬油葷腥味有點重，但烙出的餅格外酥脆，裡面柔軟起層，一口下去，唇齒留香。

沈草邊燒火邊看沈瑜做的步驟，最後她也得出一個結論：就是捨得放油。早上熬出來的豬油下去了一大塊，這要讓她娘看見，少不了又是一頓嘮叨。

排骨和烙餅都太過油膩，沈瑜把沈星在山腳挖的野菜放點糖和鹽，做了一盤涼拌菜。

一盆燉排骨、十張烙餅、一盤爽口小菜，四人話都顧不上說，吃得一片菜葉都沒剩。尤其是沈星，差點又吃撐，躺在那兒讓沈瑜幫忙揉肚子。

「我怎麼覺得這個蘿蔔乾比肉還好吃。」沈草喜歡吃排骨裡面的蘿蔔乾。

吃飽了就犯睏，沈瑜很想睡一覺，但是不行，系統裡的孢子粉已經改造完成，要盡快育種才行。

聽說準備種神仙草，原本打瞌睡的劉氏來了精神。沈瑜要木屑，她自告奮勇地去村裡木匠家拿回一袋木屑，沈草則在屋裡縫長條麻布袋，種神仙草要用孔隙較大的麻布。

沈瑜把木屑加上麥皮、秸稈和少量黑土攪拌好，裝進麻布袋後上鍋蒸一下，此步驟是用來消毒。之後在戶外晾曬，培育袋要保持一定的濕潤，所以並不需要曬太久。

最重要的一步是把孢子粉植入布袋中，這一步至關重要，沈瑜自己來，其他幾人目不轉睛地蹲著看。

沈瑜拿出來的孢子粉，沈草總感覺和昨天有些不同，至於哪裡不同，她也說不出來。

另一頭，齊康到沈家撲了個空，才知道沈瑜一家早就搬了出去。

馬車走遠，沈富貴一屁股跌坐在椅子上，用袖子擦額頭上的汗，心怦怦跳個不停。

縣令大人的突然到訪，差點把沈富貴嚇尿了，他以為縣令是給沈瑜她們主持公道來了。

齊天趕著馬車向村外的小茅草屋駛去。「是山腳下那個新蓋的茅屋吧，記得上次還沒有，應該是最近才起的。」

「我就說她是個有本事的，才幾天功夫，我縣衙還沒歸置好呢，她不但搬了家還把房子都蓋起來了，你說她是不是本事很大？」

齊天也贊同道：「那位沈姑娘確實有些不同，似乎不怎麼怕您，而且……」說到此，齊天停住了。

齊康嗤笑一聲。「而且也沒有對我犯花癡！」

「是！」

要知道他家公子在京城，有多少女子求嫁，上到高門大戶，下到小家碧玉。就連現在走在錦江縣城的大街上，也會引來不少年輕女子的注目。

齊公子一回眸，能讓無數少女臉紅心跳。

臨行前他家夫人再三叮囑他一定要看好小公子，千萬不要讓本地的鄉紳土豪給搶去做了上門女婿。

可偏偏沈瑜對他家公子的俊美視而不見。

齊康嘴角一勾。「這才有趣！」

另一頭，沈瑜把孢子粉的袋子擺在地上，準備往裡塞種子。

「小魚兒妳在做什麼？」

沈瑜正蹲著往麻布袋裡放孢子粉，被齊康突然的一句驚得坐了一個屁股蹲。

齊康笑道：「哈哈，小魚兒見到我如此激動？讓本官甚是欣喜！」

你欣喜個屁呀，任誰突然聽到不該出現的聲音，都會嚇一跳好唄！

縣令來訪，劉氏和沈草趕忙下跪，只是還沒跪下時，被齊康用扇子輕輕攙了起來。「這裡不是衙門，妳們也不是犯人，放鬆放鬆。」

再看沈瑜，兩手搭在彎曲的膝蓋上，一副吉祥坐的姿勢仰頭看齊康。

每次見這位縣令，他都是一副眉眼含笑的模樣，就像這人從來都不會生氣，讓人感覺很舒服。

他那輕狂不羈的個性，也沒有讓丰神俊朗之姿有半分減少。

不得不讓沈瑜感嘆一句：美男的微微一笑如柔風輕拂、醉人心田啊！

劉氏本就不知所措，見沈瑜坐著沒動，生怕縣令大人怪罪。「二丫，快給縣令大人行禮！」

「要跪？」沈瑜問齊康。兩次接觸，她也看出來了，這縣令性子不怎麼著調，但是人不壞。

「看妳的樣子就不想跪，算啦，我是個大度的官老爺，不跪就不跪吧！」

聽她這麼說，劉氏和沈草又要跪，讓齊天給攔住。「大人微服出巡，不必跪。」

「就是，妳們看小魚兒就不與我見外。」齊康居高臨下看坐在地上的沈瑜，一副調侃的語氣。

沈瑜白了他一眼。「……」

昨天還鯉魚精，今天又變成了小魚兒，這人怎地這麼愛給人取外號。

話說他突然來她這茅草屋幹啥？體察民情？

三個長條麻布袋還在沈瑜的面前擺著，齊康好奇，也蹲下來看。

「小魚兒，妳這是在做什麼？看著好奇怪。」

「種蘑菇！」

「種仙草！」

兩個聲音同時響起，一個是沈瑜的，另一個則是沈星的。

沈瑜猛地轉頭看沈星，小孩兒嘴真快，少叮囑一句都不行。不過再聰明的小孩兒還是小孩兒，哪有大人想得那麼多。

見沈瑜看她，沈星知道自己說錯話了，吐吐舌頭，不好意思地跑進屋裡。

齊康掏掏耳朵問：「沈瑜妳說啥，我沒聽清。」

「我說種蘑菇！」

「不對，另一句。」

齊康盯著沈瑜看，誓要從沈瑜嘴裡得到肯定答案。

沈瑜很想說那不是我說的，但想想也沒什麼，靈芝種出來以後早晚也得知道，還不如現在告訴他呢。

「是神仙草，不過我也只是試試，能不能種出來還是兩碼子事呢。」

齊康不淡定了，自動忽略了沈瑜的後半句。「妳真能種出來？」

沈瑜再次強調。「不知道，試試看吧，能種出來最好。」

齊康又問：「妳是怎麼想到要種神仙草的？」

「你是怎麼知道我有神仙草的？」沈瑜看著齊康，反問道。

但凡種植必定要有種子，齊康沒有問她哪來的神仙草，再聯想松鶴堂不遠處的相遇，也就是齊康可能已經知道了她有。

「咳，小魚兒，妳手裡有仙草樹，對吧？」

沈瑜危險地瞇瞇眼睛，沒有回答。

齊康也不在意，一撩衣襬盤腿坐在地上，跟沈瑜來個面對面。

# 第五章

「妳先別否認，那個東西妳留著也沒多大用處，要是照顧不好可能還長毛呢，不如賣給我。放心，我會給妳個好價錢，考慮考慮唄！」

沈瑜沈思片刻，齊康說得不無道理，她家這條件，即便乾靈芝總放在床下，遇到雨天也得長毛生蟲，那就一文不值了。而且她不懂怎麼炮製藥材，要怎麼弄乾都不知道，還是早點賣了省心。

「縣令大人準備用多少銀子買？」

齊康一笑，有門兒！

「我要先看貨，以質定價。」

「可以！」

「還有，小魚兒不用跟我見外，縣令聽著多彆扭，我姓齊名康，妳可以叫我齊大哥或者阿康！」

沈瑜沈默。「……」

「沈姑娘可稱呼大人為公子。」齊天及時出來解圍。

「齊公子請在院子裡稍等片刻。」沈瑜進屋把神仙草從床底下搬出來。

劉氏和沈草把屋裡的凳子、桌子搬出來，屋子是她們幾個女人的臥室，外男不好進，只能把桌椅搬出來，不能讓縣令大人一直坐地上。

當齊康看見十朵成樹的神仙草就放在一個破背簍裡時，第一次瞪大眼睛。「妳就把它放這裡？暴殄天物啊！」

沈瑜翻了一個白眼。「我又沒拿它餵豬，暴殄啥天物？」文人就是矯情。

齊康無奈。「好吧，小魚兒妳說啥都對。」

沈瑜已經不想在糾正外號的問題了，反正不叫這個，齊康也會給她取另外一個。

沈瑜把仙草樹提出來放到桌子中央，十個大小不一的褐色圓盤長在同一主幹上。

齊康坐下來細細的看，片刻後道：「小魚兒，這株仙草樹確實罕見，是個好東西。單獨一朵拿出來也值千八百的銀子，整棵樹價值肯定是要翻倍的，我給妳兩萬白銀如何？」

二萬兩？沈瑜突然想，她這輩子不用奮鬥都可以衣食無憂，天天吃米、頓頓吃肉。但總不能辜負老天讓她重活一世的美意，而且混吃等死也不是她的風格。

「大人，我想跟您做一筆交易。」

「哦？什麼交易？」齊康問。

「我想用這一棵仙草樹換錦水川的土地。」

「……」齊康以為自己聽錯了。「小魚兒妳再說一遍，我今天耳朵好像不太好使，總是聽不清楚妳說什麼。」

「我要錦水川的全部土地！」

這是沈瑜剛剛頭腦裡靈光一閃的想法。想要買地找誰？當然是父母官啊，如今人就坐在面前，現在不用待到何時？

齊康第一次臉上沒了笑容，盯著沈瑜。

「沈瑜，妳知道妳在說什麼嗎？錦水川有八千多畝，只多不少，荒地價格最低一畝五兩銀，四萬兩白銀妳就用這棵樹跟我換？」

齊康是真的有些不高興，他欣賞沈瑜不假，但如果是貪心不足、要那不該得的，區區一棵樹而已，他齊家又不是非要不可。

「大人您誤會了，我沒那麼大的臉以少換多。該多少錢就是多少錢，餘下的我補齊。」

聽沈瑜這麼說，齊康臉色才好看了一些，幾息間又換成了那副笑咪咪的樣子。

「四萬扣除兩萬，還要兩萬，妳拿得出嗎？」

沈瑜一攤手。「拿不出。」

齊康無言。「……」那妳還說！

「不知沈姑娘，二萬兩要如何還？」

沈瑜道：「分期付款或秋後拿糧食抵。」

「拿糧食抵我知道，分期付款又是什麼？」

「就是等我秋後賣了糧食得了銀子，再把銀子還給你，或者秋後收了糧食，按照市價，您都拉走。」

「這倒是很新鮮的做法，不過，這好像是一回事吧，都是秋後再給，只是方式不同而已。」

沈瑜摸摸鼻子沒說話。

「小魚兒，那妳是打算用幾年來完成這個分期付款呢？一畝地算一擔半的產出，去掉糠皮雜質，一年才多少收成，妳確定妳還得起？」

「最多三年，而且算利息。我們簽字畫押立字據，三年後我若還不上，您完全可以收回錦水川，縣衙沒有一點損失不說，我還把地開墾出來，您不虧……」

與他討價還價的沈瑜淡定自若、才思敏捷，彷彿是多年的經商老手，這讓齊康對她的認識又深了一層。

「妳這招空手套白狼用得實在是妙啊，小魚兒，我小看妳了。」

「大人說笑了。」

「二萬兩不用欠債就可以買下錦水川的一半，小魚兒為何不暫時買一半，等以後有能力了再買下另一半，這樣也減少風險，萬一有個閃失呢？」

沈瑜擺擺手。「那不行，我把一半種好了，另一半萬一被別人買走了呢，我找誰要去？」

齊康笑著看沈瑜。「妳就這麼自信？」

「大人要不要信我一次？」

齊康沒回答。

「八千畝，開墾出來都要費一些時間，何況現在已經開始播種了，等妳拾掇完把田壟劃出來再下種子，人家的麥子都快出穗了，妳是打算秋天吃草嗎？」

沈瑜一笑。「這個不煩勞縣令大人費心，您就說答應還是不答應吧。」

「賦稅最多給妳免三年，三年後即便妳一棵苗都不種，賦稅也得照樣交，一畝地半擔，八千畝就是四千擔，妳可要想好了，簽字畫押就不能反悔。」

「放心，我不後悔！」

「好！明天去縣衙簽字畫押！」

沈瑜笑道：「大人爽快！」

談完了交易，兩人之間的談話變得輕鬆不少。

「小魚兒，雖然這神仙草在某些人眼裡價值千金，但畢竟是死物，八千畝良田就不一樣了。妳若真能種起來，何止千金？」齊康看得遠，錦水川的價值何止四萬兩。

沈瑜覺得跟齊康交談省心，也很舒心。

「借您吉言，我定將錦水川發揚光大！」

齊康讚賞地比了個大拇指。

「如今妳是本縣最大的地主，本縣令自然要幫扶一二，妳有什麼要求，我能做到的一定盡力而為。」
沈瑜想了想，還真有一件事需要縣令大人幫忙。「我要在全縣招工。」
錦江縣地廣人稀，想要一次性招幾百人一起幹活不容易。她又不能一個村一個村去找人，如果是縣衙張貼告示，那就方便多了，可信度也高，無形中減少人們的懷疑。
齊康失笑。「嘿，妳還真是……我就是客氣客氣，妳倒是真不客氣！妳其實不是鯉魚精是算盤精吧？比算盤還精。」
沈瑜呵呵。「……」她又多了一個外號。
事情辦完，齊康準備回縣城。沈瑜覺得齊康給了她很大便利，她應該投桃報李。
「大人留下來吃頓飯吧？」
說到吃飯，齊康用扇子一拍齊天腦門。「天兒，咱們是不是忘了啥？」
齊天站起來走出院門，等再回來時手裡多了幾包糕點、糖果，居然還有一條大魚。那魚用水桶裝著，撲稜著濺了齊天一身水。
見此情景，齊康指著活蹦亂跳的鯉魚對沈瑜說：「看，像不像妳？」
沈瑜無語。「……」
「姊，好大的魚啊，怎麼吃？」沈星在屋子裡早就待不住了，知道有魚馬上跑出來。
沈瑜想起昨天買了茱萸。「水煮魚，又麻又辣又香，想不想吃？」
「好！」沈星也不問麻辣是啥味道，反正她覺得她姊做的菜一定好吃。

齊康把伸出去的一條腿又悄悄挪回來問：「何為水煮魚？」

沈瑜嘴角一勾，齊康是個吃貨！「想知道？」

梨渦淺笑，撩人心懷。

「既然小魚兒盛情挽留，我就卻之不恭了。」說完坐到凳子上，胳膊肘擱桌子邊，一手拄著下巴，笑咪咪看著沈瑜。

齊公子願意在鄉野茅屋吃一頓飯，是為美食還是為美色，旁人就不得而知了。

走進廚房，劉氏悄悄對沈瑜說：「二丫，咱家也沒啥菜啊？」

她家窮，廚房裡除了豬肉就是山上摘來的野菜，連一片小白菜都沒有。

「不慌，我來做。」肉菜做法千萬種，隨便做一種就夠他們驚訝的。

鯉魚有三斤多，再加上一、兩道菜就夠了，齊康什麼好吃的沒吃過，重要的是吃個新鮮。

這朝代茱萸是用來溫補身體的藥材，極少有人用來做菜。

沈瑜花了大錢買花椒、茱萸回來，沒想到這麼快就派上了用場。

簡易版的水煮魚並不考究，除了魚肉只放了點野菜，沈瑜嘗了嘗，味道也不算差，一辣遮百味，鯉魚的土味也沒那麼明顯了。

另外，沈瑜做了鍋包肉、野菜小炒肉、涼拌菜，飯是瓦罐燜白米飯。

飯菜備好，劉氏和沈草無論如何都不肯上桌，齊康一再要求也沒用，她們寧願在廚房蹲著吃，也不願意與縣令大人同桌。

桌子不大，人多了也坐不下，沈瑜把菜分出一些給廚房的娘兒倆。

沈星是個膽子大的，讓她陪她就陪，一點都不扭捏。

齊康開玩笑說：「小星星一看就是做大事的。」

得了縣令大人的誇獎，小孩兒還不好意思地紅了臉。

沈瑜盛了一碗清水給沈星，讓她涮著吃，小孩兒吃太多辣不好。

齊康挾了一筷子魚肉進嘴裡，肉質滑嫩鮮香，好吃！

他第一次吃到這種做法，得知主料是茱萸，更是驚奇。「茱萸居然還有這種用處？」

「我也是瞎琢磨出來的，大人吃著可還行？」

「嗯，好吃，這個鍋包肉也好吃。」齊康吃得很快卻並不狼狽，齊天也是差不多。

看兩人的樣子，沈瑜就知道，這頓飯又征服了縣令和他的跟班。

吃飽後，齊康開玩笑道：「小魚兒，要知道妳有這手藝，那日就該把妳拐去縣衙。」

沈瑜嘴角一抹淺笑。哼哼，對付吃貨，沒有什麼是一頓美食解決不了的，一頓不行就兩頓！

一頓飯無形中拉近了兩人的距離，沈瑜與齊康說起話來隨意不少。「我可不給你做廚娘。」

「廚娘確實委屈了妳。」齊康停頓了一下，似笑非笑。「有個位置空著，就怕妳不敢做。」

沈瑜好奇。「什麼位置？」

齊康美目中秋波流轉。「縣令夫人！」

沈瑜一噎。「……」她就不該好奇，更不該問。

若不是她心智成熟，說不定還真被齊康給撩到，她可不信齊康對她有情。沈瑜曾端過一盆水照過自己，面黃肌瘦，毫無美感可言。

俊男看上村姑？不是眼瞎就是腦殘，顯然齊康哪個都不是，他就是浪！

齊天暗暗心驚，他家公子什麼意思？

齊康雖然玩世不恭，愛玩愛鬧，什麼事都不放在心上，卻十分懂得分寸，尤其是對待女子。

在京城時避女子如避蛇蠍，不知惹哭了多少小娘子，如今怎麼突然轉性了？齊天心裡琢磨要不要寫信通知老爺和夫人？沈姑娘這條件可是連鄉紳土豪都不如。

飯後，沈瑜把先前沒做完的事做完，培育袋暫時只能放到她們的臥房。齊康看了種植神仙草的全程後，準備回城。

「小魚兒，妳就讓我這麼拿回去？」齊康指著藤條都斷了幾根的破背簍問。

「您就湊合著拿吧，要不用那個？」沈瑜指指一旁裝魚的木桶。

齊康一臉嫌棄。「不要，一股腥味！」

沈瑜心想：吃的時候你可沒嫌腥。

「這就是那頭鹿？」

齊天聽了沈瑜關於神仙草的奇遇，對這隻鹿充滿了好奇，抬手要摸，被公鹿躲開。

「嘿，脾氣還挺大，我來試試。」齊康走近，伸手捋了捋鹿的皮毛。大鹿轉頭看看齊康，然後又轉過去吃地上的草。

沈瑜驚訝，這貨居然不頂人？難道動物也看臉？

縣令大人得意。「看吧，本公子人見人愛！」又摸摸。「挺肥，肉一定很美味！」哪知他話音剛落，公鹿抬起尾巴衝齊康放了一個響屁。

齊康憋氣。「……小魚兒，吃鹿肉，一定要叫上我！」

眾人憋笑。

沈星趕緊道：「才不要吃鹿丸！」她姊說是丸子的丸，不是完蛋的完，鹿丸這個名字就定下了。

得知這鹿不打算吃，齊康惋惜地走了。

送走縣令，劉氏終於忍不住了。「二丫，這地買得太多了，咱們怎麼種？」八千畝啊，還是荒地。

老老實實拿那二萬兩不好嗎？非要買地，二萬兩銀子飛了不說，還倒欠人家兩萬。這世上就沒這麼膽大的姑娘。

沈草也忐忑。「二丫，種田最是辛苦，出產還少，除去賦稅，幾十畝地一年的產出也就夠一家人吃用。有錢人家都搬到城裡，沒人愛種田。」

在沈草看來，二丫有那麼多錢，就不應該吃這苦，不如搬到縣城、府城，再買上兩間店鋪，今後的日子就不用愁。即便嫁人，有銀子傍身，婆家也不敢輕看。

沈瑜明白說空話，她們不會信，只有等到糧食收穫後，看到了價值才最有說服力。「反正已經買了，妳們也聽到了，縣令大人不許我反悔。」

劉氏嘆氣，剛過上兩天消停日子，這丫頭就給她捅出這麼大的窟窿，這孩子膽子怎麼就這麼大呢？

劉氏計算著養點啥多賺點錢，好幫二丫還債。她說養豬，被沈瑜給攔住了，她家現在不缺買肉的那點錢，養豬味道太大，不養。

「娘，您養點雞鴨就成，豬就算了，您還得幫我看著田呢，哪有時間。」

劉氏一聽也是，二丫種地不行，還得靠她。

地拿到了，得趕緊行動起來。春播最是關鍵，按照往年的規律，再有十天八天就該大面積播種了，耽誤不得。

第二天，沈瑜起了個大早，牽著鹿丸去村長家借車給牠套上，剛開始不適應，鹿丸掙扎了幾下，被沈瑜安撫下來。

村長媳婦看得新奇。「這鹿真壯實，可比老牛威風多了，還一分錢沒花。」她想要上去摸，被鹿丸虛虛頂了一下。

沈瑜知道她的重點是最後一句——一分錢沒花！貪便宜心理。

沈瑜親自駕車，一開始不得要領，走了一段路後逐漸熟悉了。鹿丸很聽話，走得也快。到縣衙時，齊康還沒起床。

齊天領著沈瑜來到縣衙後院。

「呦，來這麼早。」齊康穿著裡衣打呵欠、伸懶腰。

沈瑜心想遲則怕你生變，契約早拿到手她也早心安。「大人早！」

「不早了，昨兒回來得晚，又忙了會兒公事，睡得晚些，可不是我賴床！」齊康衝人眨眨眼睛。

「呵呵，大人說笑了。」沈瑜呵呵笑。你早起晚起關我什麼事。

「妳先去前廳，我已經叫師爺起草了文書，等一下我們商量具體事宜。我稍後過去。」

「不急，您先吃早飯吧。」還沒吃飯就幫她辦公，怪不好意思的。

「小魚兒真貼心！」

沈瑜默然。「……」

用了差不多一上午，把契約簽好、招工文宣定案，沈瑜把田契揣懷裡拍了拍，一顆心終於落了地。

縣令大人則看得一言難盡。

「我說小魚兒，妳好歹也是本縣土地最多的人，怎麼還穿得跟乞丐似的。也幸虧我不是那種看人下菜碟的人，否則就妳這身打扮，縣衙妳都進不來。」

沈瑜尷尬地撓撓頭，她全身上下除了新買的鞋子，衣服還是沈家出來那套，補丁一個接一個，袖子、褲腿掉半截。

早上進縣衙時可不就被攔住了？幸好齊天及時出現。

此時此刻，院子裡打掃的人還時不時地偷瞄一眼，估計他們挺好奇縣令接待一個乞丐幹啥？

沈瑜有些不好意思。「新衣服還沒做出來，我知道大人您不是那麼膚淺的人。」

齊康則嚴肅地搖搖頭。「妳錯了，我就是那種膚淺的人。」

沈瑜微笑。「……呵呵！」行吧，你開心就好。

走出縣衙，沈瑜又馬不停蹄去了糧種店。

每畝田要兩斤稻種，錦水川的全部面積至少需要一萬六千斤稻種。

大米二十文一斤，稻種經過篩選，顆粒飽滿要三十文一斤。光買稻種就花了近五百兩銀子。

沈瑜又買了些家用品，一百兩又花得差不多了。兩天的時間，一千八百兩花出去了八百兩。

錢可真不經花！招工，每人每天三十文，一人幹一天活也就能買一斤半大米，可想而知大米有多貴。

可米這麼貴，種稻的人卻不多，可見產量有多麼低。

接下來開荒到栽苗再到收割需要大量的人力，一千兩並不多，她手裡也是緊巴巴的。

回家的路上，沈瑜把稻種都放進了系統。車子突然一輕，鹿丸還奇怪地停下來四處看，也不知道牠看清楚了沒有。

回到家把東西放下，去村長家還車。沈瑜提出讓村長幫忙在村裡招工，明天早上就開始，她得盡快把育種的田收拾出來。

沈瑜的話無疑平地驚雷，炸懵了村長和他媳婦。

「妳說妳把錦水川全都買下了？」趙作林聲音顫抖。

「妳哪來那麼多錢？」村長媳婦卻抓到了重點。

沈瑜肯定地回答了村長後說：「我想請您做監工，村裡人我不熟，而且都是男人，我也不大方便。其他人每天三十文，我給您五十文錢，您看行不行？」有村長在，那些想要偷懶的人自然不敢。

趙作林擺擺手。「那倒不用，閒著也是閒著……」沒等說完，被他媳婦拐了一胳膊肘。

沈瑜笑笑。「這不是一天兩天的活，怎麼能讓您白出力？就這麼定了，一天給您五十文，您來幫我把關。」

趙作林點頭。「沒問題，大多數人家種子已經種到地裡了，正是閒的時候，有我看著妳放心。」

送走了沈瑜，趙作林還是一副驚魂未定的神情，而他媳婦則說：「這沈家大房可不得了，剛分家幾天就發達了。錦水川啊，那得多少銀子，你快幫我算算。」

趙作林瞥了媳婦一眼。「妳算那個有啥用，又不是妳的。」

村長媳婦眼珠子轉了轉，捅捅自家男人。「哎，你說她家窮得叮噹響，哪來的錢？是不是縣令大人……我可聽說昨兒那位長得如花一樣的縣令去沈家找她……」

「啥？縣令來咱們村了？我怎麼不知道？」身為一村之長居然不知道縣令大人蒞臨，是他的失職。

村長媳婦斜了他一眼。「你知道幹啥，又不是給你送銀子。」

趙作林呵斥。「別胡說八道！」

村長媳婦撇撇嘴不說話。

村長辦事有效率，第二天大清早，就有十幾個壯漢出現在沈瑜家門口。

一天三十文錢，日結，與在城裡做工是一樣的。在鄉下除了地主家，沒人會請人做活，這可是難得的賺錢機會。

一開始他們心裡有些忐忑，沈瑜拿得出錢嗎？最後想，寧可白幹也不錯過。

在沈瑜的指揮下，一幫男人扛著鋤頭開始了墾荒，地址選在靠近錦水江支流西側，有水源，離家近。

錦水川原本是沼澤，因此草多、樹根石頭少，土質軟，修整起來並不困難，所以一個人一天能刨出半畝到一畝。

十幾個人一天把十畝田弄得規整，沈瑜十分滿意。

晚上沈瑜發工錢時，大家臉上笑開了花，得知第二天還要繼續，更是樂得合不攏嘴。

那些懷疑沈瑜拿不出錢、純屬誆騙他們的人後悔不已，趕緊跑去村長家報名。

沈家。

沈富貴驚訝地問：「你說的都是真的？」

沈瑜攀上縣令發大財的消息，一夜之間，小河村無人不知無人不曉。

沈家人無論如何都不信，沈老太還特意跑去錦水川證實。當她親眼見到沈瑜給村裡幹活的人發錢時，眼紅心急，恨不得撲過去把錢搶過來。

整個錦水川啊，一想到數不盡的銀子就這麼被沈瑜糟蹋了，沈老太心都在滴血。「唉唷，我的銀子噢！」

沈老太像是受了天大的打擊，踉踉蹌蹌地回到家。

「他爹，那錢真是縣令給的？」怎麼想怎麼不可能，二丫雖說長得還不錯，但縣令要什麼樣的姑娘沒有，會看上一個鄉下丫頭，還置地給錢？

想到那位比尋常女子都要美豔幾分的縣令，二丫倒貼錢還差不多。

沈老太想到剛剛所見又罵咧起來。「敗家玩意兒！村裡幹活頂多二十五文，死丫頭居然給三十文……」她也不想想，別人一天給二十五文，是要供兩頓飯。

沈常德嗤笑一聲。「二丫啥樣咱們又不是不知道，縣令能看上她？笑話。」

「她們是不是得了什麼寶貝才急著搬走？好把咱們撇開？」說完沈常遠往外走。

「老三你幹啥去？」沈老太問。

「我去她們屋看看，是不是藏了什麼東西？」

聽沈常遠這麼一說，沈常德、沈金寶也跟了出去。

張氏撇嘴。「好東西人家早拿走了，還能留給你？」

「哼，甭管她錢哪來的，都是咱老沈家的，明天我就去找劉氏，讓她把銀子交出來，一窩賠錢貨要錢做啥？」沈老太理所當然地認為沈瑜家的錢就該全給她。

「奶，沈星那死丫頭穿的新鞋可好看了，明天也給我要回來。」沈丹跟沈老太撒嬌道。

沈老太最疼這個孫女，乖巧、孝順，嘴巴還甜，很會哄她開心，不像大房那幾個就知道沈著臉。「好好，明天奶就給妳拿來。」

「奶奶最好了！」

李氏也眼紅，但她還算比較理智。「娘，您忘了，二丫有縣令做靠山，早就忘了她是沈家人，怎麼能聽您的話？」

沈老太好了傷疤忘了疼，她已經被沈瑜扔出去的白花花銀子沖昏了頭。「縣令怎麼了，縣令也得講理，還管得了別人的家務事？」

沈富貴皺眉喝道：「不准去！」沈富貴一直沈默，說不眼饞那是假的，她比沈老太見識多一些，知道買下錦水川需要多少銀子。

他百思不解，二丫哪來的那麼大一筆銀子？

分家不過半個月，難道真是那縣令給的？但是道理上說不過去，大戶人家養一個外室也沒有花幾萬兩的。

但昨兒個縣令確實來他們家了，沈富貴怎麼想也想不出個頭緒。他不得不考慮，一聽沈老太說要去找二丫要銀子，趕緊攔住。

沈老太急了。「為啥？當家的，她們姓沈，大丫、二丫都還得叫我一聲奶，叫你一聲爺，把錢給咱們是應該的，怎麼就不能要了？」

沈富貴道：「啥情況你們知道嗎？就去要錢？再等等，萬一真是縣令給她做靠山，妳有幾個腦袋？」

冷靜下來的沈老太想起那次縣令發威，訕訕的閉了嘴。

沈常德和沈常遠把沈瑜之前住的屋子翻了個底朝天，甚至地上的土都刨出來，一無所獲。

有第一天做榜樣，第二天整個村子裡能出動的勞力都來了，甚至有女人和半大孩子也扛著鋤頭要加入開荒的隊伍。

但沈瑜把孩子給勸了回去。半大孩子力氣小，掄一天鋤頭也刨不出多少，再給三十文太虧了，她沈瑜又不是做慈善事業。孩子們只好不捨的一步三回頭地回去了，至於女人們，沈瑜另有打算。

村長作為監工，繼續帶領大家墾荒。剛到地頭，遠遠見官道上浩浩蕩蕩走來一大群人，肩上都還扛著東西，像是要打群架的樣子，眾人都嚇了一跳。

扛著鋤頭向遠處看，等走近了一瞧，這群人也跟他們一樣扛著鋤頭，領頭的居然還是一個衙役。

沈瑜早就迎了過去，她知道這是齊康給她招的工。

衙役率先說：「這位是沈姑娘吧，奉我家縣令大人的命令，給您送人來了，這裡總共一百五十八人。」

沈瑜微微彎腰行禮。「有勞這位大哥，麻煩您回去轉告齊大人，日後必有重謝。」說完，在別人看不到的地方塞給衙役一塊碎銀。

衙役也很上道，轉身面向人群高聲說：「大家都好好幹，沈姑娘為人厚道，定不會虧待大家，若是讓我知道有人偷奸耍滑，定不饒他。」

村裡人見狀，無不稱奇。

「沈家二丫與縣令大人交好，縣令給她找了這麼多人呢。」

「就是，這丫頭也是個有本事的。自從她爹沒了，她家就她說了算，劉氏和沈大丫都聽她的，這當家作主的氣勢可不輸給男人。」

「唉，家裡沒個男人主事，她自己就得硬氣起來，要是還留在沈家，那不還是做牛做馬的命？」

「估計沈富貴和沈老太腸子都悔青了。」

有了這些人加入，開墾隊伍一下子壯大到兩百人。

沈瑜一併交給村長，讓村長按十人一組分配，再按組分配地段，分工明確，便於管理和監督。

那邊交給趙作林，沈瑜放心。

這邊沈瑜帶領主動過來的女人們來到育苗田，教她們怎麼埋肥、育種，讓劉氏和沈草作為監督。

不是她不信任別人，而是人性這東西，經不起考驗，沒有約束就沒有顧忌。

沈瑜兩方面都交代好，她自己趕著鹿車去了縣城。

日落時分，沈瑜回來給全體勞力結算了當日的工錢。五百兩銀子的銅板整整一鹿車，幾個大木桶。

幸好別人不知道裡面裝的是錢，不然可能會被打劫。

沈瑜看了一下眾人的勞動成果，一人一天大約能開墾出一畝，方方正正的稻田，不需要再翻土，等著栽苗就可以，活兒做得很漂亮。

村長的功勞最大，一人管兩百來人，聽趙作林說話嗓子都有點啞了，沈瑜很不好意思，決定給村長每天兩百文。

另外，沈瑜告訴大家從明天開始，有牛和犁的每人一天兩百文，但就小河村來看，養牛的總共才三家，沈瑜也不抱太大希望，主力還得靠人。

育種那邊都是女人，是細緻活兒，急不得，一天也就種了三分之一。

這一天大家都很累，但拿到錢也很高興。

第三天，鄰村的和更遠一點村子的人也來了，再加上那另外一百多人沿途宣傳，這一天總共來了五百多人，場面異常壯觀。

男人們下了地，女人們緊隨其後，劉氏帶隊，一群女人嘰嘰喳喳笑鬧個不停。

劉氏人逢喜事精神爽，一改往日怯懦的樣子，與人說話臉上都帶著笑。

也是藉著她家賺錢，女人們對劉氏也客氣了幾分，即便有瞧不上她的也都把不屑放在心裡，沒誰跟錢過不去。

「欸，唐家的，妳這是做什麼？」

本村的唐家新媳婦在地頭搭起個簡易的灶臺，上面放著瓦罐，裡面咕嘟嘟冒著熱氣，地上放著的笸籮用麻布蓋著，滿滿當當的不知是什麼東西。

唐家媳婦正低頭吹灶頭裡的火，聽見有人與她說話，忙抬頭笑著回答。「劉嬸子。」

「這是給妳家男人做飯呢？」有人問。

「哎喲，妳看看，人家多知道疼男人，哪像咱們。」這話一出，引來一眾哄笑。

「就是唄！我家裡的還說我不體貼！呸，老娘也辛辛苦苦出來賺錢，回家還要伺候他，哼！慣得他。」

村裡的女人開玩笑沒什麼顧忌，說到夫妻趣事，葷段子就不斷的冒出來。

「哎呀，快別說了。」唐家小媳婦紅了臉，偷偷往遠處看。「這哪是為了我家男人，我也是想著多賺幾個錢。」

「呦，這是準備賣的？」

說著，她掀開笸籮，裡面整整齊齊地放著粗麵餅子。

「是啊，昨兒個我看有人沒帶乾糧，我就想著自己做拿來賣，順帶做點野菜湯，吃著也熱乎……」

無論什麼時候，有觀察力和頭腦的人都比別人懂得賺錢。

沈瑜敢肯定，懶得帶午飯的人不在少數。一天賺三十文，花幾文錢買點熱湯和餅子吃，相信他們都很樂意。

也不知道是不是能買到熱食的關係，那些住得比較遠的人，乾脆不回家，就在刨出來的雜草堆裡睡上一晚。

天氣暖和了，躺在草堆裡也不冷，沈瑜也就沒管他們。

這次招工，幾乎把周邊幾十公里內的勞工都招來了，再遠人家也不愛來，折騰不起。

但人還是少了點，三天了，才墾出一千多畝，還有近七千畝地沒動。

照這個速度，要把錦水川全部開墾出來至少需要半個月的時間。那個時候，別人家的稻苗都長得老高。而且，沈瑜搶時間，其實還有一個更長遠的打算。

不行，還得增加人數，但沈瑜左思右想，也想不出還能從哪裡招人？

突然，沈瑜腦中靈光一閃，臉上不禁露出欣慰的笑。

遠在縣城的齊康莫名地打了個噴嚏……

# 第六章

這一日人數達到了六百多，趙作林畢竟做了多年的村長，做事靠譜。他挑選與自己相熟又本分的人與他一同監管。

不是沒有偷奸耍滑的人，但他們是按十人一組分派任務，若有人偷懶，不用等到趙作林發現，本組的人都不饒他。

育苗田做得差不多了，沈瑜讓沈草帶著部分人給家裡五畝旱田翻壟，順便把菜園墾出來。

家裡的事情安排好，沈瑜駕著訂做的鹿車往錦江縣駛去。

沈瑜走進書房，齊康正伏案書寫，見沈瑜進來，他伸了個懶腰。「喲，小魚兒想我了？」

沈瑜無奈。「大人，能求您一件事嗎？」

齊康一臉笑意。「好說！」

「您能不能正經一點，像個縣令？」

齊康一愣，隨即哈哈大笑，然後開門見山。「妳無事不登三寶殿，每次見妳必定有事，今天所為何事？」
沈瑜怪不好意思的，好像每次見齊康都是她的事。這也不能怪她，誰讓齊康是她在這個世界見過最粗的大腿，難得的還是品行端正的大腿。
聽沈瑜說完，齊康眉頭微微一皺，一貫懶散的聲音變得嚴肅。
「借駐軍？」
城北十公里處有兩萬駐軍，眾人皆知，沈瑜知道也不奇怪。
只是這借駐軍的話很是大言不慚，饒是齊康都被沈瑜的想法驚呆了。
「我該說妳膽子大，還是不知者無畏？妳當駐軍是我家的，說借就借。另外，即便是我的，又憑什麼借妳？」
無利不起早，沒有好處真沒有人願意做，沈瑜深諳此理。
「當然不是白借，工錢照付，秋後每人再得一擔白米，來多少人我給多少擔，怎樣？」
「哦？白米？」齊康問。
沈瑜點頭，十分肯定地答道：「對，是白米，不帶稻殼的。」
齊康陷入沈思，一擔白米一人吃兩、三個月，如果再摻點雜糧，時間更久，算起來不虧。為籌備軍糧，調動軍隊也不是不可，但要層層上報，等批下來，黃花菜都涼了。
這點沈瑜可能不知道，齊康也不準備費口舌。「不經授權，任何人不得隨意調動軍隊，縣令芝麻綠豆大的官沒有這個權力。」

沈瑜非常遺憾地嘆了口氣，是她把事情想得簡單了。

思索再三，齊康決定不放過這個機會，沒辦法，縣衙也沒有餘糧啊。百姓沒錢，導致商賈也沒賺頭，整個縣都窮哈哈。縣衙沒油水，既然算盤精自己送上門，有便宜沒有不占的道理。

「駐地守軍妳就別想了，不過在我的職權下，可以把縣城守衛軍借給妳。但也要他們自己願意才行，我不會強行指派。」齊康攤攤手表示看天意。

縣城守衛軍負責縣城日常巡護，人數不多，大多是本地農家子弟。聽說除了工錢還額外有一擔大米，都很積極。

巡城一個月也不過二兩銀子，現在一天三十文，秋後還能得一擔大米，而且守衛的月俸照領，不同意是傻子。

「我原本是奔著一萬人來的，早知道就您守城軍三百來人，我就不開這條件了。其他人知道不定怎麼罵我呢。」

齊康用摺扇輕輕敲了沈瑜一下。

「哎，得了便宜還賣乖，駐地守軍是妳說借就能借的嗎？還一萬人。有三百人就不錯了。再說，這可是守城軍，過去給妳做活，多有面子！」

「行吧！」雖然沒有一萬人很遺憾，但有總比沒有強。

「如果真有一萬人，妳真給一萬擔大米？」齊康問。

「給！」沈瑜說得擲地有聲，鏗鏘有力。

齊康玩笑道：「小魚兒，別忘了，妳可欠我好多糧食呢，妳確定今年還得上？」

沈瑜笑笑。「大人只需信我便是。」

「那我拭目以待！」

沈瑜走後，素來不多話的齊天忍不住說：「大人，您這麼做有些不合規矩，雖然是為了軍糧，但若有人拿來作文章……」

齊康擺擺手。「守城軍都是貧苦百姓出身，每月二兩銀子也只比普通人家好上那麼一點，一擔大米不多但也不少。我也是在力所能及的範圍內給他們謀些福利。至於別的，哼，我怕誰！」

齊康停頓片刻又說：「而且，我想看看沈瑜能做到什麼程度。神仙草你可曾見有人種過？」

齊天果斷搖頭。「從未見過。」

「那就是了，周世伯也未聽說過，御醫都不知的事，一個鄉下丫頭是怎麼知道的？指派守城軍是在縣令職權內，無傷大雅，只是希望沈瑜不要叫我失望才好。」

聽公子分析，齊天覺得有道理。他家公子也不指望錦江縣做出政績升遷。

他的任務就是護著公子在三年任期內平平安安，別被人搶了做上門女婿。

齊天最近總在琢磨，他家公子是不是對沈姑娘有意思？但是又不像，哪個人會對自己心上人談錢的？

就拿沈瑜借人這事來說，公子若真對沈瑜有意，不是應該無償、主動把人送去嗎？要錢要糧，這哪裡是喜歡人家會做出的事。可說沒意思，公子還總喜歡逗趣。沈姑娘要是一般女子，賴上他家公子都有可能。

這趟去縣衙也算達成一個小目標，今天還有另外一個目的——打井！給家裡打一口水井，畢竟總靠河水不是辦法，誰知道有沒有人在裡面泡澡？

打井人答應明天就去鑿井。

完成兩件大事，沈瑜往回走。路過街邊的肉鋪，看見肉鋪上的排骨，別過臉。出發時劉氏一再叮囑，不要再買東西了，她家銀子快見底。稻田栽苗、除草、看護、秋收等都需要人力，用人就得要銀子，是該省著點花。

剛給星星保證天天吃肉，馬上又要吃草，沈瑜覺得對不起小孩兒，於是花了幾文錢買了幾塊糖。

孩子總是盼著出門的大人回來帶點好吃的。

前幾日還幾百兩的花，現在幾文錢都要算計……唉，生活不易！

咦？那是什麼種子？

坐在地上望天的人見有客人光顧，分外熱情地努力推銷。「我這果子今兒種上，秋天就能吃。這可是從域外來的，他們都不識貨……」

沈瑜發笑。「果樹一般都要三年以上才結果，您這是什麼神仙樹，一年就結？」

那人信誓旦旦地保證。「您別不信，我保證秋天您就能吃到果子。」

沈瑜仔細一看，是葡萄種子！又翻開另一包，看樣子是瓜種，至於是什麼瓜，賣家也不知，只有種出來才知道。

兩大包種子都被沈瑜包了，她準備種在園子周邊，秋天就有葡萄和瓜吃了。

路上，沈瑜又把稻種從系統轉移到鹿車上，裝作是新買回來。

沈星眼巴巴地等在路邊，見她姊回來，樂顛顛的跑過來爬上鹿車，不算遠的距離她也要坐。得到糖果，小孩傻乎乎地樂。

大半天的時間，茅屋後面已經開墾出一片菜園。沈瑜把之前放進系統的蔬菜種子拿出來交給劉氏。

育苗田那邊已經弄好，沈瑜給女人們結了工錢，讓她們早點回家休息。

「二丫，還有啥我們能幹的？」女人們以為今天做完，明天就不需要她們了。

「嬸子，育苗還需要人手，只要妳們願意，明天再過來。」

「願意願意，怎麼不願意呢！」說完嘻笑著結伴而歸。

系統出品的種子連浸泡、消毒都省了，沈瑜只需教她們怎麼育種。

由於守城軍的加入，開荒大隊擴充到千人以上。又用了整整七天，才把錦水川開墾成一塊塊的稻田，連通水的溝渠也挖好了。

看著眼前的千畝良田，沈瑜終於吁了一口氣。

接著，沈瑜昏天暗地的睡了三天。

這日，她睜開眼，喝著沈草端過來的二米粥，劉氏在一旁數落。「妳是何苦呢？安安生生過日子不好嗎？非要折騰。錢都折騰沒了，還把自己弄病了。」

沈草勸道：「娘，二丫都是為咱家好，村裡人現在見您都是笑臉相迎，以前可曾有過？」

沈草又轉頭對沈瑜說：「咱家的五畝旱田，聽妳的都種上了小麥，育苗田我看著，妳放心。」

半個月的時間，沈草成長了不少。沈瑜很是欣慰，也不枉她的一番苦心。

「有活就去村子雇人，哪個能幹、哪個偷奸耍滑，妳心裡應該有數，用誰妳自己看著辦，別累著自己。」

「姊，妳看我的衣服好不好看？」沈星穿著一身淡粉色的小裙子，小臉蛋紅撲撲的。

劉氏終於把一家人的衣服都做了出來。

要說這段時間變化最大的就是沈星，吃得好，長胖了不少，再穿上乾淨的衣服，小丫頭漂亮又可愛。

沈瑜是一身淡綠色短款，沈草是淡藍色的長裙，劉氏則是一身藏青色。

一家人都換了新衣、新鞋，滿臉笑容，面貌煥然一新，與半個月前天差地別。

沈瑜把葡萄種在籬笆內，瓜種在籬笆外。一個在裡面向上長，一個在外向遠處爬，互不干涉。

埋完最後一粒種子，沈瑜站起來揉揉痠痛的腰，突然聽見沈星的哭聲。

沈瑜快步走出菜園迎了出去，遠遠地看見沈星穿著背心短褲，光著腳一瘸一拐的跑回來。

沈星的衣服、褲子、鞋子都沒了，渾身是土、髒兮兮的，臉上黑一道白一道，跟隻花臉貓似的。

「怎麼了，誰欺負妳了？」沈瑜把孩子抱起來，才發現沈星嬌嫩的小腳丫被石子劃破，流了很多血，沈瑜的心頓時一抽一抽地疼。

「衣服怎麼沒了，是不是跟誰家孩子打架了？」劉氏問。

村裡孩子打架常有，沈瑜也以為是沈星跟別人打架打輸了。只是，哪家孩子打架扒女娃娃的衣服、鞋子？欠揍。

給妹妹擦完臉，又發現沈星胳膊上居然還有幾塊青紫的掐痕，看著不像孩子所為，沈瑜很是生氣。「星星，告訴姊，是誰欺負妳？」

沈瑜是那種「你打我一下我可能不跟你計較，但敢動我家孩子，我跟你沒完」的個性。

沈星哭得打嗝，一抽一抽地說：「奶、奶讓我把衣服鞋子給沈丹，我不願意，他們就把我按在地上……」越說越覺得委屈，不等說完，沈星又「哇」的一聲哭起來。

沈瑜的火氣騰地升起來。這是消停日子又過夠了？

「是奶扒了妳的衣服？」沈草邊拍沈星身上的泥土邊問。

小孩兒哭一聲打一個嗝，說話斷斷續續。「還、有、沈丹和二哥。」沈星說的二哥是沈常遠家的長子沈金貴。

「姊，妳抱著星星。」沈瑜把小孩兒交給沈草，沈星抱著沈瑜的脖子不撒手。

沈瑜安撫地拍拍沈星的後背。「乖，姊給妳報仇！」

說完把沈星往沈草懷裡一塞，轉身回到院子裡，拿起房簷下掛著的鞭子往沈家去。

鞭子是軟藤做的，是她在縣城花了十文錢買來的，鞭身紅得發亮，用來趕車浪費了。

「二丫妳幹啥？回來！」劉氏想攔沒攔住。「這可怎麼辦啊？」

沈草抱著沈星對劉氏說：「娘，去給星星拿件衣服，把門鎖好，咱們一起去。」沈星這一身傷不是假的，沈瑜討公道也要讓人知道是誰有錯在先。

事情的經過其實是，今天沈星一身新衣、新鞋，正和村裡兩個年齡相仿的女孩玩，被路過的沈丹看見。

沈丹看見沈星一身漂亮的新衣，嫉妒得不行，眼珠子一轉，冒出壞主意。「沈星，妳過來。」

沈星不理她，她姊跟她說過不用搭理那些人。

見沈星不為所動，沈丹又說：「奶叫妳，妳敢不聽？」

聽沈丹這麼說，沈星猶豫了。沈瑜也說過，見到沈老太和沈富貴要叫爺奶要問好，不能讓人說她沒有禮貌、沒有教養。

沈家給沈星留下的陰影太大了，到現在她還很懼怕沈老太，聽說是沈老太叫她，也不敢不去。

於是沈星不情不願地跟著沈丹去了沈家老屋，人還沒到，沈丹就喊：「奶，我把沈星那死丫頭找來了。」

沈老太一愣，語氣不好地問：「妳找她來做什麼？」

沈丹抱著沈老太的大腿撒嬌。「奶，我要穿新衣服和新鞋子。」

沈星一聽沈丹這麼說，轉身要跑。沈丹見沈金貴從外面回來，趕緊喊道：「哥，快抓住她，別讓她跑了！」

不明所以的沈金貴想都沒想，伸手就扯過沈星的胳膊，提溜到院子，推搡著推到沈老太面前。

沈星打著哆嗦站著不敢動，沈老太打量了沈星一番。「嘖嘖，才幾天的功夫，新衣服、新鞋子都穿上了，死丫頭也不說孝敬我。」

沈老太呵斥。「把衣服脫下來。」

沈丹則在旁邊一臉得意。「聽見沒，奶叫妳把衣服脫下來。」

沈金貴在旁邊堵著，沈星想跑跑不了，小手攥緊衣角，低著頭不說話。

「死丫頭，我說話妳沒聽見是吧？」見沈星沒動，沈老太氣急，狠狠地掐了沈星幾下。

沈星本來就害怕，現在又疼，哇哇大哭。

沈老太和沈丹一起把沈星按在地上，將沈星今天穿的衣服、褲子、鞋子全都扒下來。這過程沈星不斷掙扎，又挨了好幾下打。

孩子的哭聲把沈常遠和張氏從屋子裡引出來。沈常遠不耐煩地說：「哭喪呢。」

張氏見自己女兒和婆婆扒沈星的衣服也沒有阻止。她心裡早就羨慕嫉妒，她女兒都沒穿那麼好的衣服，憑什麼死了爹的東西能穿？就該是她女兒的。

被扒得只剩裡衣、短褲的沈星，邊哭邊看看院子裡的人，然後頭也不回地往家跑。

沈家老屋早就覬覦沈瑜的財產，只是縣令的來訪，之後又有守城軍為她開田，他們因此有所忌憚。

但得知守城軍也是發了工錢的，才恍然大悟，守城軍也是花錢雇來的嘛，縣令大人要是真疼她，會讓她花錢？所以沈老太的膽子才大了起來。

這邊，沈丹穿著新衣服正美滋滋地在院子裡臭美，沈瑜拿著鞭子踹開沈家的大門。

沈瑜冷冷地看了沈丹一眼。「是妳扒了星星的衣服？」

沈丹被沈瑜嚇得一哆嗦，趕緊躲到沈老太身後。

「死丫頭妳幹什麼？眼裡還有沒有我這個長輩？」沈老太氣勢洶洶地罵。

「長輩？妳也配？」沈瑜轉頭問一旁的沈金貴。「你是哪隻手碰了我妹妹？」

沈金貴這會兒才知道後怕。「妳、妳要幹……」

不等他說完，沈瑜一鞭子抽到沈金貴的右手臂上。這一鞭，沈瑜已經控制了力道，但還是讓沈金貴的衣服破了一條長長的口子，紅色的鞭痕隱約可見。

沈金貴「嗷」一嗓子，疼得一蹦多高。張氏見兒子被打，扯開嗓子喊：「沈常遠，你還不死出來，你兒子快要被打死了！」

沈常遠趿拉著鞋，風風火火地從屋子裡跑出來，見自己兒子疼得嗷嗷叫，再看是沈瑜，面目猙獰。「死丫頭敢打我兒子，看我怎麼收拾妳！」

沈常遠以前在沈瑜手上吃過虧，這次倒是學聰明了，把門邊的燒火棍抄起來。

沈瑜冷笑，她病懨懨的時候，這兩個大男人都近不了身，何況現在？

她揮起鞭子，「啪、啪」給沈常遠兩鞭子，這兩下沈瑜可沒留情，沈常遠頓時皮開肉綻、鮮血直流。

沈丹、沈金貴兩兄妹是大人沒教好，她可以手下留情，但對沈常遠，沈瑜恨不得抽死他。

沈瑜清楚記得很小的時候，張氏和李氏一起慫恿小沈瑜把沈常遠的衣服扔到地上，然後等沈常遠回來，張氏再告狀說沈瑜扔他衣服。

沈常遠不問青紅皂白，一拳打在小沈瑜的胸口上，多少年過去了，沈瑜這具身體仍然記得當時那一拳有多疼，那一拳一輩子可能都忘不掉。

也是從那時候起，小沈瑜開始懂得，兩個叔叔、嬸嬸雖然與她住在一個屋簷下，但和他們是不一樣的。也是從那個時候起，沈瑜開始變得沈默寡言。

抽他兩鞭子都是輕的。

這時，劉氏和沈草抱著沈星也到了。

「老大家的，妳是怎麼當娘的，就讓這賤蹄子這麼欺負長輩？」沈老太見到劉氏，又找到了出氣筒。

劉氏張張嘴不知道該怎麼說，想上前，被沈草拉住。沈星緊緊地抱著她姊的脖子，把臉埋在沈草的頸窩，不肯抬頭。

「長輩？長輩就可以隨意扒小輩的衣服，打得小輩渾身是傷？」

看熱鬧的人越來越多，沈瑜不想落人口舌。

「我三姊妹雖沒了爹，但知禮明是非也守規矩，不該做的半點不會做，但也絕對不會讓人欺負。誰是誰非，大家且看看我妹子身上的傷……」

沈瑜把鞭子甩得啪啪響，沈老太和張氏幾人害怕地躲到一邊。

「怎麼回事？大白天的不做活，都圍在這兒幹啥？」趙作林聽聞動靜也趕來了。

「村長，你要給我們做主啊！你看看打得血肉模糊，怎麼下這麼狠的手啊，這可是親叔叔和親弟弟啊！」張氏見到村長像是見到了主心骨，坐在地上哭訴。

沈瑜嗤笑。「我一家子賠錢貨，可沒有弟弟。」

人群裡發出一陣低笑。「這二丫可真敢說。」

村長沈著臉問清楚事情經過，他不願意跟幾個女人理論。「沈富貴呢？發生這麼大的事，他跑哪兒去了？」

看熱鬧的有人回答。「沈老爺子在村頭下棋呢，已經叫人去喊了——啊，來了來了。」

話音剛落，沈富貴腳步匆匆地走進院子。

路上，他已經從別人口中得知了事情經過，皺著眉不以為然地對沈瑜說：「多大點事，用得著這麼興師動眾嗎？不就是一件衣服嗎？那也是妳妹，妳想怎麼樣？」

沈瑜被沈富貴這理所當然的語氣氣笑了。

「一個女娃子被扒了衣服，哭著跑回家，你跟我說多大點事？那我現在扒了沈丹的衣服讓她在村裡逛一圈如何？」

「妳……」沈富貴被懟得語塞。

「沈丹，是妳自己脫下來，還是等我給妳扒下來？」沈瑜轉頭看向沈丹。

張氏那邊哭完兒子又哭丈夫，聞言，瘋了似的過來推搡著扒下沈丹身上的衣服、鞋子，扔到沈瑜腳下。「給妳，都給妳！」

沈瑜沒有去撿地上的衣服，而是走進灶間拿了火石，在眾人驚詫和唏噓聲中，把那套粉色新衣服和新鞋點燃。

「別人碰過的東西，我妹妹不會再用，但也絕不會便宜了別人。」說完，沈瑜伸手虛扶劉氏和沈草準備回去。

張氏站出來。「站住，妳把我兒子和男人打成這樣，怎麼算？」

「妳想怎麼算？」沈瑜陰惻惻地問。

沈瑜面色不善，張氏也害怕，但看看旁邊哀號的沈常遠和沈金貴，硬著頭皮說：「賠錢，十兩銀子，一文都不能少。」

「好。」

一聽沈瑜答應得這麼乾脆，張氏後悔要少了，剛想張嘴說「每人十兩」，就聽沈瑜說：「先把我妹妹的醫藥費、衣服和鞋子的錢拿來，凡事總有個先後。」

沈星的小腳丫被沈草用手帕簡單的包紮了一下，手帕也滲出了血。

「妳訛人呢，死丫頭……」沈瑜一個眼神看過去，張氏忙改口。「沈星的傷可不關我的事，那是她自個兒跑的，再說衣服和鞋子是妳自己燒的，跟我可沒關係。」

沈瑜冷哼。「跟妳沒關係？沒有沈丹把星星叫到這兒來，星星會沒了鞋子？割了腳？還是妳的意思是這錢找我奶要？」

張氏哪敢認。「我不是這個意思……」

然後張氏就看見沈老太狠狠地瞪了她一眼，沈老太知道她的敵人是誰。「死丫頭，別在那兒挑撥。」

沈富貴也說：「把妳叔叔和弟弟打成那個樣子，妳不給錢讓他們看郎中，是等著讓他們死嗎？」

「皮肉傷死不了，當初我腦袋磕那麼大個包，現在不也活得好好的？」沈瑜淡淡地說。

沈富貴見沈瑜油鹽不進，想發脾氣，但也知道二丫不似從前那麼好說話，於是他壓著火氣。「二丫，一筆寫不出兩個沈字，都是一家人，妳現在還差那點東西嗎？何必斤斤計較，妳該……」

沈瑜打斷這個道貌岸然的老東西。

「您是歲數大了，不但眼神不濟，連記性也不好？沈星那一身傷您沒看見嗎？還有，咱們是分了家的。我是不差那點東西，但這跟你們有什麼關係？既已分了家，別總惦記不該惦記的東西。」

村長也在一旁勸道：「是啊，既然已經分了家，就該按規矩辦事。沈老哥，你沈家也該有點規矩才行。」

「分家？我還是沈常青的娘，也還是我說了算！」沈老太說得底氣十足，這厚臉皮也是無人能及。

沈瑜冷哼。「沈常青不是讓妳給害死了嗎？這會兒倒是記得妳是娘了？那妳找他要去啊。我給我爹燒了不少錢呢，只要妳開口，半夜他準給您送來半麻袋金元寶。」

「妳……」沈老太「妳」了半天也說不出一個字。

沈富貴氣得鬍子都在抖。「妳爹死了妳也是沈家的血脈，孝敬我們是應該的。」

這會兒承認我是沈家血脈了？當初那些嚼舌根的話好像你沒信似的。沈瑜心底不屑。

經沈富貴這麼一提醒，沈老太恍然大悟。「對，一個月要給我們孝敬錢，十兩銀子。」

沈老太的話像一滴水掉進油鍋，炸得人群議論之聲此起彼伏。

「十兩銀子？還是一個月，想錢想瘋了吧！」

「這沈老太可真敢要。我兒子要能一年孝敬我十兩，作夢我都能樂醒！」

「他家一年也攢不上十兩吧？」

「這是看見人家沈瑜有錢了，想從中撈一筆呢。」

沈老太這分明是胡攪蠻纏、強人所難，但沈富貴卻沈默不語，明顯是支持態度。

趙作林也氣。「胡鬧，誰孝敬要一個月十兩銀子？咱農家人一年才賺幾個錢？」

「她怎麼會沒錢，好幾千畝地呢，怎麼就沒錢了。」沈常遠坐在地上疼得直抽抽，今天非要從沈瑜手裡摳下銀子不可。

「村長，您不能得了她的好處就不管我們。」張氏嘀咕。

沈富貴訓斥她。「別胡說。」

趙作林不想跟她一般見識，這一家子都難纏，在村裡都有名兒。這沈家老的糊塗，小的也拎不清，眼裡就眼前那點東西，沈常遠、沈常德若是好的，幫襯一把，沈瑜發了家，姪女會忘了叔叔？

不說別的，就說這次開荒，村裡每一家都從沈瑜那兒賺到了錢。人家丫頭仁義，若不是沈富貴他們做得太絕，怎麼會少了他們那點好處？

這些日子他與沈瑜接觸最多，沈瑜做事乾淨俐落，就是男人也沒幾個有這魄力。

村長看沈家這些人大有得不到銀子誓不罷休的架勢，再看看沈瑜，想了想，說：「分家出孝敬錢也是合情合理。」

聽村長這麼說，沈家人臉上露出笑容，沈瑜則皺眉。

趙作林話一轉。「但，咱們村最多也就是一年二兩銀子，再多就說不過去了。」

「不行，太少了，二兩銀子可以幹什麼？」沈老太不依不饒。

「怎麼，妳是想讓大房養你們一家十幾口人嗎？」趙作林語氣不善。

沈老太訕訕地說：「我不是那個意思。」

「我知道妳的意思，妳就是想讓沈瑜把銀子、田地全給妳，我說的對不對？沈富貴你說，別總讓娘兒們出來攪和。」趙作林明顯生了氣。

村長在一個村子裡有絕對的話語權，輕易不能得罪，沈富貴也不敢。「村長，您別生氣，別跟她一般見識。」

趙作林道：「哼，你先別管我，你自己說個章程來，別總讓屋裡的女人給你出頭。」

這話說得沈富貴臉上有些掛不住，但對村長他也不能發作，銀子不要他又不甘心。「二兩銀子確實少了點。」

村長嘆了口氣。「唉，我這個村長也做不了你們的主，你去找縣太爺評評理吧，我管不了了。」

他們哪敢找縣太爺？「村長您別……」

沈瑜實在不想跟他們繼續折騰，她一文錢都不想給，但占著孫女的位置，一年二兩銀子就當替死去的沈常青孝敬了。再說又有趙作林的話，沈瑜也不好拂了他的面子。

「就按村長說的辦吧，我們大房一年給爺奶二兩銀子的孝敬，多一文都沒有。行，今兒就這麼定下來，年底我把錢送過來；不行，你們愛去哪兒告就去哪兒告。我妹妹還流著血呢，沒空在這邊跟你們耽誤。」

神色懨懨的沈星披著劉氏拿來的舊衣服，這會兒也沒那麼害怕了，但還是趴在沈草懷裡。

趙作林說：「沈富貴你自己看著辦吧，你家的事，我也不管了。」

見沈瑜和村長都要走，沈富貴咬咬牙。「行，就二兩。」

「好！」

張氏還叫囂著讓沈瑜賠沈常遠的傷藥費十兩銀子。

沈瑜一甩鞭子，把房簷下放著的凳子抽得碎成一地，張氏不敢再言語，眼神卻是恨不得吃了沈瑜。

路上，村長對沈瑜說：「二丫，妳也別怪我多事，妳爺他們要不到錢，以後還是會找妳們，不如就花點錢讓自己省心。」

「趙叔您說的哪裡話，謝您還來不及，怎麼會怪您，我知道您是為了我們好。」趙作林的身分擺在那兒，沈瑜能理解他的苦心。村長做到這分兒上，已經十分值得尊重了。

「好孩子！」歹竹出好筍，沈家奇葩，可就偏生出了個出類拔萃的，還是個女娃。

回家後，沈瑜沒有耽擱，套上鹿車，和沈草一起帶著沈星要去縣城。

劉氏起初不讓。「就腳底劃個口兒，用不著去看郎中。村裡哪個娃兒沒磕過碰過，怎地就妳這麼嬌氣？」

腳底劃破個口兒，事情說大不大，說小也不小，萬一得了破傷風是要命的。她們不懂，但沈瑜不敢冒這個險。她這麼寶貝的妹妹，可不能有事。

劉氏見攔不住也隨她去了，但還是忍不住叮囑。「可千萬別再買東西了，聽到沒？草兒妳看著二丫。」

但問題是，沈瑜是那麼聽話的人嗎？

鹿車直接趕到松鶴堂門口，夥計還記得沈瑜。再看她們抱著腳上帶血的女娃兒，知道是來瞧傷的，沒敢耽擱，叫人去通知周仁輔。

不多時，周仁輔從後院出來。「這是怎麼了？」

沈瑜行禮。「周大夫，麻煩您幫我妹妹看看傷口。」

周仁輔仔細檢查了沈星的腳丫子。「問題不大，小孩兒傷口容易癒合，上了藥好好養幾天就好了，注意別沾水。」

透過沈星破舊的衣服口子，周仁輔隱約看見她胳膊上的瘀青，遂伸手去掀沈星的袖子。沈星害怕地抽回胳膊，把臉埋在沈草懷裡。

「乖，星星不怕，給大夫看看。」沈瑜摸摸沈星的頭安撫她，沈星這才伸出胳膊。

沈瑜把她的袖子挽上去。

「嘶，這是掐的？」周仁輔問。

「嗯。」沈瑜輕輕答了一聲。

周仁輔看得出她臉色很不好，便沒再問下去。「沒事，搽點藥就好了。」

沈瑜便安了心。

「這個就是把我神仙草咬了一堆牙印的小女娃？」周仁輔笑呵呵、面目和善地逗沈星。

沈星哪裡知道她姊讓她背鍋的事，愣愣地看周仁輔，一副「你在說什麼」的表情。

沈瑜則尷尬地撓撓頭。

抓了藥，三姊妹離開松鶴堂。

沈瑜駕車來到成衣鋪，一口氣給沈星買了三套輕紗衣裙、兩雙小鞋子，比自己做的可好看多了，把身上那件舊的換下來直接扔了。

回去的路上，沈瑜才有空問沈星事情的經過。沈瑜後悔，她就不該教星星要對長輩恭敬。

「星星，姊錯了，以後再見到沈家老屋的人包括爺和奶，妳都要躲開。他們若叫妳過去，妳一定要回來告訴姊，不能一個人去，知道嗎？」

孝順是對人做的，對畜生需要什麼孝道？

沈星沈默良久。「姊，妳教我打架！」

讓沈瑜教她打架，小孩兒這是受刺激了？

「想學？」

「想，變厲害就沒人能欺負我了。」沈星握著小拳頭，眼神堅定。

「學打架可是很辛苦的，早晨要早起不能賴床，還要跑步打拳……」沈瑜半真半嚇唬。

「我不怕，我要學。」沈星很認真地回答。

「好，姊教妳。」她不能總在沈星身邊，有自保能力是好事。

見沈瑜答應教她，沈星一改之前的頹廢神色，臉上有了笑容。

沈瑜從她亮晶晶的眼睛裡看到了簡單的快樂。

心情好，胃口也就跟著好了，沈星坐在她大姊懷裡吃起了肉包和糖糕。

沈草坐在鹿車上，看著她們花了不少錢買的東西。「二丫，妳買了肉，還買了筆墨，娘一定得念叨妳。」

沈瑜想到劉氏看她花錢就肉疼、心肝也疼的樣子也笑了。「星星受傷了，得吃點好的補補，都是用得著的東西，沒亂花。」

沈草笑道：「以前吃都吃不飽，現在天天白米飯、白饅頭，妳還要補。這才多久，妳看星星都胖了。」說著掐掐星星肉乎乎的小臉蛋。

聽沈草說她胖了，沈星紅了小臉，有些不好意思地嘀咕。「沒胖。」

果不其然，剛到家，沈星還沒下車，就被她娘看到一身藕粉色的輕紗薄裙，那樣式和質地，一看就是城裡大戶人家穿的，居然還買了書紙筆。

沒等她埋怨呢，沈瑜立刻說：「娘，我買了紙錢，改天去給我爹上墳吧。」

被轉移了注意力，想起死去的丈夫，劉氏也歇了訓斥沈瑜的心思。

沈星對買來的書愛不釋手，雖然她一個字都不認得。「姊，妳能不能教我認字？」小孩兒眨巴著大眼睛看沈瑜。

「能。」沈瑜十分肯定地回答。

「但是妳也沒上過學堂呀，怎麼教我？」小孩兒皺著眉，表示懷疑。

是啊，沒上過學，怎麼會認識字呢？

「……書鋪掌櫃不是給我念過一遍嘛，我都記住了。」沈瑜這話倒也不是完全騙人。

沈瑜為了校正，請書鋪掌櫃讀了一遍，她在一旁看著，大概記住了一些簡單的字，想著若有不會的再問村長。

沈星瞪大了眼睛，小嘴張成一個圓。「姊，妳真厲害。打架厲害，讀書也厲害！」簡直是最厲害的姊姊，沈瑜目前是小星星心目中最崇拜的人，沒有之一。

「……呵呵！星星好好躺著，別下地。」沈瑜有些心虛地走出屋子。

劉氏坐在院裡的柴堆上，情緒有些低落，眼神呆呆地看著地上的小雞仔跑來跑去。

她十七歲嫁給沈常青，今年才三十四歲，正值旺年卻守了寡，沒了男人的女人最是悽苦。

娘家也不重視，除了沈常青發喪那天，娘家再也沒來過，哥哥也不關心她這個妹子有沒有被人欺負。

「娘，雞仔不能這麼放著，萬一踩死了怎麼辦？圍個柵欄吧。」改變情緒最好的辦法就是轉移注意力。

圍園子時揹回來的樹枝還有，三人一起動手，打算在西側房簷下圍一個小柵欄。

娘兒三個挖出一條淺溝，沈瑜在四角釘上粗一點的木樁，和沈草一起把樹枝插到淺溝裡埋上土，再用布條綁住，等下過一場雨後，土就牢固了。

圍柵欄不需要花費什麼力氣，沈瑜做得很順手，綁上最後一根布條，拍拍手。「好了！」

「要是妳爹在，怎麼會用得著妳們兩個姑娘做這些？」劉氏眼圈有些紅。

沈瑜無語。「……」不是應該誇她們能幹的嗎？怎麼又傷心了。

「娘，這雞仔誰家買的，看著真好，肯定好養活。」沈草把滿地亂跑的小雞仔一個一個抓到欄裡。

「是妳許大娘家，她孵出來的雞仔是全村最好的。」

「娘您是不是買多了，三十隻，現在小柵欄圍得住，等長大了，咱這院子都裝不下啦。」

沈瑜原本想養十來隻，夠吃雞蛋就行，哪知道她娘一口氣捉回來三十隻。

劉氏卻說：「三十隻能活下來一半就不錯了，咱家住在山邊，老鼠、黃鼠狼多著呢。」

「那咱們養兩隻狗吧，晚上看雞，白天還能看家。」沈草提議。

「對，對。」劉氏突然想起什麼似的，站起來拍拍身上的塵土。「前陣子老劉家的狗下崽兒，我去看看，要是沒送人，我要兩隻回來。」

村裡的狗下崽兒都是送人，沒人要的就扔山裡讓牠自生自滅。

劉氏還沒出門，迎面走來一人。

「嬸子，這是做啥去？」江大川手裡提著一隻雞走進沈家小院。「草兒、沈瑜妹子。」

江大川跟沈草和沈瑜打招呼。

「大川兒，你怎麼來了？」劉氏奇怪地問。

江大川人長得健壯結實，被太陽曬得發紅的臉上露出憨厚的笑。「我娘讓我把雞給您送來，給星星吃。」江大川把手裡的雞遞給劉氏。

「這可不行，快拿回去，你娘還病著呢，給你娘好好補補，小孩子吃啥雞。」劉氏推拒著不接大川遞過來的雞。

「沒事，嬸兒，我娘病好多了，這還多虧了沈瑜妹子，您不要，我心裡過意不去。」

江大川的娘前段時間病重，花了不少銀子。江大川跟著村長做領工多賺了不少，解了燃眉之急。

「娘，這是大川哥的一份心意，就收著吧。」沈瑜道。人家特意送過來，不要就是駁人家的面子。「謝謝大川哥。」

大川走後，劉氏提著雞。「這可是正下蛋的母雞啊，人家自己都捨不得吃。」

「以後有機會再還回去就是了，我去把雞宰了。」

沈瑜進廚房把菜刀拿出來。她麻利地把雞腦袋往上一挽，拔掉雞脖子上的毛，一刀下去，雞血嘩嘩地流到碗裡。

劉氏在一旁看得一言難盡。這麼多年她都不敢抹雞脖子，二丫手都不抖一下。「二丫，妳怎麼就不能像個姑娘家呢？」

沈瑜心想她倒是想像個姑娘家，這個拿不動，那也做不了，可那也得有條件才行。家裡沒個男人，這些粗活，她不做誰做。

把雞處理好後，沈瑜徵求了一下小病人的意見，沈星表示想吃第一次沈瑜在山裡做的燒雞。

沈瑜想了想，換了一種做法。她把整隻雞用水煮一遍，換水後放上花椒、桂皮、醬油，再放一點糖，用大火燉著。

另外還做了野菜炒肉和涼拌野菜。

飯是大米飯，一半大米一半小米放進瓦罐裡上火蒸。瓦罐底部抹上油，飯熟後，帶著一層層金黃色的鍋巴，吃在嘴裡又脆又香。

中午沈瑜她們只隨便吃吃，所以晚飯做得早。她們正在院裡擺桌子，來了兩個七、八歲的小女孩兒。「星星，我們來看妳了。」

「是大妮和小花啊，來看星星啊？」又有人來看女兒，劉氏高興。

她們家現在不需要沈星做活，有空她就跑村子裡找人玩，也交到了幾個朋友。朋友來看她，星星高興得連腳丫疼似乎都忘了。

「對不起，星星，都是我們不好，那時候我們不讓妳去沈丹家就好了，那樣妳就不會挨打。」大妮說。

沈星笑呵呵地搖了搖頭。「不怪妳們，我奶叫，我怎麼能不去。」

「星星，妳二姊好厲害，妳三叔和妳二哥在家哼哼呢，是疼的。活該！」說完三個孩子咯咯地笑。

沈常遠傷得不輕，沈家從隔壁村請來郎中。

沒要到錢，沈家人相互指責，沈富貴指責沈老太做事糊塗，沈老太責怪沈丹把沈星領回家，是三房自作自受。沈家自己鬧得不可開交。

桌子搬到院子裡，一整隻雞用盆子裝著放在中央。沈瑜把沈星從屋裡抱出來，大妮和小花則很不好意思地坐下。

她們要走，但是星星的姊姊和娘不讓，非要留她們吃飯。不過，這隻雞好香啊！妹妹好不容易交到了好朋友，沈瑜怎麼能怠慢。

沈瑜把一隻雞腿挾給小花，另一隻挾起來，有些不確定是給自己妹子還是大妮，沈星則懂事地說：「姊，我要吃雞翅膀。」

沈瑜會心一笑，把雞腿放到大妮的碗裡，然後給沈星挾了雞翅膀和雞胸肉。

整隻雞燉了半個時辰，味道已經融入到肉裡，燉得肉爛骨酥，很適合孩子吃。

一開始，兩個孩子還很拘謹，有沈星在一邊嘰嘰喳喳，很快就熟絡起來。

飯後，劉氏把兩個孩子送回村裡。

沈星躺在床上。「嗝……唉唷！」

「星星，妳是吃多了還是疼的？」沈草笑話她。

沈星又打了一個飽嗝。「嗝，沒撐，二姊都不讓我吃多。」

沈星以前總吃不飽，導致現在吃飯沒個量，沈瑜總怕吃多傷脾胃，每次都限制她飯量。

沈星用兩個指頭比劃了一咪咪的距離。「也不是很疼，就是有一點點疼啦。」

「沒事，上兩天藥就好了。」沈瑜又檢查了下沈星的傷口。已經開始結痂了，松鶴堂的藥還是不錯的。

突然，沈草一臉激動地跑到沈瑜面前。

「二丫，二丫，神仙草發芽了！」

# 第七章

「發芽了？」

沈瑜趕忙過去看，自從種上孢子粉後她就沒再看過，只是叮嚀沈草要保持濕潤，看來沈草做得很好。

房裡陰暗，不細看根本看不清，沈瑜乾脆把育苗袋搬到院裡。

陽光下，育苗袋上鑽出一朵朵、小小細細的菌絲，稍微大一點的像剛冒芽的蘑菇頭，尖端呈乳白色的傘狀，下面是淺褐色，嫩嫩的，很可愛。

「這就是神仙草？」劉氏十分驚訝，看沈瑜的眼神都是佩服。再想想神仙草的價格，劉氏激動得說不出話來。

把另外兩袋也搬出來，沈瑜數了數，目前為止總共有五十幾個新芽。孢子粉本就一丁點，發芽率已經很高了。

下一步就是選擇生長地的問題。選擇山間林地，讓其自然生長最好不過，但這山不是她家的，村裡人常來常走，很難做到不被人發現。

但自家房前屋後也沒有林蔭之地，連棵樹都沒有，一時間沈瑜也想不到好辦法，只能暫時擱下。

傍晚時分，沈瑜去育苗田查看，隱約可以看見濕潤的泥土中有東西要冒頭。沈瑜輕輕撥開上面的泥土，嫩嫩的新芽正頂泥而生，看樣子明日就可破土而出。

沈瑜站在地頭，向錦水川的方向放眼望去，每隔三百米左右就有一條通水渠，從河岸延伸到稻田深處，一直到天回山腳下。

溝渠與小河之間用泥土或石塊堵著，用時挖開不用再堵上。二十天以後才能移栽稻苗。稻田進水倒不必著急。

只是稻田移栽後一定要有人日常看護，沈瑜不想自己跑來跑去，更不打算讓劉氏和沈草來做，所以這個人一定要信得過。

想到今天來送雞的大川，沈瑜心裡有了打算。

「出苗了？怎麼這般快？別人家半個多月才出苗。」劉氏新奇。「二丫，為啥不把稻種直接撒到田裡，移栽一次是為了啥？咱村裡都是往田裡撒種。」

劉氏不明白為何要費一遍事來做人們早已經習以為常的事。當初怎麼勸都不聽，二丫才種了幾年，會比種了幾十年的老人還有經驗？

「娘，移栽稻苗長得快，別看咱家種得晚，到時候肯定比人家長得都快。」沈瑜給劉氏保證。

這個時期人們種田的方式很是粗放，廣種薄收。地翻一翻，把種子撒上就隨便它長，方法不對，管理又上不去，產量又怎麼能好。

糧食產量低，追根究柢還是技術和思想落後。

「星星，晚上別寫字了，傷眼睛。」

沈瑜收了沈星的紙筆。今日沈瑜教沈星寫名字，小孩兒就沒放下筆，寫了滿滿一張紙的「星星」。

劉氏看那張廢紙，心疼不已，一張紙半尺布，紙金貴著呢。「妳這孩子，在外面地上寫一寫就行了，這多浪費。」

沈星吐吐舌頭。「娘，知道了。」

一夜安眠。

吃過早飯，劉氏揹著沈星，沈草挎著籃子裝著紙錢，沈瑜則拿著鐵鍬和原主之前穿的舊衣，一家人去給沈常青上墳。

劉氏讓三個孩子給沈常青磕頭，她邊燒紙錢邊念叨著。「她爹，我們來看你了，你放心吧，我們都好好的，孩子們都挺好……」

沈瑜拿著鐵鍬在沈常青墳頭旁邊挖土。

「二丫，妳這是幹什麼？為啥還挖坑？」這可是墳地，只有死人才挖坑。

「我就隨便挖挖。」

「妳這孩子……」墳地挖坑是能隨便的？沈瑜的倔勁兒劉氏也知道，見說不聽也不理她，自顧自的跟墳裡頭的沈常青念叨。「都挺好，就是二丫不太省心……」

沈瑜無語。「……」

一尺多深的坑挖好後，沈瑜把帶過來的舊衣、鞋子放進去。

這是原主穿過的衣服。沈瑜埋好土，壘了圓圓的小土包，在上面填幾塊石頭壓著，這分明就是一座新墳。

給死去的沈魚立一座衣冠塚是沈瑜早就想過的。這裡的人相信人死後沒有入土為安則投不了胎。

對於原主，沈瑜有同情也有感謝，不管信不信，如果有來生，希望她能過得好。

對著新墳頭，沈瑜在心裡默默地說：沈魚，妳的家人我會替妳照顧。願妳靈魂有歸處，願妳來生平安喜樂。我能為妳做的就這麼多了。

縣衙內，齊康敲一敲痠痛的肩膀，站起來輕輕踱步。

他上任已有一個月，一個月的時間足夠他摸清錦江縣的概況。

縣丞陳玉書則安靜地在一旁坐著。

今日陳玉書是來匯報錦江縣轄區內的春耕情況，今年耕地數量比去年減了半成有餘，這還包括齊康大力支持下新開荒的錦水川，否則情況更慘。

他今年快四十了，做縣丞已有十二年，縣令來了又走，走了又來。三年任期一滿，無人連任，他都已經習慣了。

這齊大人乃天人之姿，又怎會在這苦窮之地久待，他只需做好縣丞分內之事便好。

「陳縣丞，錦江縣土地甚多，為何這般窮？」齊康活動了下筋骨，又重新坐下。

縣丞拱手道：「大人有所不知，十多年前錦江縣戰亂加匪患，民不聊生，許多人舉家搬遷。這幾年雖然好上許多，但人們總是害怕重蹈覆轍，不願回來。導致方圓百十里內人口卻不足六萬，至於地大多是荒地，種了也產不了多少糧，若遇上災年，顆粒無收都有可能。」

齊康點頭。「糧食產量低，放眼整個大周，都是難題。」京城的紈袴一頓飯可能就花了十兩銀子，殊不知一戶農家一年也未必能攢得了二兩銀子。

雖然他爹說讓他待三年，不求有功但求無過，三年後他自然有更好的去處。

但是齊康卻想，他走仕途是為了什麼呢？

升官發財？他爹的官已經做到頂端；母親出身商賈，家裡錢也夠多。他只要吃喝玩樂，做個稱職的紈袴就行，何必受這份累呢？

為名嗎？他齊康何時在乎過那些虛無的東西。

齊康的手指有一下沒一下地輕點桌面，視線則始終落在縣令的大印上。沒有外人的時候，難得的一臉嚴肅認真。

齊康頭痛地按了按額頭。上任前他想過縣丞可能會不服他，想過衙役可能不聽使喚，他能想到的都是他爹告訴他官場上的相互傾軋。

但錦江縣上到縣丞、衙役，下到門口看大門的和做飯的廚娘，對他恭敬有加，讓幹啥幹啥，絕對沒有半句推諉。

想必也是窮的原因，沒油水，這縣令的位置也沒啥好爭的，還不如安安分分地拿薪水。三年任期任重而道遠啊！齊康在心裡感慨之際，收到京城的來信。

看完信，齊康把它重新塞進信封。「上面很滿意仙草樹，我爹還誇我會辦事。老頭子能誇我一次可不容易。可他怎麼不把仙草樹的錢給我，兩萬呢，我還給縣丞打著欠條呢。」後面齊康非常不滿地嘟囔。

齊天則想說：您只要不跟老爺對著幹，他對您滿意著呢。誰叫您自討苦吃呢？但他也只能想想，並不敢真的說出口，否則齊公子定會是一陣長篇大論來反駁他。

他家公子乃是殿試探花，學識、人品、樣貌都十分出色，連皇上都誇，老爺怎麼可能不滿意？

只是他家公子想什麼，誰也猜不透。

安排他進翰林做編修，他不去；給他找個州府的官職，他也不幹。最後自己選了這麼個偏遠窮苦之地做縣令。

齊天是弄不懂他家公子的想法。

「天兒，算盤精的神仙草種下有半個月了吧，咱們去看看發芽了沒？」親爹拿了東西不給錢，心煩的縣令大人想出去走走，散散心。

「公子，您去車裡坐吧，外面有風。」齊天向與他並排坐在車前的齊康說。

「不礙事，我又不是紙糊的。」齊康一條腿曲起，另一條腿則掛在車下晃來晃去，好不自在。「坐車裡可看不到這錦水川的美景。」

「公子，一塊一塊的黑土，連一株苗都沒有，哪有什麼美景？」齊天不解。

「這你就不懂了，不在於景色美不美，而在於看景人的感覺。」齊康的聲音帶著幾分笑意，看得出他的心情大為舒暢。

看看馬路右側一望無際的黑土地，齊天覺得他家公子說話很高深，他不懂，也不多嘴。

齊康又說：「剛來時，這裡可是一片荒野，這才多久，就成了一塊塊方方正正的良田，你不覺得很神奇嗎？」

「別人家的田都已經出苗了，可沈姑娘家的稻田怎麼連水都沒有呢？」齊天用馬鞭指指馬路左邊出了一層新綠的農田，再指指右側沈瑜的稻田，差距一目了然。

齊康沈思片刻。「聽守城軍說，沈瑜沒有將稻種直接種到田裡，而是另外開闢了一塊田，說是育苗。」

齊天也說：「這稻子我雖然沒種過，但據我所知都是季節到了，撒種到田裡，至於育苗一說從未聽過。」

齊康補充。「而且這育苗不但費一遍事，還要多花一筆工錢，也不知道那沈瑜葫蘆裡到底賣的什麼藥？

「我倒要看看三年她怎麼還我兩萬白銀。」

沈瑜給原身立了衣冠塚，心裡輕鬆了不少。她從劉氏的籃子裡抓了一些紙錢，在新起的墳前燒了。

劉氏睜大眼看沈瑜，好端端的立空墳，還給空墳燒紙錢，這孩子中了什麼邪？

沈星不明所以，看她姊做啥她就跟著做，跳著一隻腳過來蹲下，與沈瑜一起燒紙錢。沈瑜看她有樣學樣，心裡熱熱的。

「二丫，妳這是？」沈草一頭霧水，二丫所做的一切她看在眼裡。當她看到沈瑜把舊衣、舊鞋放進去時震驚不已。

二丫為什麼給自己立了墳？

沈瑜不知道該怎麼回答，乾脆就不說話，靜靜地繼續抖動手裡燃燒的紙錢，看著它一點點燃燒殆盡。

縷縷青煙緩緩升起，隨風飄散。

下山的路有些漫長，沈星趴在沈瑜背上左看右看，心情很好地晃動著小腳丫。「姊，妳看那邊綠油油的，真好看。」

沈瑜順勢望去，小河村南面和東面，不管是旱田還是水田都長出了一層新綠，看上去生機勃勃。

「莊稼都長出來了，老天保佑今年風調雨順，糧食豐收。」劉氏挎著籃子邊走邊念叨。

「今年春天沒怎麼下雨。村裡的老人說，今年年頭可能不大好，一些人都把水田改種旱田了。」沈草想起前些日子人們議論的事情。

劉氏嘆道：「唉，那也沒辦法，咱們莊稼人又不能左右老天。」

沈瑜心想，光想著靠天吃飯，永遠無法豐衣足食。

娘兒幾個邊走邊聊，劉氏跟死去的丈夫嘮叨完，心情好多了，一掃之前的陰鬱。走到山腳，劉氏把籃子給沈草，她自己去村裡抱小狗崽去了。

三姊妹有說有笑的往家裡走，遠遠就見家門口停著一輛馬車，車前站著一人。白衣勝雪、風姿卓然，長袍隨風起舞。再看他的手，迎風搖扇，不是齊康又是誰？

「縣令大人又來了？」沈草覺得奇怪，非親非故，她們卻見了縣令大人好幾面，要知道，就算是村長一輩子也不一定能見到縣令。「難道是知道神仙草發芽了？」

沈瑜發笑。「姊，妳想多了。」齊康是人不是神。

沈草把頭往沈瑜那邊伸過去一點，小聲說：「縣令來咱家也有好處，村裡人以為縣令照顧咱家，奶他們就不敢輕易招惹我們。」

沈瑜看了沈草一眼沒說話。世上沒有免費的午餐，齊康精明得跟隻狐狸似的，來她家這破草屋絕對不是話家常，反正只要不是催債的就好。

「呦，這是去郊遊了？」齊康笑得如沐春風。

「大人說笑了，我們農家人可沒那個閒情逸致。」天天往田裡跑、山裡鑽，樹常見花常開，早就見怪不怪。

經過這段時間的將養，沈瑜不再是那副營養不良的樣子，臉蛋長肉了，大大的眼睛、睫毛很長，鼻梁高挺，不似一般女子的嬌柔，眉宇間反而有股英氣。

溫暖的陽光落在沈瑜白皙的臉上，使她不苟言笑的面龐變得生動。

齊康多看了兩眼。

「幾日不見，小魚兒越發的漂亮了。」聲音裡帶著些許笑意。

沈瑜呵呵。「……」你一個比女人還好看的男人說別人漂亮？

「星星這是怎麼了？」沈星纏著布的腳丫子沒穿鞋子，齊康一眼便看到沈星受傷的腳。

「不小心被石子割破的，沒有大礙。」沈瑜回答。

「這麼不小心啊，小星星還記不記得我？」齊康微微彎下腰，與沈星平視。

「記得喔，縣令大人。」沈星眨巴著大眼睛，圓圓的臉蛋，很討人喜歡。

齊康笑著說：「叫大人多見外，叫哥哥。」

於是沈星給了他一個大大的笑臉，然後脆生生地喊：「漂亮哥哥！」

沈瑜心想，幹得好！

齊康一愣，哈哈大笑，歪著頭看並排走的沈瑜。「小星星真可愛，小魚兒妳要向星星學習，不要整天板著臉，多無趣。」

「姊姊很好啊，才不無趣。」星星也不怕人，齊康說她姊，她不樂意。

「小星星是愛屋及烏，因為是妳姊姊，所以才會覺得她好。」齊康逗孩子。

沈星皺著小眉頭想了一下。「那你為啥還來？」

齊康一噎。「……」

沈瑜憋笑。「咳，齊公子今天來有事？」

「沒事我就不能來？小魚兒可是我上任以來遇到的第一個朋友，妳不會是嫌棄我了吧？唉，可憐我孤家寡人。」齊康用手捂著胸口，故作傷心的樣子。

「公子您就別裝了，一點都不像。」還有，咱們什麼時候成朋友了？

「不像嗎？我覺得我演得挺好的，妳說是不是，小星星？」

沈星則抿著嘴笑，看她姊和漂亮哥哥鬥嘴覺得好有趣。

「公子您看！」齊天眼尖，率先看到院子裡木架上並排擺著的三個麻布袋。

他還記得那是半個月前沈瑜用來種神仙草的袋子，如今上面已經長出了大大小小的蘑菇頭。

齊康欣喜地走過去看，語氣掩飾不住的興奮。「妳種出來啦！真是太好了！我就說小魚兒厲害！」

「我姊最厲害！」星星第一個舉手贊同。

「行行，妳姊最厲害。」齊康無奈道。

齊康又圍著靈芝幼苗轉了幾圈，左看右看，他見過百年的甚至千年的，就是沒見過剛發芽的，覺得十分神奇。

「妳該不會就這麼放著吧，是不是太簡陋了點？」齊康一臉不贊同。神仙草不說長在玉盆，但也不能長在破麻袋裡吧？

沈瑜琢磨著把這幾十株靈芝栽到哪兒，想來想去只有一個辦法比較可行。

「神仙草喜歡潮濕環境，常長在腐地。我想弄幾個樹根回來，再把它們移植過去。」至於樹蔭和潮濕度，都可以人為控制。

齊康看看她家光禿禿的房前屋後，再看看院子裡的小雞仔，艱難地問：「可行？」

沈瑜聳聳肩。「不知道。」

齊康無語，只好道：「小魚兒妳可上點心，神仙草若是成了，妳可是大功一件。以後賣給我，妳的債就能抵了。放心，我定會給妳個好價錢。」

沈瑜心想：我的大功肯定不止這一件，將來恐怕你數都數不過來。

至於神仙草，沈瑜搖搖頭。

「即便這些能夠長大成熟，價錢也不是先前的那個價。」

齊康不解。「為何？」

「人工栽培的藥材，效果會降低，價格自然不能與野生的相提並論，您要給我之前的價格，可虧大了。」沈瑜實話實說。

齊康定睛瞧了沈瑜一會兒，釋然一笑。見到了想要見的，齊康心情不錯，這農家小院雖然破敗，卻讓他放鬆下來。想到縣衙還有那麼多公文，心情又變得沈重。

唉，他還得回去做那悶頭苦幹的老黃牛。

「大人要不留下吃飯？」

齊康搖頭。「算啦，身為縣令總在百姓家吃飯，讓人知道了多不好。走了！」

沈瑜送齊康上官道，路過育苗田，已經有小苗破土而出。「小魚兒，妳這育苗田是何道理？大周好像沒有人這麼做。」

「直接撒種出苗率低，浪費種子，也浪費田地，我就想育苗可能會好一些，移栽到稻田裡一棵是一棵，能保證秧苗密度，產量自然也高了。」

齊康點頭。「倒是一個方法，就是不知道效果如何。」

沈瑜望向錦水川，轉過頭來微微一笑。「秋後就知道了。」

沈瑜笑起來清閒淡雅，碧波清澈的眼神、兩片薄薄的嘴唇、兩個淺淺的梨渦，和此時的陽光一樣明媚耀眼，似乎不經意間觸動了齊康的某根心弦。

齊康嘴角上揚，這般靈動的模樣似乎趕走了他心中的陰霾。「小魚兒，下次見！」

送走了齊康，沈瑜直接去了大川家。

「要我管理錦水川？」大川不可置信。

沈瑜點頭。「嗯，你一個人肯定不夠，我想叫黃源叔與你一起，再找幾個人，待到結穗時，白天黑夜輪流值班，會比較辛苦，大川哥可以考慮一下再答覆我。」

大川擺擺手。「不用考慮，沈瑜妹子信得過我，我就幹。我大川別的本事沒有，盡心盡力還是能做到的。」

沈瑜笑笑。「好，那就這麼定了。」

走出大川家，沈瑜又去找了黃源。黃源是她爹沈常青活著的時候為數不多交好的人，人品也信得過。

沒有意外，黃源也加入了沈瑜的長工隊伍。

次日，沈瑜帶著兩人去山中刨回三個老木樹根栽到園子一角，先前種的菜已經冒頭，只好鏟掉。

又在山腳下挖回幾棵楓樹，栽到樹根附近。

這樣腐樹根就可以常在樹蔭下，不受陽光直射。人為製造一個靈芝生長的小環境，沈瑜也不知道行不行，且試試看吧。

大川和黃源很是不解，沈瑜只說有用，沒多說別的，他們也識趣的沒再追問。雖然沈瑜是比他們小很多的丫頭，但大川和黃源其實對沈瑜有一點點怯。

一方面是出於對雇主的心理，另一方面，沈瑜對待沈家老屋的手段眾人皆知。要不怎麼說任何時候武力都是最好的震懾？

花了兩天製造出靈芝的生存環境，沈瑜走出園子，腳被絆了一下，差點摔倒，低頭一看，一黑一灰的兩隻小奶狗正在扒她的褲腳。

兩隻小東西剛斷奶，胖乎乎、肉嘟嘟的十分可愛，沈瑜抱起來揉了幾下。

抱著牠們正要進屋，突然聽見劉氏驚呼。

「娘、大哥，你們怎麼來了？」

# 第八章

沈家小院走來一中等身材的老婦人和一個身材魁梧的中年男人。

「秋娘，搬出來怎麼不告訴我一聲，害得我去沈家老屋尋妳。」老婦人滿臉帶笑地走向劉氏。

秋娘是劉氏的名字，老婦人正是劉氏的親娘于氏，老婦人身後跟著的則是劉氏的大哥劉大奎。

正在拌野菜給雞餵食的劉氏，忙把手往衣服上擦了擦，喜笑顏開地拉著他們往屋裡讓。「娘，大哥，你們來了，快進屋。」

許久未見到的娘家人來了，劉氏高興，邊說邊往屋裡走。

路過沈瑜時，于氏明顯一愣。「這是二丫吧，出落得越發好看了。」

沈瑜挨個兒問了好。

「大白天的，三丫頭怎麼在床上？」于氏看見沈星皺眉，她最見不得大白天的躺床上，沒規矩。

沈星正在寫字，被于氏大嗓門嚇了一跳，但她還是乖乖的叫人。「姥姥，舅舅。」

劉大奎連應都不應一聲，當沈瑜和沈星是透明人一樣，跟著他娘大搖大擺地進了屋，一屁股坐在沈瑜和沈草的床上。

沈瑜最討厭別人坐她的床，那邊明明有凳子。

劉氏趕忙打圓場。「星星腳受傷了，養著呢。」

「這是在練字？」于氏一臉的不贊同。「我說秋娘，一個女娃子，妳讓她認什麼字？看這紙得多少錢？多浪費。」

于氏那心疼的表情，彷彿那紙是她買的，錢也是她花的。

「姥姥和大舅今天怎麼有空過來？」沈瑜岔開話題。

「這不很久沒看見妳娘了嘛？她也不說去看看我這老婆子，今兒得空就過來瞧瞧。」于氏仔細打量房間，不滿地說：「妳們不是得了不少銀子嗎？怎麼住得這麼破，比沈家老屋還不如。」

沈瑜心想果然，十幾年都沒關心過劉秋娘這個女兒，現在突然開始惦記了，目的不言而喻。

于家村離小河村也就五十多里，聽說沈瑜的事也不奇怪，知道是早晚的事。

「我爹還好吧？二弟、三弟怎麼沒來？」劉氏排行第二，下面還有兩個弟弟，都已經成家生子。

于氏嗔怪道：「家裡還有那麼多田呢，哪像妳有錢請人做活，這麼清閒。妳爹還行，就是最近有些不舒坦。」

劉氏一聽爹身體不好，有些著急。「爹身子骨一向都好，怎麼病了呢？」

于氏擺擺手。「沒事，就是前段時間種田累著了。還是秋娘妳孝順，知道惦記妳爹，妳爹知道了一定很欣慰。」

劉氏眼眶發紅。「是我這個做女兒的不好，沒本事，也沒有對爹娘盡孝。」

「說這些幹啥。」

母女倆手拉手坐在沈星的床邊說話，那邊劉大奎毫不客氣地把一旁櫃子上沈星的糖糕拿起來吃。

沈星看劉大奎明目張膽地吃她的糕點，再看看于氏和她娘只顧著說話也不管，癟著嘴很委屈也不敢說。

沈瑜看不下去了，抱著沈星出了房間，沈星趴在沈瑜肩頭眼巴巴地看向後方的劉大奎，小聲在沈瑜耳邊說：「大舅都快把糖糕吃光了。」

「沒事，大舅好不容易來一趟，吃就吃吧，明兒再給妳買。」沈瑜把沈星放在院子裡的木樁上坐著。

小黑狗和小灰狗搖晃著短尾巴過來扒拉沈星，小孩兒抱起小黑狗，情緒緩和了些。

「星星給牠倆取名字吧。」沈瑜捋捋小灰狗肉乎乎的脊背對沈星說。

沈星歪著腦袋想了想。

「叫黑天天和灰灰菜。」

黑天天是一種漿果，果實成熟後是黑色的，甜甜的，孩子們都愛吃。至於灰灰菜是一種長得灰撲撲的、餵豬的野菜，當然人也能吃。

「哇，星星真聰明，這名字又貼切又好記，就這麼叫了。」沈瑜給小孩兒誇獎。

沈星美了一會兒，然後小臉緊繃起來，把小腦袋湊到沈瑜耳邊，悄悄地說：「姥姥來咱家幹啥？」

「可能是想娘了，來看看。」

「姥姥不喜歡我，娘帶我去她家，狗蛋打我，姥姥不但不管還說我，我一點都不喜歡去。」沈星噘著嘴。

「那咱們以後就少去。」沈瑜安慰妹妹。

狗蛋是沈星三舅家的小子。于家重男輕女，劉秋娘不得于氏待見，無論對錯，挨罵的肯定是沈星。

那邊，沈草放下鋤頭聽屋裡有人說話，問沈瑜。「誰來了？」

還不等沈瑜說話，沈星一隻手放在嘴邊悄悄地說：「是姥姥和大舅，大舅太討厭了，哼！」

沈瑜好笑，小傢伙對劉大奎吃她零食的事耿耿於懷。

沈草也沒進屋，同她倆一起坐在柴堆旁。「他們怎麼來了？」

沈瑜聳聳肩一攤手，表示她也不知道。

「姥以前都不來咱家，我記事起，她好像就來過兩次，最近一次還是爹沒了。」沈草不禁想起以前的事。「小時候娘領我去姥家，吃飯都不讓我和娘上飯桌，我們在灶房吃的……」

想來想去，沈瑜好像沒有去姥姥家的記憶，可能劉氏根本就沒帶她回去過。長大一點，沈老太整天指派她們做活，她哪有時間去外家，沈老太也很少讓劉氏回娘家。

房間內，母女倆說得親熱，劉氏好不容易有個親近人說話，又是自己母親，倒豆子般把近來發生的事抖出來。

于氏心裡暗喜。「二丫倒是有運氣，只是妳們幾個女人，這麼多田哪裡種得過來。妳受苦了，娘心疼。」

劉氏一聽她母親這麼說，頓時感動。

「這樣吧，讓妳大哥和妳二弟、三弟他們過來幫妳管理錦水川，肥水不落外人田。」于氏終於說出了自己的目的。

劉氏遲疑。「娘，這地是二丫買的。」

「誰買的，都得聽妳的，妳是她們的娘，還讓一個丫頭給拿住了？」

劉氏被數落得不吭聲。

于氏臉上露出滿意之色，她這個女兒向來對她服服貼貼，翻不出什麼花樣。

于氏又說：「妳養了一窩子丫頭，將來都是要嫁人的。等妳老了連個養老的人都沒有，還得靠妳大哥和兩個弟弟，靠妳姪子給妳養老送終。不信親兄弟妳信誰？難道還要便宜沈家老屋那些人？妳忘了他們是怎麼欺負妳的了？」

于氏的大嗓門，沈瑜早就聽見了，沈瑜站在院子裡高聲說：「原來姥姥也知道沈家老屋的人欺負我娘啊，那她被人欺負的時候您老在哪兒啊？我的舅舅們又在哪兒啊？」

外嫁的女兒，如果有娘家幫襯，尤其是兄弟撐腰，婆家即使輕視也會有所顧忌。

但劉氏嫁到沈家這麼多年，親兄弟的光是一點也沒沾著，日子剛有點起色，他們倒是來當家作主了。

于氏被扯了臉皮，哪裡還能心平氣和地坐著，騰地站起來快步走出房門，用手指著沈瑜罵道：「死丫頭，我和妳娘說話，哪有妳插嘴的分兒？滾一邊去，沒個規矩！」罵完還嫌不夠，又上前推沈瑜。

「娘，娘您別生氣，二、二丫她不懂事。」劉氏緊跟著出來，站在兩人中間擋著，被于氏推搡得後退幾步，腳踩到沈瑜的腳上。

沈瑜把劉氏扶住站好，抱著胳膊對著于氏。「這話我還說定了，現在這個家我說了算，我娘作不了主，妳跟她說沒用。妳只聽說我家賺了錢、買了地，難道就沒聽說是誰賺的、地誰買的？」

于氏橫眉冷眼。「我這都是為妳們好，妳看看妳們一屋子女人，能幹啥？有妳姥爺、舅舅他們幫著多好。」

沈瑜反問。「我姥爺不是累病了嗎？怎麼還能幫我家幹活？」

不等于氏回答，沈瑜又說：「妳說妳孫子給我娘養老？真到那一天，你們拿了錢財，首先做的就是把我娘趕出家門，讓她自生自滅吧？說得比唱得還好聽，妳以為我會信？」

「秋娘，妳這個不孝女，就看著死丫頭欺負妳娘無動於衷，妳今天要不給我好好教訓她，妳就別認我這個娘。老天哪，我不活了……」于氏一屁股坐地上，一邊哭嚎一邊拍大腿。

劉氏去拉她娘，但于氏就是不起來。

劉氏不知如何是好，一邊是她親娘，一邊是她親閨女。「二丫……」

沈瑜翻了個白眼。

「姥姥，您就別嚎了，呼天搶地我奶早就用過了，這招對我沒用。您要還繼續，我也不攔著，您就哭個夠吧。」一哭就哭唄，就當看熱鬧了。

于氏嚎得嗓子都快乾了，也不見她們服軟，氣得七竅生煙，把劉老大叫出來。「老大，你娘都要給人欺負死了，你快出來，給我教訓這個不知死活、不尊長輩的丫頭。」

那邊劉大奎把嘴一抹，從屋裡走出來，二話不說，上來就抓沈瑜。結果沒幾下劉大奎就摔倒在地起不來，躺在地上唉唷唉唷地叫喚。

于氏氣得直哆嗦。「妳……」

沈瑜冷笑。「別指了，沈常德、沈常遠我都照打不誤。我沈瑜什麼都受，就是不受委屈！」

剛才推搡中，劉大奎把擺放靈芝的架子撞翻，育苗袋掉在地上，撞斷了十幾棵靈芝幼苗，把劉氏心疼得直掉眼淚。

劉大奎倒地不起，于氏趕緊把他扶起來。「老大，摔傷哪兒沒？」

育苗袋掉地上，劉氏心疼地撿起地上破碎的神仙草。

見劉氏這樣，于氏氣不打一處來，一腳踢開育苗袋。

「幾個破蘑菇，有啥好心疼的？妳眼裡還有沒有妳大哥？有沒有我這個娘？妳翅膀硬了，連我都不放在眼裡了是不是？」

這下劉氏再也忍不住哭出來，邊哭邊說：「娘，您怎能這樣呢？」這些神仙草值多少銀子，她能不心疼嗎？

沈瑜怕劉氏多說多錯，過去把她拉起來。「娘，不要緊，壞了就扔了吧。」

剛才，沈草站一邊插不上手，這會兒覺得她該站出來，再讓二丫搞下去，還得打起來。

于氏和沈老太不同，于氏畢竟是劉氏的親娘，做得過了，劉氏心裡不好過。

而且，她們剛脫離沈家，若再跟姥家決裂，外人只會說她們娘兒幾個不對，那樣的話名聲可真壞了。

就算二丫不在乎，她也不能不顧忌。

「姥，您消消氣，二丫脾氣不好，我娘也不是那個意思。」沈草拉著于氏的胳膊，說軟和話。

于氏見有人服軟，見好也就收了，拍了拍身上不存在的灰。「哼，總算有個識大體的。」

沈草又過去把劉大奎扶著坐下，劉大奎挨了幾下，這會兒正恨恨地瞪著沈瑜。

瞪一眼又不會少塊肉，愛瞪就瞪，沈瑜也懶得理他。

「既然大家都消了氣，那咱們心平氣和地談談。」沈瑜不想動手，她真的一點都不暴力好嗎？

但事實就是武力是最好的解決辦法之一，先揍一頓才會有人跟你好好說話。不管是沈老太還是于氏也都抱著這個態度，只不過她們技不如人，被沈瑜反殺了而已。

「姥，您來，我們歡迎，我娘總念叨著您。您若願意，以後我娘會經常去看您。但是別的您就不要想了。我爹剛沒那會兒，這個家就差點散了，您知道那個時候，我娘多希望您和舅舅們能幫一把，但你們頭也不回地走了。」

見沈瑜這麼說，于氏臉上有些不好看。「這不是家裡忙嘛，再說妳們也沒給我們捎信兒，我哪裡知道啥情況。」

沈瑜也不拆穿她，繼續說：「過去的事不說了，現在說點有用的，這個家從我活過來那天開始就是我說了算。姥，您還不知道吧，我差點隨我爹去了。

「你們什麼心思我都知道，也別拿孝不孝的來壓我，大周沒有哪條法律規定女兒的家產可以無償給爹娘。」

大周律法沈瑜多多少少了解一些，此時正好拿來唬人。

「如果還不服氣，就去小河村打聽打聽我是怎麼從沈家老屋分出來的。我已經是死過一次的人了，也沒什麼好怕的，只要能好好活著，名聲我不在意。」所以不會不服也憋著。

于氏不錯眼地盯著沈瑜。上次見這丫頭還唯唯諾諾，今天不但敢頂撞自己，還敢打人，兩個月未見，怎麼變得這般伶牙俐齒，作得了她親娘的主。

要不是她見過這丫頭幾次，還以為換了一個人呢。難道真是被那沈家老屋的人給逼的？

于氏琢磨，她女兒作不了主，她還真不能硬來。眼珠子一轉，一計不成又生一計。

「唉，妳看妳說的哪裡話，我本來就說要妳舅舅幫妳們侍弄田地，別讓妳們孤兒寡母的累著。既然妳們不願意，那就不提了。」

再怎麼說是劉氏的親娘，既然不提，事情就過去了。

沈瑜和沈草兩人做了午飯，有肉有菜還有白米飯。于氏心裡卻不怎麼是滋味，一向瞧不上的女兒日子過得比他們好，她卻一點光也沾不上。

吃了一頓豐盛的午飯，飯後，沈瑜和沈草在廚房收拾碗筷。

沒一會兒，沈星顛著一隻腳急匆匆進來。「姊，不好啦！」

「星星，腳還沒好呢，怎麼下來了？」沈草把她抱起來放到凳子上坐著。

「大姊，姥要把二姊嫁給二表哥！」沈星焦急地說。

沈瑜冷笑。「……」賊心不死，還真以為吃了教訓長記性了呢。

沈瑜淡定地把手往圍裙上一擦。「我去看看，妳們在這兒待著。」她倒要看看誰牙口那麼好敢娶她？

沈瑜走到房門口，就聽于氏說：「妳不能什麼事都聽那個丫頭的。咱們是一家人，我還能虧待了二丫不成？妳難道還信不過娘嗎……」

「姥，我娘不是怕您虧待我，是怕我衝撞了您。我這脾氣，這輩子恐怕也沒人敢娶了，我已經打算好了，等過幾年招個女婿給我家繼承香火。」沈瑜走進來，屋內驟然安靜。

于氏在心裡一再告誡自己不能生氣。「外人怎麼信得過，萬一招來個白眼，妳們母女還不是任人拿捏？妳二表哥為人老實忠厚，你倆年紀相同，八字也合，天賜良緣……」

還天賜良緣，妳怎麼不說三生注定呢？

「姥，我和二表哥可是血親，表哥表妹結親生出的孩子不是傻就是呆。」

「胡說八道，我和妳姥爺就是親上加親，妳娘和妳舅他們不都是好好的？」于氏和她姥爺是族兄妹，嚴格來說是出了五服的，不能算近親。

不過這不妨礙沈瑜打擊她，沈瑜抱著胳膊站在門口，看了一眼一旁低頭擺弄沈星頭花的劉大奎。「呵呵！」

于氏的老臉瞬間垮了下來。「我說二丫，再怎麼能耐，妳也是個女娃，不要什麼事都強出頭。婚姻大事都是父母作主，妳一個丫頭矯情什麼勁？」

沈瑜不慌不忙地走過來，坐到桌前給自己倒了一杯水，喝了兩三口，三雙眼睛就那麼盯著她看。

打了個飽嗝，沈瑜不緊不慢地說：「姥，我給您講個故事吧，從前有個人，為了幾兩銀子把親閨女嫁給了一潑皮無賴。父母之命，那姑娘被逼無奈只好從了。結果您猜怎麼著？」沈瑜邪邪一笑。

「還能怎麼？嫁就嫁了唄！」于氏想知道沈瑜葫蘆裡賣的什麼藥，隨意地接了一句。

沈瑜繼續說：「那姑娘嫁過去的當天晚上，就用菜刀把那潑皮剁了，連帶著把那一家人也砍得七零八落，掉腦袋的掉腦袋，活著的也缺胳膊少腿，後半生不能自理，那家人從此就斷子絕孫了，您……」

一股怒火頂得于氏心窩生疼，不等沈瑜說完，于氏站了起來。「行了，今兒出來得夠久了，該回去了！老大，我們走！」

「姥，大舅，不再待會兒了？想聽故事了，您老儘管來啊！」沈瑜衝兩人匆匆離去的背影高聲喊。

于氏腳下一個趔趄，呼呼喘著粗氣。好處沒要到，還被狠狠地抽了臉，她何時受過這等氣？

沈草抱著沈星從廚房出來，疑惑不解。剛才她還擔心二丫拿鞭子呢。「大舅他們怎麼這麼快就走了？」

「飯也吃了，不走留著幹啥？」說著，沈瑜把床單扯下來決定洗一洗，把沈星那個布頭花也扔灶膛裡燒了。「星星，姊再去縣城給妳買新的，這個不要了。」

沈星有些捨不得，那個才新買不久呢，但她姊說不要就不要了吧。

育苗袋已經散了，壞了不少幼苗，擇日不如撞日，沈瑜便把靈芝移栽到老木樹樁周圍。移栽完，沈瑜才有空洗床單。家裡有了水井，用水隨時有，著實方便。劉氏把野菜葉切碎拌上小米糠，時不時的偷看沈瑜。沈瑜看向她時，她又裝作沒那回事似的，把頭轉過去。

沈瑜看她都累。「娘，您有話就說，跟我不用拐彎抹角。」

「二丫，這麼對妳姥和妳舅，是不是不大好，以後娘怎麼有臉回去啊？」

沈瑜揉搓著手裡的床單，這老粗布可真是夠粗的，稍微使點勁，手指就被磨紅了。

「娘，您嫁過來這麼多年，回去過幾次？即使回到娘家，他們可有正眼看過您？您還指望什麼呢？」

「但她畢竟是娘的親人。」劉氏神色有些傷感。

「娘，我沒攔著您和姥家人走動，您愛去就去，去的時候多給姥姥拿點東西。如果姥姥、姥爺來咱家，我們也好吃好喝的招待。但是別的不行。想要我的地，不行，想要我嫁給二傻子也不行。」

「妳這孩子，怎麼這樣說話呢，妳二表哥可不是傻子。」劉氏責怪道。

「他傻不傻我不知道，但您看大舅不管不問地把沈星的零食全吃光了，這是一個當舅舅的人會做出來的事？別人家都是舅舅給外甥買好吃的。」

劉氏嘆氣。「唉，我也知道，只是這樣一來，他們該說我不孝了。人活一層皮，被別人那麼說，以後怎麼有臉見人呢？」

「孝，不是讓人欺負您的理由。要管錦水川，娶我進門，不都是衝著咱們家錢財來的嗎？如果咱家就這一間草屋、五畝田，飯都吃不上，我舅、舅媽還有我姥還認識您是誰嗎？我這話說得有點直，但是事實，您好好想想。還有，我的婚事我自己作主，您不能答應任何人。」

早點說清楚沈瑜也安心，就劉氏這軟和性子，哪天被人一騙，把自己婚事給定了，也是麻煩事。

見劉氏把自己的話聽進去了，沈瑜也不再多說。至於娘舅、姥姥，只要不太過分，她就睜一隻眼閉一隻眼。

其實如果按劉氏所想，把二丫嫁給娘家姪子總比嫁給別人好，自己的姪子總不會打罵二丫。

但劉氏也知道，她作不了這個主，所以她娘提出來時她也沒敢應，否則沈瑜還不得鬧翻天。

兩隻雞仔從柵欄的空隙裡鑽出來，黑天天和灰灰菜發現了新玩意兒追著玩。

一旁的星星也坐不住了，跳著一隻腳，追著小狗和小雞跑來跑去。

孩子的笑聲一時間充斥著整個小院，沈瑜的心情就如同這午後的陽光，溫暖而平靜。

小地方藏不住事，沒幾天，劉秋娘母親來訪的事就在小河村傳開。沈家老屋的人都以為于氏從沈瑜那裡得到了多大的好處。

「一窩白眼狼，明明姓沈卻胳膊肘往外拐，向著外家，早知道這樣，生下來就該扔山裡。」沈老太惡毒地說。

窮人家孩子大多養不起，生下來就扔掉，尤其是女孩。

沈富貴呵斥。「說這些幹啥？」

「就這麼算了啊？我和您孫子的一身傷就白受了？」沈常遠挨的兩鞭子不輕，傷口現在還沒好呢。

張氏想起那日回娘家，大弟出的主意，在心裡暗暗發誓：小賤人！給我等著！

插秧苗還得等幾天，沈瑜決定帶鹿丸去山裡轉轉。本就生活在深山裡的動物，卻要被拴在家裡，沈瑜有些不忍心。

反倒是鹿丸適應良好，從來沒有掙扎著要跑的意思，即使把韁繩解開，吃完草後牠也會遛達回家，從不遠走。

沈瑜牽著鹿丸在山裡走，五月，草木蓊鬱，正是蕨菜茂盛的季節。沈瑜採了一筐的鮮嫩蕨菜，又收穫了兩隻兔子。

沈瑜站在山頂，遠眺連綿不斷的群山和山脈腳下廣闊的稻田，心情舒暢。四個月後，這裡將收穫幾百萬斤的稻米，對於這一點，沈瑜堅信不疑。

天熱了，肉不好放。當晚就做了紅燒兔肉，外加涼拌蕨菜和清炒小白菜，一家人吃得很是開心。

另一隻兔子還活著，沈瑜突然想到齊康。

「明天我把那隻兔子給縣令大人送去吧。」反正也沒什麼事，沈瑜決定走一趟縣城。

劉氏一愣。「人家會看上一隻野兔？要不再拿點別的？」左想右想她家也沒啥拿得出手的東西。

「那就再拿點蕨菜吧，就是一份心意，齊康他又不缺咱家這點東西。」蕨菜純天然營養又健康。

「妳這孩子，怎麼能直呼縣令的大名，沒大沒小。」劉氏教訓道。

沈草看了妹妹一眼，若有所思。「也行，縣令大人是好人，又幫了我們大忙。不管人家看不看得上，是我們的一份心意。」

次日，沈瑜套上車，沈星吵著要去，她的腳丫子也沒什麼大事，沈瑜索性就帶著她。

沈瑜在板車上鋪好被子，讓沈星坐好，她趕著鹿丸直奔縣城。

「沈姑娘！」城門守衛與沈瑜打招呼。

呼。

沈瑜一愣，隨後了然，應該是去她家做過活的人。城裡城外的守城士兵都與沈瑜打招高高在上，哪是平民百姓能結交的。

「哇，姊好厲害，官兵都認識哇！」沈星崇拜地看她姊。在她的認知裡，官兵衙役都是高高在上，哪是平民百姓能結交的。

其實沈瑜也沒想到這些士兵會與她打招呼，畢竟她是白身。

齊康對沈瑜的到來有些意外，但笑意寫在臉上。「小魚兒想我啦？」

沈瑜已經對他的不正經免疫了，而且對著一張笑咪咪的帥臉，誰還能有脾氣？

況且齊康沒拿身分對她有尊卑貴賤的要求，所以，沈瑜也願意像朋友一樣與他相處。

「呦，小星星真是越來越好看了！」撩完大的逗小的。

星星穿著綠色的蓬蓬裙，紮著兩個包包頭。「漂亮哥哥，我姊給你送兔子來了，兔肉可好吃了。」

齊康刮刮她的小鼻頭。「哇，原來星星這麼胖，是吃兔子吃的啊。」

沈星噘嘴。「才沒有。」

小孩兒最近吃得好、睡得好，再加上整天待在屋裡，養白了，看上去白白嫩嫩的，又因為齊康的話而害羞，小臉紅撲撲，可愛極了。

沈瑜把還活著的兔子和蕨菜拿下車。

「這是新鮮的蕨菜，用水焯一焯，涼拌、清燉或者做餡都好吃。我猜齊公子身嬌體貴也沒吃過，特意拿來給你嘗嘗鮮。」
「幾日不見，小魚兒都會跟我開玩笑了？」齊康揶揄道。
沈瑜聳聳肩。「跟你學的嘛！」
「既然來了，就留下來一起吃吧。」
沈瑜拒絕。齊康卻不管她，伸手把還坐在車上的沈星掐著腋下抱起來。「就這麼定了，分外想念小魚兒做的菜，不如今天就……」
齊康的眼神太過熱切，以至於拒絕的話，沈瑜也說不出口了。
沈瑜笑他。「你堂堂一個縣令，居然為了一口吃的施展美色。」
齊康抱著沈星往裡走，邊走邊說：「美色也是一種力量。妳看，小魚兒不是已經被我的美色征服了？」
應齊康的要求，沈瑜做了水煮魚。調料是齊天專門去藥鋪買的。廚房大娘在一旁看得嘖嘖稱奇。
「大人愛吃這個做法，大娘以後可以經常做。不只是魚，其他肉也可以這麼做。」齊康愛吃，沈瑜索性把做法教給廚娘。
廚房大娘對沈瑜很熱情。「姑娘真是個好心人，我兒子前些日子在妳那兒做活，掙了不少錢呢。」
沈瑜沒想到還有這麼一齣。

除了水煮魚，沈瑜又做了豬肉蕨菜餡的餃子、紅燒兔肉。惹得廚房大娘直驚呼。「沈姑娘妳做廚娘一定會得到縣令大人的器重！」

沈瑜心想，呵呵，她才不做廚娘。

不知是不是吃到了美味可口的飯菜，齊康心情格外好。

縣衙裡的丫鬟、婆子聚在一起八卦。「這個沈瑜是誰啊？大人跟她怎麼那麼親熱？她一來，大人的心情都變好了呢。」

「聽說她買下了錦水川。」

「真的？可不像啊，穿粗布衣服還自己趕車。有幾千畝田的人不是應該有人伺候嗎？」

所以沈瑜在她們眼裡也就是個落魄的地主，至於怎麼入了大人的眼，眾說紛紜了。

「姊，妳看，漂亮哥哥送的！」

沈星把齊康送她的毛筆拿出來，小心翼翼地擺弄。

知道姊妹倆學字，齊康給了沈星一枝毛筆，沈瑜還乘機問了一些不認識的字。讓齊康寫下來，她在一旁偷偷標注了拼音。

沈瑜接過毛筆，筆毫飽滿圓潤，筆桿精緻輕巧，比她幾十文錢買的那支好上不止一星半點。「確實是好筆。」

「漂亮哥哥是好人！」

「給妳筆就是好人了？」沈瑜笑話她。

「才不是，還長得好看啊。」

沈瑜無語。「……」她妹妹這麼小就知道看臉。有一張花容月貌，在哪兒都吃得開呢。

兩人買了一些日常用品，給沈星買了兩只頭花。店裡擺著一隻一尺高的布娃娃，沈星喜歡得不得了。

沈瑜要給她買，沈星想了想，說：「還是算了吧，咱家都沒錢了，回去娘又該念叨。」

劉氏總是為她家的債而發愁，念叨多了，沈星也受到了影響。

對於劉氏的節儉，沈瑜是大大的不贊同，尤其是對沈星。

小孩子就該無憂無慮，她現在不至於一個布娃娃都買不起。

當二百文的布娃娃抱在懷裡，沈星樂得合不攏嘴。回去的車上，沈瑜對小孩兒說：「星星，回家就說是二十文買的。」

沈星心領神會，與她姊相視一笑。

小孩子恢復快，沈星的腳丫子沒幾天就完全好了，等她能跑能跳，沈瑜也把訓練的事提上日程。

不指望她有多大本事，關鍵時刻能自保就行。沈瑜對她的要求也不高，每天跑跑步、打打拳、練練腿。

為此，劉氏還特意給沈星做了一身短打，方便沈星伸胳膊摺腿。沈瑜本以為練幾天累了，小孩兒就會歇了。沒想到沈星咬牙堅持了下來。

熬過了最初的肌肉痠痛期，後來就順暢多了。每日的功課，不需要沈瑜督促，她自動自發地去做。

日子一天天過去，沈星的拳打得像模像樣。

育苗田裡的稻苗已經長到手掌高，育苗田出苗率高，幾乎沒有廢籽，導致稻苗密度也大。

原本就是想用最少的土地培育最多的秧苗，所以，等不到稻苗長太大就得插秧。

因為有之前開荒的良好信譽，又與其他人的農活錯開時間，所以稻田插秧招工就容易得多。

等沈瑜的稻田移栽完畢，時間已快到六月。別家的稻苗已經一尺多高，再加上緩苗期，沈瑜的秧苗看上去蔫巴、弱小又可憐。

沈瑜心裡有數，但是有人替她擔心，當然，大多數是幸災樂禍。

「你看沈家的稻苗半死不活的，那麼多錢要打水漂嘍！我看八千畝還不如我家八畝田呢。」

「就是唄，一個女娃會種啥田，白花那些銀子了。」

別人怎麼議論，沈瑜聽不到，即使聽到了她也不會在意。

她家最大的劣勢就是沒個可靠的男人。不過這也不是十分重要，只要有銀子都不是事。

大川和黃源這段日子做得很好，盡心盡責，可以信任。領工就由他倆擔任，又另外找了四個人，都是村子裡風評比較好的健壯男子。

六個人分成兩組，每天巡視錦水川的千畝稻田，主要是堵放水和防止雞鴨鵝等動物糟蹋秧苗。

稻田有專人管理，沈瑜也清閒下來。

或許真的是老天垂青，秧苗栽下去三天後，下了一場久違的大雨。要知道從入春開始，錦江縣就沒下過一滴雨。

有些人覺得情況不好，於是把水田改成了旱田。

水稻本就產量低，如果再遇上乾旱，一畝田出產都不到一擔，扣除需要上繳衙門的半擔，自己就沒剩下什麼，一年等於白幹了。

粟米抗旱抗澇抗折騰，產量也高，所以都愛種粟。

這場大雨讓錦水川蔫巴巴的稻苗終於活了過來，快見底的小河水也洶湧起來。

她家菜園裡的青菜也長得鬱鬱蔥蔥，隨時能吃到新鮮的蔬菜，不用再過頓頓吃野菜的日子了。

神仙草移栽後死了不少，沈瑜數了數還有二十幾個頭，希望它們都能好好的長大。

園子周圍的葡萄苗和瓜苗已經長到半尺長，沈瑜砍了一些枝條搭在柵欄上，讓葡萄往上面爬蔓。

忙了兩個多月，如今塵埃落定，一切都向好的方向發展。

沈瑜享受難得的清閒時光，坐在搖椅上曬著太陽，搖椅是找村裡的木匠專門訂製的。

沈星穿著短衣短褲，兩腿顫抖地扎馬步，已經蹲了二十分鐘，小孩兒額頭上冒著汗，小臉也紅撲撲。

「哎呀，黑天天、灰灰菜你們快走開，我要站不住啦！」

兩隻小胖狗圍著沈星轉來轉去，見人就是不動，兩貨以為小主人跟牠們玩呢，哼哼唧唧地嘴爪並用，抱著沈星的兩隻腿不是撲就是咬。

「唉唷！」

沈星終於一屁股被拽坐到地上，氣得小孩兒拍黑天天的屁股。「壞狗。」

把一家子逗得哈哈大笑，沈草給她搬個小凳子。「站累了吧，快歇會兒！」

沈星站起來把額頭的汗一抹。「我還得打拳呢。」說完，嘿嘿哈哈地伸著小胳膊小腿打起拳來。

劉氏則一臉憂心。「女娃還是文靜一點好。」

沈星則十分得意地說：「昨天韓三胖欺負小花被我揍了，娘，您不知道，小花她們可羨慕我了。」

「啥，妳把韓三胖揍了？」劉氏一驚。

「對啊，我跟他說再敢欺負女孩子我還揍。」小孩兒十分正經地對她娘說。

「妳這孩子……」

「娘，您別擔心，星星不是那種仗著自己有點本事就去欺負別人的孩子，再說她下手知道輕重，我有教她，您放心好了。」

沈瑜趕忙安慰她娘，老實人最怕自家孩子惹事。

「就是啊，娘，以前都是別家孩子打咱們星星，現在是星星揍別人，您還擔心啥？星星啥樣您還不知道，她是欺負人的孩子嗎？」沈草也勸。

「妳們就慣著她吧，得虧是個女娃，這要是個男孩，還不得上天？」劉氏一臉無奈。

一家人在院子裡說說笑笑，通往村子的小路上有一人朝她們的小院走來，老遠就開始打招呼。「常青家的在呢！」

不會吧，剛說完，人就找來了？

看看沈星，面色如常，不像是韓三胖的家長，沈瑜鬆了口氣。小孩子之間打架，大人偏要理論，明明沒理也要爭三分，是一件很煩人的事。

「是五嬸啊，您怎麼有空過來？」劉氏迎出去，她家小院最近真熱鬧，隔三差五的來了人。

來人是沈常青的堂叔媳婦，按照輩分，沈瑜她們得叫她一聲五奶。雖然沾著親，但平時走動並不多。

就沈富貴一家的德行，有人和他們走得近才稀奇呢。問題是，不怎麼走動的遠親，今天怎麼突然登門了？

被叫做五嬸的人進來就看見沈瑜半躺在椅子上，不禁有些羨慕。「二丫可真會享受，跟我們這些人就是不一樣。」

這話裡明顯帶著酸，沈瑜一皺眉。「五奶，您來有事啊？」

「這孩子，沒事就不能來妳家了，都是親戚，怎麼這樣見外呢？」沈五奶有些尷尬地嗔怪道。

「五嬸，您快坐，別聽二丫瞎說，您來，我們高興著呢。」劉氏拉著她坐到小凳子上。沈瑜訂製搖椅時，順便做了四張小凳子放院裡，隨時都能坐。

這位五奶坐下與劉氏聊起來，一開始是對劉氏的一頓誇讚，然後又自嘆家裡如何不如意。

沈五家日子雖然也不富裕，但比沈富貴家是要強上許多。大兒子在縣城擺攤，比上不足比下有餘，家裡日子比一般農戶好些，怎麼跑她們家來訴苦？

「五奶，妳家我大叔在城裡開鋪子賺不少錢吧，日子總比我們這些土裡刨食的人好過，您有啥好愁的？」沈瑜笑著問。

「好啥好，也賺不了幾個錢，這不是妳小叔還沒娶媳婦呢，我能不愁嗎？」

然後五老太有些不自在地說：「姪兒媳婦，我有點事想跟妳說。」說完眼巴巴地看劉氏。

劉氏不明所以。「什麼事？您就說吧。」

五老太支支吾吾。「……要不咱們屋裡說？」

劉氏看了一眼院子裡的女兒們。「好。」

不等她們起身，就被沈瑜攔住了。「五奶，有什麼話您就在這兒說吧，我們也能出出主意。」

「就是，五奶，我家這破草房連個窗戶都沒有，屋裡烏漆墨黑的，院子裡多敞亮。」沈草也在一旁說。

經驗告訴她，無事不登三寶殿的人突然來妳家，準沒啥好事。她娘實在、心軟，好說話，千萬別背後胡亂答應別人什麼事。

五老太猶猶豫豫不想說，但見劉氏也不動，也不好再拐彎抹角了。

她的表情明顯有些不自然。「妳小叔相看了人家，人家姑娘嫌棄我家房子小。不能因為這事壞了妳小叔的婚事，我們商量著想蓋房子，這不是錢不湊手，就想著來妳們家借點……」

沈瑜一仰頭繼續躺在椅子上，她就說準沒好事。

要說別的事情都好說，但是說到借錢，劉氏也不作聲了，再愚鈍她也明白借錢容易還錢難。

況且她家二丫昏迷的那些日子，她曾去過五嬸家借錢，可是一文都沒借到。

搖椅晃來晃去、晃來晃去，晃得五老太心慌慌的。

見她們都不作聲，五老太硬著頭皮繼續說：「二丫是能掙大錢的，妳看錦水川荒了幾十年，二丫才花幾天就給種上了，還是水田。我就想著，妳們手頭寬裕，能不能借給五奶一點？」

劉氏心裡有些不是滋味。「五嬸想借多少？」

「也不多，就二十兩。」

沈瑜覺得好笑。「五奶，您當我家開銀鋪呢，妳看我們這小院，屋裡屋外的全部家當值二十兩不？二十兩銀子二進小院都蓋起來了，您家是娶哪一家的姑娘這麼值錢？」

張嘴就是二十兩，好大的口氣，這錢真要借出去也就打水漂了，人家根本就沒打算還。

「這孩子，妳買地又雇人，花錢如流水，二十兩在妳那兒還算錢嗎，妳五奶家不是遇到難處了嗎？放心，等我們有錢了，一定還妳。」潛臺詞是沒錢了那就再說。

「五奶，您也說了，我買田又雇人，銀子早花光了，我想幫您也幫不了。我要有錢早就蓋青磚大瓦房了，還用得著住這小破房，白天屋裡陰暗潮濕，妳看我們這一家子靠在院子裡曬太陽取暖呢。」

她家這房子也就晚上睡個覺，白天真不如在外面待著舒服。

「不瞞您說，我還欠縣衙二萬兩銀子呢，我那些稻苗剛栽到地裡，今後用銀子的地方多著呢，我還想著跟叔叔、伯伯們借點。」

聽沈瑜這麼說，五老太臉一下子就不樂呵了，轉頭對劉氏說：「我說常青家的，五嬸可從來沒跟妳開過口，妳們發達了，就不認親戚了，借點錢讓妳女兒推三阻四的，不借就說不借，找那麼多藉口做什麼？」

不借就不高興，我還不高興呢！沈瑜也懶得和她囉嗦。

「五奶，我家真沒銀子借您。」

五老太臉色陰沈。「哼，怪不得妳奶說妳們一家白眼狼。」說完，蹺蹺地走了。

「哼，娘去她家給二姊借錢，她都不借，還把我和娘趕出來，才不要借她。」上次是沈星和劉氏一起去的，所以沈星記得。

「這可怎麼辦，那天妳張嬸也要跟我借錢，讓我打哈哈就過去了。這要都來咱家借錢，哪有那麼多錢借給他們？」劉氏發起愁來。

也許是以前窮怕了，在錢上劉氏倒是不糊塗。

沈瑜倒覺得沒什麼，你開口我就得借你？天下哪有這個道理。

「娘，有人借錢您就說沒有，若是有人不依不饒，叫他來找我。」

沈草笑道：「找妳？剛五奶為啥要娘進屋裡說，不就是怕妳嘛。」柿子挑軟的捏，二丫凶名在外，誰都不願意跟她對上。

窮人鬧市無人理，富人深山有遠親。沈瑜的陣仗弄得有點大，在外人看她肯定是富得流油，誰都想來借，能刮一點是一點。

這種事，上輩子沈瑜見得多了。
誰知沒幾天，沈瑜欠債二萬兩的事，就在小河村傳開了。

# 第九章

經過五老太的宣傳，小河村的人都知道了沈瑜空有一副殼子，實則窮得叮噹響，還欠債兩萬白銀。

你說稻田？剛插上秧，秋收還早，有沒有收成還難說呢。

那些想要上門借錢的人大多歇了心思。也有人是不信的。「發工錢那時可是真真的銅板，還能有假？說沒錢也是藉口罷了。」

這邊，沈草給沈瑜說了一下這個月的開支。開荒那會兒，錢的事大多是沈草負責。後來沈瑜犯懶，能交給沈草管的，她也沒再插手。

見沈草把帳算得清清楚楚，沈瑜突然有了個想法——

「姊，我教妳識字記帳吧！」

沈草一驚。「我又不是星星，年紀都這麼大了，我哪行啊？」

「怎麼不行，我不是也剛學嘛，學習不在於年齡大小，只要妳肯努力，一定能學好……」

沈草被沈瑜忽悠得最終點了頭。

於是家裡讀書認字的人又多了一位，沈草任務艱鉅，不但要識字，還要學習怎麼記帳、算帳。

每天她和沈星伏案苦學的時候，沈瑜則悠哉悠哉地去錦水川放放鹿丸，溜溜灰灰菜和黑天天。

這把沈星羨慕得不行。「哎，同是一個娘生的，二姊怎麼就那麼聰明啊，一看就會，這些字我都背好幾天了還記不住。」

沈星用筆頭敲敲額頭，為自己的笨拙懊惱不已。

「人生下來就有不同，有些人是我們羨慕不來的，二丫就是。」沈草笑笑說，手裡的筆卻沒有停。

這一天，陽光正好，照在身上暖暖的。水田裡的稻苗長勢良好。沈瑜坐在自家的地頭、仰著臉，享受微風拂面的愜意。

不遠處鹿丸低頭吃著鮮嫩的青草，灰灰菜和黑天天撲著蝴蝶跑來跑去。

「東家，妳在這兒幹什麼呢？」大川剛巡視一圈回來，正好碰見沈瑜。

沈瑜笑笑。「大川哥，你還是叫我沈瑜吧，叫東家怪彆扭的。」

大川撓撓頭，憨厚地笑。

告別大川後，沈瑜帶著三隻動物回家。

兩隻小狗率先跑進院裡，沈瑜把鹿丸拴好，走進院子就看見沈星撅著屁股趴在地上，不知道在幹什麼？

沈瑜走過去輕輕踢了踢沈星的小屁股，沈星身子沒動，只把頭往後仰看是誰踢她。

「擲這兒幹麼呢？」沈瑜好笑道。

「姊，咱家小雞丟了哇，我都數了三遍了，少兩隻。」沈星站起來伸出兩根手指頭。

「怎麼會丟呢？會不會鑽出去跑哪兒去了，園子裡有嗎？」劉氏把這些小雞仔當寶貝一樣伺候，每天看無數遍。

「娘和大姊在找，園子裡也沒有呢。」沈星回答。

這時沈草和劉氏也從後園出來。「應該是被老鼠或黃鼠狼給叼了，算了，別找了。」

「把柵欄再弄得更堅固一點吧，弄得密一些。」沈草提議，於是她們在山腳砍了一些樹枝。

晚上在靠近牆根的位置放上老鼠夾，沈瑜在夾子上放了一塊肉。又怕灰灰菜和黑天天偷吃，這天晚上特意把牠倆關在房間內。

只是老鼠沒來，卻等來了「不速之客」。

一家人睡得正熟，突然兩隻小狗衝著外面低聲嗚咽。沈瑜警覺，小聲呵斥住兩隻小狗，側著耳朵仔細聽。

外面有斷斷續續的、很輕微的聲音傳來，不仔細聽根本聽不出來，而且鹿丸「嗷、嗷」地叫了兩聲。鹿丸很少叫，尤其是晚上。

沈瑜一驚，趕緊穿好衣服，把沈草叫醒。她自己則拿著鐮刀輕輕走到門邊，推開一條縫往院子裡看。

今晚是滿月，外面被月光照得透亮，視野開闊，可以看到較遠的地方。

她家柵欄外站著三人，有一人拉著鹿丸的韁繩往外拽著要走。鹿丸不肯，拖著那人向前走了幾步。

「你等會兒再處理那鹿，把屋裡那幾個擺平了，這鹿還跑得了嗎？」其中一人低聲呵斥。

於是那人放棄鹿丸，跟著兩人一起攀過柵欄翻進院裡，他們手裡都拿著棍棒。「大哥，咱可說好了，那兩個姑娘可得給我好好玩玩。」

「放心吧，少不了你的。」

聽見他們的對話，沈瑜覺得一陣噁心，看來是有備而來。對方有三個人，都是什麼來路，沈瑜不清楚，也不敢貿然出去。

她快步走回來，此時劉氏和沈星也醒了，沈瑜讓三個人躲到牆角，再把斧頭塞給沈草。沈瑜早有準備，斧頭、鐮刀都藏在床下，以備不時之需。自從她們搬進這小屋，劉氏每天晚上都戰戰兢兢的睡不好。

有刀斧這些東西鎮著，劉氏才沒有那麼害怕，沒想到今天還真派上用場了。

沈瑜小聲叮囑沈草。

「待會兒萬一有人闖進來，發現了妳們，別手軟。」

沈草不敢出聲，胡亂地點頭，黑暗裡沈瑜看不清她的動作，但感覺得到她的手抖得厲害。

沈瑜來不及多說，又重新走到門邊，再次透過門縫往外看。

這一眼，驚得她顧不得多想，一腳踹開門，把門外那人踹了個倒仰。

因為那人點燃一根東西，正要往她家房裡吹，即便沈瑜不知道那是什麼，也猜得八九不離十。

那三個人被沈瑜突如其來的一腳踹得懵了一會兒。隨後另外兩人反應過來，拿著棍子打過來。

沈瑜出手快狠準，對著前面那人當胸就是一腳，這一下用了十成的力氣，那人當即倒地吐了一口血，爬不起來。

緊接著一個側踢，把另一站著的踢出幾米遠，砸到柵欄上。她家的木柵欄晃了兩下，轟然倒地。

原本躺地上的那人見形勢不好，爬起來想跑，沈瑜怎麼會給他機會？撿起地上他們帶來的手臂粗的棍子，狠狠地扔出去，那人應聲倒地。

沈瑜本想扔出手裡的鐮刀，但怕鬧出人命。

三個人躺在地上不停呻吟，沈瑜鬆了一口氣，還好只是平常的小毛賊。如果是會武的，她一個人還真不好辦，就幾個小混混還不是她的對手。

就著月光，沈瑜看向地上三人，她不認識，應該不是小河村的人。沈瑜提著鐮刀走近，把三人嚇得哆哆嗦嗦爬到一起。

「妳別亂來，沈瑜。」

「你認得我？你們是誰？」沈瑜厲聲問。

那人知道自己說錯話後，閉口不言。

「不說是吧，那就先砍下一條腿吧。」

說完，沈瑜高高舉起鐮刀，作勢要砍那人的腿。

「嗷！別砍！我是妳二叔！別砍啊，媽呀！」

二叔？哪個二叔？她怎麼不記得自己有這麼一個二叔。「唬誰呢？我二叔長得可不是你這樣。」沈瑜還要砍。

那人哭嚎著。「我是妳三嬸的二弟，就是妳二叔。」

沈常遠？張氏？

沈瑜心裡一冷。「是沈常遠叫你們來的？」

「不是、不是，是我們自己來的。我聽說妳們家有銀子，我就想來借點花花。」

不等說完，其中一個人突然跳起來，揮舞著棍棒往沈瑜身上打，沈瑜用鐮刀一擋再一砍，棍子斷成兩截。

那人見勢不妙想跑，被沈瑜用刀背拍暈過去。

大晚上的，周圍也沒人家，沈瑜第一次覺得遠離人群也不一定都是好事，就如現在想引起人們的注意，都沒人聽得見。

也不知道還有沒有同夥，沈瑜怕突生變故，於是一人一下把另外兩人也拍暈過去。接著她回房把繩子找出來，捆起三人的手腳，嘴用破抹布塞上。此時已經到了後半夜，離天亮還有一段時間。

她讓劉氏她們繼續待在屋裡，自己則抱著鐮刀坐在屋簷下的陰影裡。那三個昏迷的人躺在小院中間。

其間，三人醒來一次，掙扎不休，被沈瑜照著臉一頓暴揍，把他們都打成了豬頭，於是三人再次暈過去。

沈瑜不想浪費力氣，乾脆把他們自己帶過來的迷香點上，給三人聞了聞，這次他們就昏迷得徹底了。

好不容易熬到天亮，沈瑜套上鹿丸，把三個還在昏迷的人扔到車上。沈瑜想了很多，原本想找村長、沈常遠和張氏，想來想去還是覺得報官最恰當。

找張氏也是扯皮之後私了，並不能給這些人教訓，誰知道以後會不會報復她家。

「沈瑜這是怎麼了？」一大川往錦水川去，路過沈瑜的小院，發現車上躺著仨男人，地上還有血，嚇得不輕。

大川每天天一亮，都要來錦水川走一圈，沒想到今天居然碰到這事。

「大川哥，昨晚我家遭了賊，我要去一趟縣衙，你能不能在我家院子裡待會兒，陪陪我娘她們？」

沈瑜有點放心不下劉氏她們三個，大川來得正好。

「妳等會兒，我去把源叔他們叫來，我們和妳一起去。」大川說完快速往村子裡跑。

沈瑜一想也好，多兩個人有個照應。

不一會兒，她家六個長工到了四個。沈瑜讓黃源留下照看田地和她們家，大川帶著兩個人與她一起去縣城。

路上，李成海看看車上被綁得牢固、鼻青臉腫還昏迷不醒的三人，又看看沈瑜。「這幾個人都是妳抓到的？」

「是。」沈瑜回答得乾脆俐落。

李成海咂吧咂吧嘴，沒說話。但心裡已是一片驚濤駭浪，仨男人說打暈就打暈，就是他也做不到。

沈瑜大鬧沈家老屋的事，他聽家裡人說過，並沒有親眼見到。他總覺得有些誇張了，現在看來，沈家老屋畢竟是親人，恐怕就是嚇唬嚇唬，人家都沒下重手。

話說沈瑜一行人把三個毛賊押送去縣衙，劉氏和沈草坐在院子裡後怕，連早飯都沒力氣做。

後半夜沈瑜守在外面，沈草和劉氏在屋裡也是坐到天亮，只有沈星抵不住睏意，在劉氏懷裡睡著了。

天亮後，膽大如沈星要跟著沈瑜一起去縣衙，她還沒行動，大川就到了。

黃源看她們這個樣子，回家把自己媳婦找來陪著她們。順便把事情告訴了趙作林。小河村發生這麼大的事，村長是一定要知道的。

沒多久，村裡的人們陸續過來。

最先過來的是村長趙作林，再後來是大川的娘和村裡一些女人們。有的與沈家交好，也有看熱鬧的。

「常青家的，這是怎麼回事啊？二丫頭呢？」趙作林連早飯都沒顧得上吃就來到沈家小院。

沈草把昨晚家裡進賊，沈瑜、大川他們把賊人押送去縣衙的事說了一遍。

「那三個人你們不認識？不是咱村的？」

得知賊人不是小河村的，趙作林頓時鬆了一口氣。

哪個村裡都有幾個遊手好閒，偷雞摸狗的人存在。小偷小摸，一般村裡人也抓不到現行，最多是罵幾句也沒有其他辦法，但其實大家心知肚明。

不是自己村的就好，否則這事鬧大，小河村的臉可丟盡了，他這個村長臉上也沒有光。

外村人更不能便宜了他們。

「沈瑜做得對，我也去一趟縣衙。」

村長也往縣城趕，一院子的女人嘰嘰喳喳地說個不停，倒是緩解了劉氏的不安。

沈家老屋門前，張氏左等右等也不見二弟，焦急地在大門外走來走去。

昨天二弟跟她說找了幾個朋友要給那丫頭一點教訓。她把那沈瑜的厲害之處都說了一遍，讓他們不要大意，難道出事了？

二弟明明說萬無一失，可這都日上三竿了還不見人影，這可怎麼辦才好？

「老三家的，妳不回來幹活在那兒看啥呢，那堆衣服等著我洗呢。」沈老太冷著臉把張氏叫回來。

張氏沒辦法，一臉嫌棄地提著一桶髒衣服往小河邊走去。

自從劉氏她們搬走後，從前沈草她們要幹的活都落到了她和二嫂身上，沈老太和沈富貴的衣服也都要她洗。稍有不如意，就會引來沈老太一頓罵。

她是一百個不願意，都怪那死丫頭，要不是沈瑜，她又怎麼會受這份罪？張氏越想越氣，覺得自己做得沒錯，也希望二弟好好教訓沈瑜，給自己出口惡氣。

小河邊，一群大姑娘、小媳婦早就占據有利位置，手上用木棍敲打衣服，嘴上說個不停，張氏遠遠的似乎聽見有人說到沈瑜。

「欸，妳聽說了嗎？沈瑜家昨天晚上遭賊了。」

「我當家的一大早就被大川叫過去，說是要把賊人送去縣衙。」

突然傳來一聲盆桶落地的聲音。

張氏顧不得沈老太的髒衣服，慌張地往家裡跑。

河邊的女人們面面相覷，都不知道張氏這是發了什麼瘋？

錦江縣城。

齊康正在伏案辦公，縣衙門口的登聞鼓被敲得震天響。

「十天半個月不響一次，今兒是誰都要把鼓壞敲了？」有人鳴冤，齊康不敢怠慢，換上官服準備上堂。

這時，齊天從前堂走進來。

「公子，是沈姑娘，要告她三叔、三嬸買凶殺人。」

「你說誰要告誰？」齊康以為自己聽錯了，再次問齊天。

齊天十分肯定地回答了他家公子。

「被綁來的有三人，至今昏迷不醒，而且……」齊天停頓了一下，接著說：「被打得很慘。」

齊康思索了一下，仰頭望天。「錦江縣雖說窮了點，但冤屈是真沒幾件。第一天上任辦的案子就是她，這丫頭還真是事情不斷哪……走，我倒要看看誰這麼大膽，敢動那小夜叉？」

沈瑜等人走進公堂，首先映入眼簾的是「明鏡高懸」的匾額，衙役們分列兩排，莊嚴肅穆。

縣衙的人幾乎都認得沈瑜，公堂之上雖不能客套，但也不至於為難。沈瑜正打量時，一身朱紅官服的齊康款款而來。

齊康本就長得清秀俊朗、身材挺拔，再配上紅色官服，整個人器宇軒昂。舉手投足間透著難以言說的貴氣與優雅。

神情肅穆，與往日所見的玩世不恭、總是一副笑咪咪的模樣截然不同。

其他幾人見縣令到了，都規規矩矩地跪在地上，他們長這麼大還是頭一次到縣衙，第一次見縣令。

大川見沈瑜還站著，偷偷扯了扯沈瑜的褲腳。沈瑜恍然，跟著跪下。

上首的齊康嘴角微微一挑，瞬間又恢復正常。

那三人已被衙役們抬到公堂之上。見那三人眼眶瘀青、嘴角流血、臉頰腫得老高，兩手在背後與雙腳一起綁著，即便醒過來，想動一下都難。

「沈姑娘今日這是？」齊康問。

沈瑜行禮。

「大人，昨天晚上這三個歹人半夜要對我們下藥，幸虧民女警覺才沒有被得逞。民女把他們制伏後，從他們口中得知，這件事和我三叔沈常遠和三嬸張氏有關，民女要狀告沈常遠和張氏蓄意謀殺……」

沈瑜把這張德興如何聽從張氏的指派，半夜來她家行竊，欲逼死她們母女之事講了一遍。

不是沈瑜故意誇大，如果沈瑜還是從前那個二丫，昨天被這三人得手，破了身壞了名，村裡人的唾沫星子都能把她們淹死，劉氏娘兒四個哪還有活路？與謀殺無異。

聽完沈瑜的講述，齊康臉色一沈。

「來人，把人給我弄醒！」

衙役早就準備好了，兩桶水澆下去，三人悠悠轉醒，張德興還想著裝長輩威脅一下沈瑜放了他們，可等他看清楚周圍的情況，嚇得腿都軟了，跪都跪不住的癱在地上，另外兩人也沒好到哪兒去。

一開始，張德興死不承認，堅持是去沈瑜家看姪女。

齊康冷笑。「帶著陌生男人半夜爬牆看姪女，還帶著迷藥？不見棺材不落淚，拉下去各打三十大板！」

一陣鬼哭狼嚎，三人再次被拖上公堂，身上已經是血肉模糊。

齊康又道：「先說實話的人，本官從輕發落，如果還嘴硬……」

於是三人爭先恐後地把事情的原委說了出來。

原來，張氏記恨沈瑜打了沈常遠和兒子沈金貴，嫉妒沈瑜突然暴富，她卻沒占到半點好處不說，還要承擔她們的活計。

回到娘家哭訴，被她二弟張德興知道沈瑜家有很多錢，這才起了壞心思。

張德興本來就是個混混，吃喝嫖賭樣樣沾，欠了一身賭債，聽說孤兒寡母那麼有錢而且遠離村子，這麼好的發財機會，張德興怎麼會錯過？

於是他找來一起賭過錢的兩個混混，原本他聽說沈瑜有點拳腳功夫，想多帶幾個人，但這兩人說人越多，銀子分的就越少，就算會功夫，女人家有什麼好怕的，一根迷香就解決了，三個大姑娘，一人分一個正好。

聽到此，沈瑜臉色陰沈得可怕，後悔自己下手輕了，就該斷了他們的子孫根，永絕後患。

齊康臉色也黑如鍋底。

「張德興，你姊姊張氏和姊夫沈常遠有沒有參與此事？」

不等張德興回答，外面哭喊著跑進來幾個人。為首的正是張氏和沈常遠，身後跟著張德興的爹娘。「大人，冤枉啊！」

好，不用去抓，人自己送上門了。

「大人，都是誤會！沈瑜是我姪女，張德興是我妻弟，都是家務事！」

沈常遠被張氏拉來，只恨張德興辦事不力，但畢竟涉及到媳婦，他不得不來。

沈瑜冷哼。「誤會？三嬸讓她弟弟來教訓我，是也不是？」

「二丫，有什麼事咱回家說，不要在這兒丟人。」沈常遠到現在還看不清狀況，還想用輩分逼人就範。

沈瑜堅定地說：「大人，民女要狀告沈常遠和張氏蓄意謀殺！」

「二丫妳說啥呢？妳別血口噴人，誣陷好人！」沈常遠嚷道。

「好人？人證、物證俱在，三叔，你還有什麼好狡辯的？」

沈常遠狠狠地瞪了張氏一眼，現在想抵賴也不行了。「大人，這都是張德興一人的行為，跟我們沒有關係啊。我妻子只是回家抱怨幾句，怎會想到她二弟會這麼做？」

「大人，他們胡說，都是我姊和姊夫讓我做的，不關我的事啊，大人明察。」張德興見沈常遠不再為自己說話，急著把罪責都推給張氏和沈常遠。

張德興爹娘怎麼會讓兒子認下這個罪，把怨氣也都撒到張氏和沈常遠身上，異口同聲指責是沈常遠和張氏的錯。

「放屁！」隨後趕到的沈老太等沈家人，與張氏一家人罵成一團。

沈瑜在心裡鄙夷，不是一家人不進一家門，兩窩子壞水碰到一起了。

齊康怒道：「大膽！公堂之上豈容你等喧譁？把沈常遠和張氏拉下去各打二十板。再有人敢哭鬧，一同拉下去打！」

沈老太和張老太張嘴哭出一聲，又硬生生地憋了回去。

張氏如何受得了這等皮肉之苦，只打了一下就全認了，那邊張德興三人也認了罪，兩方一對，事情清楚了。

張德興和兩個混混被判流放邊疆，張氏作為慫恿者，念其是女子，判服苦役一年。

沈老太看兒子挨了打，張氏這一走能不能回來還兩說，當堂就要把張氏休了。張氏本就怕得不行，一聽沈老太要休了她，兩眼一翻昏了過去。

不管是張家還是沈家都沒有人上來瞧一眼，任由張氏躺在地上。一名上了年紀的老衙役看不過去，走出來給張氏把了把脈。

「大人，這張氏……」老衙役欲言又止。

齊康皺眉。「有話就說，不必吞吞吐吐。」

老衙役拱了拱手，說：「張氏已懷有兩個月身孕！」本朝律法對孕婦罪犯從輕判刑。

沈老太問：「這位是醫者？」

老衙役輕飄飄地說：「仵作！」

此話一出，周圍的人嘩啦啦後退三、四步。

罪婦有孕，不得不改判——沈家拿出十兩銀子賠償沈瑜，另外沈常遠不得休妻。

趙作林在人群外氣得牙癢癢，這張氏是豬油糊了心，這等骯髒事也做得出來，這臉面想保也保不住了。趙作林氣得一甩手走了。

剛出縣衙，沈老太就攔住張氏的爹娘，虎著臉說：「親家母，妳兒子惹出來的事，卻要我們沈家賠十兩銀子，這於情於理都說不過去，這銀子你們張家出了吧。」

張德興的娘憋了一肚子氣正無處撒，伸手就抓沈老太的臉和頭髮。兩個老太太在縣衙門口扭打成一團。

最後變成了兩家人打群架，沈老太臉上一道一道的滲著血，張老太也沒好到哪兒去。最後還是衙役出面，才平息了這場群架。

沈家人雇了馬車，不情不願地把張氏和沈常遠拉回去。不管怎樣，張氏肚子裡懷的是沈家的孩子。

沈瑜在旁邊看得心情愉悅，俗話說得好，惡人自有惡人磨。

大川他們一早跟沈瑜過來，連飯都沒來得及吃，沈瑜請他們去小飯館吃了一頓後回了村。

縣衙內，丰神俊朗的美男齊公子站在院內，撇著嘴，一臉不高興。「剛給她解決一件大事，飯都沒吃，也不來看看我。」

「公子，沈姑娘還在縣城，要不我去把人叫來？」齊天非常善解人意。

「算了，我也就隨口說說，你那麼認真幹麼。中午吃什麼？」

「齊公子！」一道輕柔甜美的聲音響起，一美貌女子嫋嫋娜娜地走進來，後面跟著拎著兩個盒子的丫鬟。

齊康嘆氣，不該來的來了。

「公子忙了一上午，餓了吧，我給您帶了飯菜。」吳婉兒的聲音溫柔得像要滴出水來，看向齊康的眼眸脈脈含情，可惜有人眼神不好。

「多謝吳小姐，我不餓，還不想吃，妳還是提回去吧。」

吳婉兒羞答答。「這是我特意為您準備的，哪有提回去的道理。」

吳婉兒是主簿的愛女，每日隨她爹出入縣衙，她來縣衙不幹別的，就往齊康身前湊。

想了想，齊康高喊一聲。「趙二！」

衙役趙二小跑過來。「大人有何吩咐？」

齊康指了指桌子上的食盒。「吳小姐體恤大家辛苦，特意送來飯菜，你們拿去吃吧，快感謝吳小姐。」

說完，齊康進了書房。

趙二笑得一臉諂媚，向吳婉兒道謝後，拎著兩個大食盒找兄弟們去了。

只留吳婉兒紅著臉在原地狠狠跺腳，怎麼這麼不解風情呢？吳婉兒想進書房，被齊天攔住。「吳小姐請回吧，大人的書房任何人不得進入。」

吳婉兒一步三回頭地走出縣衙。

齊康有些不耐煩吳婉兒總在他眼前晃，吩咐齊天道：「你去跟吳老頭說一聲，讓他家閨女別總往縣衙跑，這裡都是大男人，衝撞了吳小姐不好。」

如此，吳主簿也知道齊康看不上自己女兒。強扭的瓜不甜，為了自己女兒好，只好把吳婉兒關在家裡，徹底斷了她的念想。

沈瑜到家，其他人都回去了，除了大川娘。

劉氏見人回來，焦急地詢問，沈瑜把上午的事還有張氏有孕的事都講了。

「這麼巧？還真是便宜了她。」大川的娘很不滿地說。

「大娘，您身子沒問題了吧？」沈瑜問她。

「都好了，這多虧了妳。好姑娘，大娘得好好謝謝妳！」

沈瑜笑道：「您老好好的就成，等大川哥娶了媳婦，您老得抱孫子呢。」

幾句話說得大川娘樂得合不攏嘴，又聊了幾句，大川娘和大川一起回了村。

「妳三嬸怎麼這樣？以前怎麼沒發現她這麼陰損呢。」劉氏氣得發抖，剛有外人她也沒好發作。

「知人知面不知心，她要真是個好的，能任由她兒子、女兒欺負星星？人的品性不是一天兩天養成的，今天我也看了她娘家人，也算明白了，什麼樣的家庭養什麼樣的人……」

「二丫，張德興流放了，張家人會不會找上咱們？還有奶和三叔，會這麼放過咱們嗎？」沈草擔心地問。

劉氏擺手。「我看那十兩銀子也甭想了，妳奶可不會給。村長去了，妳們看見沒？」

「村長去縣衙了？沒見著啊？」

「奇怪，村長明明說要去縣衙的……」

沈瑜叮囑沈星。「星星，最近別去村裡了，在家好好學習吧，我怕妳遇上老屋的人，也怕張家那邊找碴。」

星星畢竟是個小孩子，有人起了壞心思，防不勝防。

「好。」沈星知道輕重，乖乖答應。

那邊，趙作林氣呼呼的回到家，躺在床上一整天沒說話。他媳婦還納悶，問他怎麼了他也不說。張氏的事，還是從別人嘴裡聽說的。

張家那邊過來鬧，沈老太又豈是善茬。「妳兒子被判了刑關我家什麼事，有本事妳找沈瑜去，是她把張德興送官的。」

張老太坐地上邊哭邊叫罵。「沈瑜也是妳沈家人，你們一家子黑心的，合起來坑我兒子。我養的閨女也是白眼狼，和婆家一起坑她親兄弟啊！」

張氏躲在屋裡不敢出來，她知道娘家人徹底得罪了，以後回不去了。

「我呸！沈瑜早就和我們分家了，誰跟她是一家人。冤有頭債有主，妳找沈瑜去！」

張家人被沈老太和沈常德他們給趕了出去，張老太又跑到沈瑜的小院前撒潑打滾。

最後也讓沈瑜給嚇唬走了，軟的怕硬的，硬的怕橫的。拎刀嚇唬人也不是一次兩次了，沈瑜覺得越來越順手。

得知張家是沈老太給指過來的，沈瑜心裡很不爽，去了沈家老屋開門見山要十兩銀子，沈老太自然不給。

「十兩銀子換妳孫子和兒媳婦兩條命，奶，妳還賺了。要不要去縣衙讓縣令大人給評評理？」

沈老太道：「哼，誰不知道縣令大人向著妳？有些人就幹那些見不得人的事，否則人家堂堂縣令怎麼會幫妳？」

沈老太用不懷好意的眼神看沈瑜。

幾個月過去了，沈瑜長大了不少，臉上有肉了，跟在沈家老屋時像換了一個人似的，膚白貌美。

經沈老太這麼一說，看熱鬧的人也不禁仔細打量沈瑜。「哎，還別說，怎麼感覺沈瑜突然變漂亮了？」

「我看，比那老馬家的雲朵還要美呢。」

「經你這麼一說，還真是，以前都沒發現。」

馬雲朵號稱小河村一枝花，貌美如花，求娶的人不計其數。馬家開出十兩銀子的聘禮，至今無人出得起。

「唉唷，我看小河村一枝花該換成沈瑜咯！」

沈瑜扶額，她絕對不想當小河村的一枝花。

這時村長也來了，趙作林本就對沈家不滿。

「沈家的，咱們小河村的臉都讓你家給丟盡了，你家媳婦仗著懷了孩子躲過苦役，該燒高香感謝老天保佑，居然還有臉賴人家的銀子。要我看縣令判十兩輕了……」趙作林噼哩啪啦把沈家人一頓痛罵。

沈富貴訕訕地說：「村長，不是我們不給，您也知道，我家也沒那麼多銀子。年吃年用，老三又受了傷，哪還有銀子給二丫？」

「十兩銀子不給也行。」

聽沈瑜這麼說，沈富貴鬆了一口氣，不想沈瑜又說：「用這十兩抵您二老的孝敬錢，之前答應給您每年二兩，十兩銀子剛好抵五年。」

「不行，不能這麼抵！」沈老太怎麼能同意。

「不行？那現在就給我十兩銀子。」沈瑜也不退讓。

「既然沈瑜這麼說了，那就這麼辦吧。」趙作林態度強硬，一點也沒給沈富貴好臉。

事已至此，沈老太再怎麼不願意也沒辦法。等人都走了，氣得沈老太打了張氏幾巴掌。

「怎麼娶了妳這個喪門星，要不是看在肚子裡孩子的分上，早讓妳滾蛋了！」

打完張氏，沈老太把氣又撒到沈丹身上。從來都沒幹過活的沈丹，被指使洗衣又做飯。沈丹又怎麼會做好，又惹來沈老太的打罵。

回到家後，得知沈瑜的處理結果，沈草猶豫著說：「二丫，這樣做是不是有點過了，他們畢竟是咱們的爺奶。」

「放心吧，我有分寸，這麼做也不過是給他們一點教訓。」

雖然沈瑜這麼說，但依照沈家人死不悔改的性子，說不定哪天還會來招惹她。

# 第十章

沈家小院。

沈草趴在桌上識字，沈星與兩隻小狗追來跑去，沈瑜在搖椅上曬著太陽，劉氏則忙著照顧小雞。

最近不怎麼外出，沈瑜有很多時間教沈草和沈星寫字、算數。星星畢竟小孩子心性，坐不住，學一會兒就和灰灰菜、黑天天蹦蹦跳跳。

沈瑜也不拘著她，又不考狀元，愛學就學點，不愛學就開心地玩。

倒是沈草進步飛快，尤其是算數。沈瑜把自己記憶中的記帳、算帳方法稍微改變，教給了沈草。

之所以要教沈草算數，是覺得自己將來需要一個帳房先生，而沈瑜自己並不想什麼事都親力親為，那得多累。

而村裡人大多不識幾個字，就更別提記帳了。真正的讀書人都傲得很，請不起那就自己培養一個，自家人還信得過。

最重要的一點是，沈瑜教給沈草的那些都是現代先進的記帳法，不能輕易示人。

「就這隻小花雞，怎麼就這麼賊呢，有一點兒空牠就鑽出來，淨禍害東西。」劉氏把柵欄重新綁緊，每一個小縫都堵好。

儘管柵欄已經很嚴實了，但眾多小雞中，就有那麼特立獨行的一隻，總有辦法鑽出柵欄。還不怕黑天天和灰灰菜的圍追堵截，鑽到菜園裡啄菜吃蟲，連靈芝都要嘗幾口。靈芝傘蓋邊緣被啄得跟蟲子啃過似的，把劉氏心疼得不行。要不是小雞還小，早就是盤中餐了。

錦水川不用沈瑜操心，大川他們打理得很好。沒事做，沈瑜覺得自己快長毛了。她揹上背簍，把鐮刀放進去，決定出去走走。

「姊，妳要去哪兒？」沈星跑過來。

「去山上轉轉。」

「我也去，等等我。」說完快速跑回屋，換了長袖衣服，拿上自己的小鞭子。「走吧！」

沈瑜原想說不帶妳，妳走不動，但一看小孩兒這麼積極，也不忍心。在家關了十來天，正是活潑好動的年紀，也是難為她了。

「咱們可說好了，走不動，我可不揹妳喔。」沈瑜嚇唬道。

沈星小手一擺，很有氣勢地說：「不用妳揹，我自己能走。」說完也不等她姊，自己率先跑出小院，後頭跟著灰灰菜和黑天天。

「唉！」沈瑜嘆氣，帶著他們能走遠才怪。前面三隻活蹦亂跳，走走停停像郊遊似的。

兩隻半大小狗看見空中飛的，不管是蟲子還是蝴蝶就追，沈星則鞭子甩得啪啪響給叫回來。沈星覺得沈瑜甩鞭子很帥，她非要一根，走到哪兒都帶著鞭子。

本來想往深處走，打點野味，但帶著三個累贅也只能在山外圍轉轉。運氣還不錯，她們撿了一窩鳥蛋，採了半背簍的蘑菇。看看日頭已經西斜，沈瑜衝前面喊：「回家啦！」

「好！」沈星清脆響亮地回答。

突然，灰灰菜和黑天天停下腳步，朝不遠處的樹叢狂叫，灌木樹枝嘩啦嘩啦的一陣響動。

沈星好奇，站那兒沒動，等著樹叢裡的什麼東西出來。沈瑜快步走過去把她拉到身前，這裡並不是深山，村裡人也常來採野菜、砍樹枝。

所以沈瑜以為是誰家的狗跟著主人鑽山，並沒有在意，但她怕狗突然跳出來，嚇到星星。

只是鑽出來的並不是狗，而是一隻半大的野豬，與沈星近距離面對面。

沈星張大嘴巴傻掉了，沈瑜也愣住。

兩方都愣住沒動，小野豬估計也沒想到會遇到人類。

反而是兩隻狗叫得凶狠，野豬想跑，被黑天天和灰灰菜堵著跑不掉，向沈星撞過來。

沈瑜反應迅速，蹲下來想抱起沈星躲開，但還是慢了，沈瑜護著沈星被野豬撞到肩膀。

忍著疼，沈瑜爬起來抱起沈星轉身就跑。

誰能告訴她，小回山怎麼會出現野豬？

不知道是被狗嚇得亂跑，還是見沈瑜逃跑壯了豬膽，總之，沈瑜抱著沈星在前面跑，野豬在後面緊追不捨，黑天天和灰灰菜則緊跟其後，看準時機往野豬身上咬。

沈瑜邊跑邊回頭看，她都不知道她家兩隻狗是這麼狠戾的崽兒，這才多大就敢和野豬對著幹。

沈瑜在腦子裡快速想著辦法。

野豬這東西沒腦子，就知道橫衝直撞，要是沒有沈星，沈瑜還能對付兩下，但她懷裡抱著沈星。

這麼跑下去不行，她肩膀還受了傷，跑了一段，沈瑜就已經氣喘吁吁。

遠遠的看見前方有一棵還算粗壯的樹，沈瑜喘著粗氣對沈星說：「等會兒我把妳放在樹上，要抓住，千萬別撒手！」

說話間，沈瑜已經跑到樹下，沈瑜圍著樹轉圈，再加上兩隻狗搗亂，野豬有些發懵，沈瑜乘機把沈星往樹杈上一放。「抱穩！」

幸好沈星手腳靈活，平時又跟假小子似的，爬樹的事兒沒少幹，兩三下就爬到高處。

沈瑜鬆了一口氣，往別處跑，邊跑邊拿出背簍裡的鐮刀。小野豬啊，既然你自己送死就別怪我。

左轉右轉，終於把野豬繞暈了，沈瑜趁牠愣神的功夫，狠狠地砍了一刀。野豬晃了兩下，想跑，被兩隻狗撲咬著拖住後腿。

沈瑜看準時機，一刀砍進野豬的脖子，一拔刀，再砍，溫熱的豬血噴了沈瑜滿臉滿身。沈瑜甩甩臉，把濺到嘴裡的血吐出，再把眼睛上的血擦掉。

地上的野豬已經斷氣了，沈瑜鬆了口氣，方才覺得左肩連同手臂一陣陣酥麻。

沈瑜在心裡慶幸，幸好是小豬仔，要是個大的，她和星星今天還不得交代在這兒。

「姊！」樹上的沈星聲音裡帶著哭腔，看她姊一身血嚇的。

「沒事了，下來吧。」沈瑜走過去，把沈星從樹上抱下來。「咱們得快點走，不知道還有沒有大野豬。」

「背簍不要了。」沈瑜想把背簍連同蘑菇一起丟掉。

「給我揹。」沈星乾淨俐落地揹上背簍。

沈瑜扛起野豬，沈星走在最前面，兩隻小狗跟著沈星，沈瑜走在最後，隨時觀察周圍的情況。

正常來說，有小野豬就有大野豬，好在這裡距離村子已經很近。走沒多遠就看見山下的村子，沈瑜第一次覺得小河村這麼親切。

說是小野豬，也有五、六十斤，一路走下來，沈瑜也是累得夠嗆。她們挑最平坦、村裡人常走的路回來，路過村子時，把小河村的人們驚得下巴都快掉下來。

她們這一行實在太過搶眼。沈星揹著有她一半高的背簍，身後跟著兩隻沾著血的小狗，再後面走著肩扛野豬、一身血的沈瑜，那血還不停地從沈瑜肩頭往下淌。

她們也顧不上村裡人的反應，迅速地回到了家。

「啊！」這陣仗把正在餵雞的劉氏驚得手一哆嗦，食盆掉在地上。

此時，沈瑜已經看不出原樣，一身衣服全被血浸染，臉上也全都是血。

沈草也不知道那是人血還是豬血，嚇得哭了出來。「二丫？」

把野豬放下，沈瑜一屁股坐到地上，大口喘著粗氣，一邊擺手說：「我、我沒事，是野豬的血。」

「這是怎麼弄的，不是去轉轉嗎？怎麼打上野豬了？妳這孩子怎麼叫人不省心呢？」劉氏眼睛紅紅地教訓沈瑜。

「娘，不是我們，是這野豬非要撞我們……」一路快步，沈星也累得不行，這會兒跟她姊一起跌坐在地上。

姊妹倆把野豬追她們，不是她們特意去殺野豬的經過講了一遍。

「野豬都在深山老林裡，怎麼會下山呢？咱這好多年沒見過野豬下山了。」劉氏納悶道。

「不知道，咱家有沒有跌打損傷的藥？」沈瑜這會兒覺得渾身脫力，挨撞的地方又疼得厲害。

劉氏她們這才知道沈瑜受了傷。

「妳怎麼不早點說？家裡還有點藥酒，能行嗎？」

「我先搽，應該沒事。」歇了好一會兒，沈瑜才緩過勁來，也覺得沒那麼疼了，站起來準備洗去這一身的豬血。

沈星站起來晃了一下又跌坐回去，可憐巴巴地看她姊。「站不起來啦！」

「哈哈，現在才知道害怕。」笑話了一下，沈瑜又說：「星星今天表現不錯，很勇敢。」

沈星當時要是腿軟，她只能揹著人回來，野豬就得扔山上餵狼。

姊妹倆洗乾淨後，換了身衣服出來，劉氏和沈草已經開始處理野豬了。

野豬身上除了豬毛，幾乎沒有浪費的地方，光是豬肉就有三、四十斤。

天氣熱，不能久放。沈瑜作主，給家裡的六個長工，每人割了二斤左右，又給村長家送去一塊，剩下的劉氏打算用鹽醃，留著慢慢吃。

「娘，把這塊留出來，明天讓二丫去趟縣城。」沈草把一塊五花三層的肉單獨拿出來。

劉氏一想也明白了沈草的意思。「行，咱家也沒啥好送的，野豬肉也是難得。」

轉而又道：「草兒，二丫怎麼就這麼不讓我省心呢？別人天天往山裡跑，連個野雞毛都見不著，她心血來潮進一次山就能碰上野豬，妳說這叫什麼命……」劉氏想起沈瑜一身血還心有餘悸，禁不住跟沈草嘮叨幾句。

「這不是沒事嘛。」沈草也是很佩服二妹這運氣。

晚上吃了燉野豬肉，沈瑜覺得值了。只是她這肩膀不但疼痛沒有減輕，而且還腫得老高。

原本沈瑜以為沒事，搽點藥酒就好，畢竟去一趟縣城比較麻煩。

當天夜裡，沈瑜覺得五臟六腑都跟著疼，疼得她無法入睡，胸口也有些憋悶。

好不容易忍到天亮，沈瑜決定去看大夫。

她匆匆吃了早飯，駕著車要一個人去縣城。其他人怎麼可能同意，最後決定由沈草陪她去。

雖然鹿丸來了很長時間，但沈草還是第一次駕車，鞭子揮得不得要領，總把鹿丸往溝裡趕。

急得沈草額頭冒汗，沈瑜看她吃力的樣子不忍心。「姊，我來吧。」

「不用，我行。妳好好坐著。」沈草下了車，牽著鹿丸的韁繩走，這是沈草第一次在沈瑜面前顯露出她倔強的一面。

改變和成長，其實也不是一件很難的事。

走沒多遠，碰上巡查稻田回來的大川。大川叫另外兩人繼續巡查，他趕著車載著沈瑜她們去縣城。

縣城的大小醫館、藥鋪有十幾家，但沈瑜就認得松鶴堂。

「怎麼弄的？給人打了？」周仁輔看過傷勢後問。

沈瑜忙解釋受傷經過。

周仁輔皺著眉打量沈瑜。「沒看出來，妳個姑娘家挺有本事，野豬何等凶殘，獵戶都不敢輕易招惹，小瞧妳了。」

沈瑜苦笑。「老爺子您就別取笑我啦，我哪有什麼本事，只不過是運氣不好撞上了，而且還是半大的豬仔，即便如此我都傷成這樣，如果是大野豬，我都不用來您這兒，直接埋了。」

「哼，妳倒是有自知之明，年輕人不要覺得一次走運，就次次幸運，世事無常。」

沈瑜自然知道他所說的幸運是指採得神仙草之事，老頭也是為她好，沈瑜笑笑，沒有反駁。

「傷倒也不重，但是也不算輕，筋骨錯位了，臟腑也被波及。」

「那怎麼辦？」沈草焦急地問。

周仁輔擺擺手。「不礙事，忍著點。」

說完不等沈瑜反應，周仁輔一抻一端，沈瑜疼得眼淚都掉了下來。「您老倒是打聲招呼再動手啊！」

「好了，正過來了，我開幾服藥，連續吃半個月就沒事了。但是前三日就留在這兒吧，我給妳行針，化去裡面的瘀血。」

「要住這兒？」

周仁輔一瞪眼。「妳想慢慢養也可以，儘管回家躺著，兩個月後也能好。」

「好，好，我住。」老頭脾氣還不小。

「妳這傷不宜活動，路上有顛簸，我這醫館有專門給重症之人暫住的房間，正好空著，妳可以住下。」

沈瑜一聽也只好如此，她也想快點好起來。沈瑜吊著胳膊，半躺在長椅上，剛才周老頭的那一下，疼得她現在還沒緩過來。

「大川哥、姊，你們先回去吧，三天後再來接我。」

「要不我留下來陪妳吧，妳一個人在這兒我不放心。」沈草猶豫。

「我沒事，姊妳還是回去吧，娘和星星在家我不放心。」

囑咐完沈草，沈瑜又對大川說：「大川哥，這幾天我不在家，麻煩你多往我家小院那邊走走，照看一下。」

大川憨厚地笑說：「放心吧，我會照看嬸子她們的，妳好好養傷。」

「二丫，那車上的肉……」臨走時，劉氏把特意留出來的野豬肉放到籃子裡帶過來了。

沈草不說，沈瑜都忘了。「留給周大夫吧，我在這兒要住三天，還得麻煩人家。」

沈瑜被安排在後院西側廂房，院子裡，周仁輔翻動架子上晾曬的各種草藥。

沈瑜走近瞧，一個都不認識，不過撲面而來的濃郁藥香還挺好聞。

「聽說妳自己種了神仙草？」

「您老是怎麼知道的？」

沈瑜拿起一朵紫色的乾花，湊到鼻下聞了聞。

「這麼說是真的了？」周仁輔不答反問。

「齊康說的，自然是真的。」她種神仙草，除了齊康，再無人知曉。

「來、來，跟我講講，妳是怎麼種的，長多大了？」周仁輔來了興致，拉著沈瑜坐下，讓她講神仙草的種植。

沈瑜能理解一名醫者對草藥的熱愛，尤其神仙草在古代是非常難得的珍貴藥材。沈瑜也沒藏著，把孢子粉種植的經過，詳細地描述給周仁輔聽。

周仁輔聽得嘖嘖稱奇。「那層粉居然就是神仙草的種子？妙啊！」接連問了好多問題，沈瑜都一一回答。

「您老要是有興趣，有空可以過去看看，我就是瞎琢磨，能不能長大還不一定呢。」

周仁輔眼睛一亮。「我能去看？」

「當然能。」沈瑜十分肯定地回答。

周仁輔望向沈瑜。「丫頭，妳能種出神仙草，富貴只是時間問題，妳就這麼告訴了我，不怕我學了去？」

沈瑜笑道：「本就是治病救人的東西，如果能廣泛種植，我樂見其成。至於金銀，我想我可以透過其他方式獲得。神仙草麼……我志不在此。」

周仁輔一挑眉。

「妳說錦水川？我知道妳那八千畝稻田，不僅我知道，應該說錦江縣都知道有個土財主突然買下整個錦水川，一夜之間開出田插上苗。」

沈瑜瞪大眼睛。「一夜之間？我明明用了一個多月好不好？」傳說果然都是不靠譜。

周仁輔卻一臉嚴肅，很認真地看沈瑜。

「稻米產量低，本地又多災，今年開春到現在就下了一場雨，錦水江都快見底了，就靠那條小河，妳就不怕顆粒無收？」

周仁輔說的是事實，她知道老人是為她著想，否則也不會對她說這些話。

「我知道，但我覺得我可以。」

之所以有底氣，是因為那就不是一般的種子。系統改良後不只提高產量，抗病抗蟲害方面也有優勢。

即便減產也能高出現有的畝產量，斷然不會顆粒無收。

至於乾旱，這是沈瑜唯一憂心的。

小河水逐漸減少，沈瑜預估了一下，如果一個月內再不下雨，她就在錦水川打水井。

這裡的百姓種稻天生天養，靠河水和雨水，只有沈瑜知道那不是長久之計。

周仁輔嘆了口氣。「我倒是佩服妳這孩子的勇氣。」
兩人正聊著，就聽見有人腳步匆匆地從外面進來。
沈瑜轉頭一看，是齊康，納悶他怎麼來了？
齊康先是眉頭緊皺，上下打量沈瑜一番，見只是胳膊吊著，還能好好坐著說話，鬆了一口氣。「沈瑜，迄今為止妳是我見過最能折騰的女子。」
沈瑜一挑眉，笑道：「你這是誇我？」
齊康不理她，換了一副訓人的語氣。「妳的膽子怎麼就這麼大？妳是不是不知道害怕兩個字怎麼寫？」
沈瑜很無奈。「我膽子再大也不敢和野豬硬碰硬，是被迫撞上的。齊公子你就不要嘮叨我了，我也很怕的好不好？」怎麼每個人都覺得是她故意招惹野豬的呢？她並不是好事的人啊！
「大人您怎麼來了？」沈瑜問出心中疑問。
「野豬肉是要送給這小子的吧，我老頭子怎麼好吃獨食？正好我與齊小子相識，就把他叫過來了。」周仁輔在一旁解釋。
「她沒有大礙，行幾針再吃幾天藥，半個月就好了。」周仁輔對齊康說。
齊康拱手道：「多謝周世伯。」
周仁輔看看齊康，再看看沈瑜，好奇道：「我給我的病人看病，你謝我做什麼？」

齊康尷尬地笑笑。

「哈哈，你們聊吧，我老頭子就不打擾你們了。」

齊康坐到沈瑜旁邊，柔聲問：「傷得重不重？還疼不疼？」

突然換了一副口氣跟她說話，沈瑜覺得有些不自在。「沒事，養幾天就好了，剛才周大夫不是說了嘛。」

「能得周伯父行針，妳真是走了大運。」

沈瑜不解地看向齊康。

「周伯父在太醫院待過，醫術高超，尤其一手行針術更是出神入化，不知道多少達官貴人上門求治。」

「這麼厲害？」沈瑜倒是沒想到這位和藹的小老頭居然有這麼大的來頭。能認識這麼厲害人物的齊康，又叫周仁輔世伯，想必齊康的家境也不簡單吧？

沈瑜感嘆，沒想到她初入異世，竟然一不小心抱了個粗大腿。

「妳這麼看我幹麼？」齊康見沈瑜定定地看他，不解道。

「沒事，就是突然覺得齊公子好帥！」沈瑜笑咪咪道。

齊康一副看傻子的眼神。「妳果然眼神有問題。」搖了搖扇子後又道：「我長得帥是眾人皆知，怎麼會是突然發現？」

好不要臉！

沈瑜覺得齊康挺有意思，明明是翩翩佳公子，卻是一副玩世不恭、花花公子模樣。想著想著，不禁噗哧一聲笑出來。

齊康瞇起眼。「妳笑什麼？我有那麼好笑？」

沈瑜哪敢惹他，說了一堆好話，才把人安撫住。

兩人又聊了一會兒，下人叫他們用飯，齊康卻走了。「縣衙還有事，飯就不吃了，那野豬肉我也吃不下去，妳自己吃吧。」

「毛病可真多！」沈瑜小聲嘀咕。

下午，齊天給沈瑜送來兩本書。

「書是我家公子的，送過來給沈姑娘解悶。我家大人公事繁忙，等有空了再來看姑娘。」

沈瑜接過書翻了翻。「正愁怎麼打發時間呢，替我謝謝你家公子。」

「沈姑娘讀過書？」勛貴世家給女子請先生不奇怪，但初見沈瑜時她活著都難，是怎麼讀的書？

「認過一點字，村長家可有十里八村唯一的秀才，跟他識了一些字。」事實上沈瑜都不記得人家長什麼樣。

房間裡，沈瑜趴在床上，一根根銀針插進沈瑜的肩膀。

周仁輔下針快、準、狠，她竟然一點都不覺得疼。

沒多長時間，沈瑜就覺得肩膀輕鬆了許多，胸口的憋悶也有所減輕。

「老爺子，您真是一位神醫啊！」沈瑜誇讚道。

「神醫不敢當，看家本事還是有點兒。」周仁輔說著話，手上卻沒有絲毫的停頓。

昨晚疼得難受，沒有睡好，幾針下去沈瑜開始犯睏，不知不覺就睡著了。

大約兩刻鐘後，沈瑜迷迷糊糊地感覺周仁輔在拔針。她也沒管，繼續睡，這一睡就睡到了第二天天亮。

早飯後，又行了一次針，經過一晚的休息，沈瑜感覺肩部的傷痛明顯好轉。

「丫頭，既然妳能種得出神仙草，那要不要試試這個？」周仁輔手裡拿著一個小布袋，袋口微微開著，露出裡面黑色的種子。

沈瑜小心的接過來。「這是什麼種子？」

周仁輔答道：「辛黃草。」

「很珍貴？」

「倒是比不上神仙草，但也非尋常物，極其難尋，但用處廣。這包種子是我幾十年行醫中積攢下來的，想著有朝一日把它種出來，可是我試了很多次，也種了很多年，依舊沒有成功。這些已經是陳年舊種了，也不知道還能不能發芽。」周仁輔語氣中帶著遺憾和不甘。

沈瑜明白了周仁輔的意思。

「老爺子是想讓我種著試試？但是我沒有把握。」像他說的陳了好幾年的種子，還有沒有生命力都難說。

周仁輔擺擺手。「無妨，我捨不得扔，就給妳吧。種出來自然是好事，失敗了也沒關係，我也不抱什麼希望。」

沈瑜笑笑。「合著您老是捨不得扔溝裡，扔給我了。行，那我就試試。如果失敗了，您老別心疼就成。」

老爺子背著手去了前院，沈瑜則把辛黃草的種子扔進系統裡。

沈瑜坐在後院的桌子前看書，鼻息間都是藥香，不知不覺打起了瞌睡。頭一點一點的，然後慢慢地趴到桌子上與周公相會去了。

齊康走進小院時，看到的就是這幅情景，不禁覺得好笑。

他沒有打擾她，而是坐在沈瑜對面，看著人睡得口水直流。

睡夢中，沈瑜啃醬豬蹄啃得正香，突然感覺呼吸困難，一點點看著噴香的豬蹄越來越模糊。猛然一睜眼，一張帥氣的笑臉呈現在眼前。

見人醒了，齊康方才放下捏著沈瑜鼻子的手。

「昨夜幹麼去了？大白天的睡這麼沈。」

沈瑜咂吧咂吧嘴，家裡的豬頭和豬蹄也不知道吃了沒。「你怎麼有空過來，不是很忙嗎？」

「忙裡偷閒唄！」齊康坐在對面看著她。「傷勢如何？能不能走？我帶妳出去轉轉吧。」

沈瑜一想也行，她來過很多次縣城，但並不熟悉，今天就藉著養傷的機會好好逛逛。

白天的錦江縣還是挺熱鬧的，街上各種小販的叫賣聲交織在一起，賣包子的、賣首飾的，還有賣胭脂水粉的。

雖然有些嘈雜，但是沈瑜就是喜歡這種真實的人間煙火氣。她心裡輕鬆，嘴角不自覺的彎起。

「喜歡？」齊康側著頭看她。

還不等沈瑜回答，一聲「齊公子」突然響起。

沈瑜回頭，只見一美豔女子微步款款，從轎子裡走下來。

那女子紈扇遮面、美目顧盼，一雙含笑的眼睛黏在齊康身上。「齊公子，好巧啊！」

「原來是蓮俏姑娘，好久不見。」齊康點頭。

「你也說好久不見，也不去看人家。」嬌柔中帶著幾分嫵媚，又帶著點嗔怪，這一副對情郎說話的語氣是怎麼回事。

沈瑜雞皮疙瘩冒出來，她自己不是那種溫婉的人，也受不了這種柔得滴出水來的說話方式。

齊康看看沈瑜，臉上有些尷尬。

沈瑜衝他一挑眉，然後一攤手，那意思是「您請，不用管我」。

周圍有人小聲嘀咕。「這不是香粉鋪的老闆娘蓮俏嗎？嘖，還是那麼好看。」

「那當然，錦江縣一枝花，能不好看嗎？」

「前任縣令想娶她，人家蓮俏姑娘都沒同意。」

「前任縣令那是個糟老頭子，哪有咱齊縣令年輕英俊啊！」

那被稱為蓮俏的姑娘彷彿根本就沒發現沈瑜的存在，身體都快貼到齊康身上了，一雙美目對齊康頻頻拋著媚眼。

不僅如此，女子還用某個部位有意無意地觸碰齊康的手臂。

齊康後退兩步，把摺扇打開，擋住蓮俏的觸碰。

要不是顧及縣令大人的面子，沈瑜都想吹一聲口哨，來表達自己的心情，要是手裡再有一把瓜子就更好了。

這姑娘也真豁得出去，不過縣令大人的這張臉也是值得。齊康連連退步，沈瑜低頭忍笑，肩膀一抖一抖的。

齊康轉頭看她，挑眉問：「很好笑？」

「噗，沒、沒有。」沈瑜趕緊忍住，她得給縣令大人留點面子。

不料，下一刻，齊康拉起沈瑜的手快步向前走。

「齊公子！」獨留蓮俏在後面氣得跺腳。
一路行人都停下了手上的活計，傻愣愣地看直了眼。
一枝花求而不得的縣令大人，怎麼拉著另一個姑娘的手，是老相好？還是紅顏知己？
兩人走過的路上，人們又是一陣議論紛紛。
走出一段，齊康停下腳步，沈瑜再也忍不住，哈哈大笑。「昨天你說得沒錯，齊公子的美貌有目共睹、人見人愛。」
等沈瑜笑夠了，齊康則笑著說：「用不了幾天，錦江縣的人都會知道縣令大人有一紅顏知己——」
齊康停頓了一下，又說：「就是妳！」
這下沈瑜笑不出來了。「……你故意的？」
「哼，誰叫妳不幫我，還笑得那麼開心。」齊康竟然有些小孩子氣。
沈瑜無奈道：「講點道理行嗎？美女對你投懷送抱，你讓我怎麼幫？再說，誰知道你是不是樂在其中，那可是被稱為一枝花的美女呢。」
錦江縣一枝花？沈瑜莫名想到了小河村一枝花，這裡給美女定的稱號真特別啊。
齊康又恢復了那副笑咪咪的表情，搖搖扇子，邁著四方步。「反正呢，從今兒起，再有人給我提親送女人，我就有得說了。」
沈瑜不解。「說什麼？」

齊康邪邪一笑。

「縣令大人有一紅顏，兩人攜手同行，相知又相惜，眾人皆知。」

「……拿我當擋箭牌？你可真夠壞的。」沈瑜無奈。

齊康笑笑。「擋箭牌？妳說是就是吧。」他的眼睛看向遠方，那一片天藍山高。

沈瑜被迫做了縣令大人的紅顏知己，還能怎樣，擋箭就擋箭吧，反正她就在縣城待三天，也沒多少人認得她。

「你年紀也不小了吧，怎麼還沒娶親？」沈瑜好奇，就齊康這條件斷然不是娶不上媳婦的人。

「我娶不娶，小魚兒很關心？」齊康笑得不懷好意。

沈瑜瞪大眼睛驚呼。

「難道縣令大人有隱疾？」

「胡說八道！」齊康用扇子輕拍她腦袋。「我若好那風月之事，早就妻妾成群了。」

沈瑜撇頭哼哼。

「走吧，回去了。」齊康在前面走。

「哎，不是，用完就丟啊？不是要帶我逛街的嗎？」沈瑜在後面喊。

此時如果沈瑜看得到縣令大人的臉，一定會發現齊康的笑容有些不同。

三天後，大川趕著鹿車來接沈瑜。

沈瑜的肩膀已經消腫，只要回去繼續吃藥就可以了。

臨走前，齊天給沈瑜送來一個包裹，沈瑜以為是給沈星的糕點、糖果，人家又是特意派人送過來的，也就沒有拒絕。

沈瑜坐在敞篷的鹿車上，看著街道上的熱鬧。但她總感覺，街道兩側的商販好像偷偷打量著她。

沈瑜想也知道是齊康惹的禍，她覺得現在非常需要用一把扇子將臉遮住。

想想沈瑜就覺得好笑，坐著轎子的溫香軟玉不要，卻要一個坐硬板車的農家女為紅顏？

出城時，路邊有人擺攤賣自家種的菜、雞蛋。不經意間，發現有賣小魚的，而且都活蹦亂跳，沈瑜靈機一動。

把那位大叔從小河裡撈出來的、沒有手指大的一盆雜魚全部買下來，魚還太小，也看不出什麼品種。

路上大川說：「這魚太小了，不好收拾。咱們那小河就有，小孩兒也不愛撈。」

「這個魚暫時不吃，我打算養育。」沈瑜把裡面已經翻肚皮的小魚撈出來扔進草叢。

「啊？妳還要養魚？那還得開魚塘呢。」

「不用，一會兒把魚放進靠近我家的幾塊稻田裡。」稻田魚，魚與稻苗共生。

稻田養魚，不但不影響水稻產量，吃了稻花的魚還格外鮮美，一舉兩得。

「那能行？魚不會咬壞稻苗嗎？」大川驚訝，沒聽誰這麼做過。

「沒事，稻苗都長到一尺高了，魚吃不了，而且水裡有其他小蟲什麼的，魚喜歡吃那些。」沈瑜儘量說得簡單明白。

沈瑜總是有很奇怪的想法呢。大川想。

# 第十一章

魚苗就一盆，沈瑜叫大川把魚放養在五塊稻田裡。一入水，小魚瞬間活了起來，張著嘴巴一吸一吸地吃水中的浮游物。

沈瑜看得欣喜，秋天她們就有稻花魚吃了。

「姊！」

聽見呼喚，沈瑜起身，遠遠的看見星星像離弦的箭一樣奔過來，後面還跟著黑天天和灰灰菜，這三個整天形影不離。

知道今天沈瑜回來，沈星早就站在家門口翹首以盼，見著鹿丸的影子就迫不及待地跑過來。

等跑近了，沈星煞不住腳，差點撲稻田裡去。沈瑜無奈，把小孩兒拉住。「跑那麼快做什麼？」

沈星的小臉蛋由於劇烈的運動紅撲撲的，喘著氣問：「姊，傷好了沒？還疼不疼？」

沈瑜覺得心裡暖暖的，撓撓小孩兒頭頂。「好多了。」

「咦？稻田裡怎麼會有小魚啊？」

沈星眼尖地看見了稻苗下游來游去的小魚仔。

沈瑜邊走邊跟她說要在稻田養魚。

「就那麼放著，不用餵？」沈星問。

沈瑜笑笑對沈星說道：「不用，稻田裡有小蟲子，魚喜歡吃。」

「明天我讓三胖、小花他們跟我去小河裡抓，然後放到咱家稻田裡，等秋天，請他們吃魚。」小小人兒，話卻說得豪邁。

「韓三胖？你們不打架了？」沈瑜好奇地問。

「不打了，我們和好了。」沈星一臉認真地說。

孩子的世界還真是純真啊，打完架，回頭還能和好如初。

劉氏和沈草也遠遠地迎出來，沈瑜把周仁輔開的藥遞給沈草。「姊，每天早晚兩次，提前兩刻鐘泡上，三碗水煎成一碗，麻煩妳了。」

沈草接過藥包。「說這些做什麼，妳好好養傷，別的事不用妳操心。」

回到家，沈瑜打開齊康給她的包裹，裡面裝著兩個盒子，旁邊有一把精緻的匕首。

沈瑜拔出匕首試了試，吹髮可斷，鋒利無比。

這絕對不是縣城鐵器鋪一兩銀子一把的普通貨色，沈瑜非常喜歡，簡直是愛不釋手。

她一直想找一把稱手的武器，兩世遭遇讓她缺乏安全感，手裡有稱手的傢伙才能讓她安心。

不過這把匕首一看就價值不菲，她欠齊康一個人情，不過想到他拉自己做擋箭牌的事，就功過相抵了吧。

打開一個盒子，裡面裝著精緻糕點和糖果，不用說是給小星星的。知道是齊康給自己的，沈星由衷地誇讚。「漂亮哥哥真好！」

小孩兒笑咪咪地吃啊吃，沈瑜打開另一個盒子，裡面整整齊齊擺著一排燕窩。

「這是啥東西，怎麼像老絲瓜似的？」劉氏自然沒見過燕窩。

沈瑜笑道：「這一片買妳千百斤絲瓜。」

「啊？這麼貴？怪不得這麼好看呢。」劉氏瞬間改變態度。

沈瑜無語。「……」

這麼貴重的東西，齊康也真捨得送。既然都收了，她也不好再還回去。

沈瑜把盒子蓋上，交給劉氏。「是燕窩，娘您留著吧，有空燉上兩個，您跟我姊一起吃，補身子。」

「這是人家給妳的，我們吃啥？」劉氏斜了沈瑜一眼。

「這玩意兒我吃沒啥用，您和我姊身子虧，吃點有好處，等咱家賺錢了我再給妳們買，天天吃。」

沈瑜覺得讓她吃燕窩還不如吃燉肉呢，又不是剛生完孩子。目前她身體狀態很好，不需要這些東西。

能不能頓頓吃燕窩那是將來的事，但這話劉氏聽著高興。「這嬌貴東西哪能天天吃。先放著吧，哪天妳想吃了我給妳做。」

回家的當天，沈瑜吃到了夢寐以求的醬豬蹄。

半個月很快就過去了，沈瑜的傷勢已經完全好了，她感覺自己好像都胖了一圈。

劉氏掐掐沈瑜的臉頰，一臉自豪道：「嘖，終於養出肉了，這皮膚嫩得都快趕上星星了，我閨女越來越漂亮，小河村一枝花當之無愧。」

幾個月來，沈瑜出落得越發漂亮、水靈，小河村一枝花的桂冠落到沈瑜頭上。那個馬雲朵屈居第二，據說聘禮錢都減了。

沈瑜想到一枝花就想笑。「娘，咱不要這個名稱，誰愛叫誰叫去吧。」

「二丫，妳那天種的種子好像發芽了。」沈草端著一盆青菜，從園子裡走出來。

「這麼快？」說完，沈瑜小跑著進了菜園。

從縣城回來，她把周仁輔給的辛黃草種子，種在了靈芝老樹椿附近。

其實辛黃草長在什麼樣的環境，沈瑜一概不知，但山裡的草藥，大都是離不開樹的吧。

靈芝周圍栽了樹，有樹蔭，所以就種在那兒。居然真的發芽了，周老頭知道了一定很高興。

七月的天，炎熱難耐。

這天沈草和劉氏扛著鋤頭從外面回來。沈瑜養傷的這段時間，兩人把家裡五畝小麥鋤了一遍草。回來時，兩人滿頭大汗。

沈瑜給兩人端來涼水，劉氏大口大口地喝著。「這天可真熱！」

劉氏嘆道：「麥田旱得都龜裂了，再不下雨，今年的莊稼要完。」

「咱家的麥子還算好的，妳看南山下那塊都快乾死了。」沈草嘆氣。

說到乾旱，沈瑜也是憂心忡忡。她不止一次去錦水川看小河水的水位，甚至去了錦水江邊。

往日洶湧澎湃的錦水江，如今也只剩下河底的淺淺水流。小河也只剩下一汪細水，隨時有斷流的可能。

她家稻田近日進水量少了很多，只能保持著禾苗最基本的水量。

小河沿岸許多農人都靠著這條小河種植水稻，水量充沛時無所謂，但如今遭遇乾旱，錦水川在上面截了流，流到下游的水越來越少，很多村民都有意見。

不只是小河村，小河沿岸很多村子都有意見。大川和黃源不止一次找沈瑜說過此事。

沈瑜想是時候做決定了，只是她還沒有行動，人家就找上門來了。

「二丫，那些人找咱家來了，怎麼辦啊？」劉氏急得都快哭了。

遠處，通往自家小院的路上，浩浩蕩蕩走來幾十人。

幾十個人氣勢洶洶地堵在沈家大門口，有男有女有老也有少。

沈瑜打量一番，雖然有認識的，不過大多數是生面孔，應該是外村人。

沈瑜一人站在眾人面前，目光堅定。「各位叔叔、伯伯、嬸子來我家所為何事？」

一位年長的老者站出來。「妳家的田把我們的水都搶了去，妳可知道？」

沈瑜笑笑。「您這話說的，我怎麼沒聽明白，什麼叫我把你們的水搶了，我是去你家裡挑水了？」

一個高大健壯的男子上前幾步。「妳也別揣著明白裝糊塗，妳那錦水川把小河水都抽乾了，妳讓我們下游的人怎麼活？我們大家都靠那幾畝田吃飯，妳這是斷我們生路。」

其他人也七嘴八舌。

「就是，我家田都快沒水了。妳自己發財富貴，讓我們給妳墊背，想得美。」

「對，今天得給我們一個說法，要不我們就不走了。」

如果好好說話，沈瑜就會把自己的決定直接說清楚，讓他們放心。靠天吃飯，也知道他們不容易。

可一上來不分青紅皂白的一頓指責，好像她罪該萬死似的，沈瑜很不爽。

「小河水是大家的，哪條律法規定只能你們用，我就用不得？你們找我要說法，不覺得可笑嗎？」

又有一人站出來。「是沒這個規定，但往年都好好的，今年妳的田種上，我們下游就缺水，妳說是不是妳的責任？」

沈瑜冷笑一聲。

「你的意思是你們每年都風調雨順，今年我種了田，就乾旱了？是我沈瑜斷了你們的水源？」

那些人臉色有些不自然，但也沒有反駁。

沈瑜也是無語。「你們找我來有什麼用？我又不能呼風喚雨，有時間想想辦法不好嗎？」

「說得好聽，妳把水都用完了，讓別人想辦法，我們想什麼辦法？」人群裡有人說。

沈瑜問眾人。「那你們想怎麼樣？讓我的田旱死，把水留給你們？

「你們當中有種了幾十年田的老人，請你們去錦水川走一走，錦水川雖然有八千畝，但是用水都趕不上你們兩、三個村子多。我的稻種特別，需水量極少，水量都是最低、甚至露出土呢，這樣你們還說我用光了小河水，不覺得虧心嗎？」

人群裡有人說：「我們不管，反正妳以後不能再用小河水，妳用一點少一點，我們就沒得用了。」

這不是一群能講道理的人。

沈吟片刻，沈瑜說：「我若非用不可呢？你們能怎麼辦？」

「沈瑜，妳別給臉不要臉，妳要不給我們活路，也別想好過。我把妳的稻苗全拔了，我看妳還澆什麼？」一個身材粗壯、面色黝黑的中年男子凶狠地說道。

沈瑜聞言，臉色一變，語氣有些陰冷。

「你試試，看我的拳頭硬，還是你的腦袋硬。」
那人見沈瑜眼中閃過狠戾，不由得後退幾步，然後發現自己很跌分兒，又挺了挺胸說：
「別以為我不敢，不給妳點教訓，還以為我們好欺負！」
「好，今兒大家可都聽見了，但凡我錦水川有一棵秧苗被拔了，我就找你們。到那時，我就算告到府衙，也要告得你們傾家蕩產。」
大周律法有明文規定，任意破壞莊稼者，輕則罰銀，重則發配。這也是保護農耕的一個措施。
「妳怎麼這麼不講理，訛人呢！」剛才還很囂張的人有些不安，吆喝起來。
這條規定誰都知道，故意破壞莊稼是重罪，誰敢往自己身上攬。
人群有些激動，有幾人上前推搡沈瑜，沈瑜抓住伸向她的手往後一拽，那人向前幾步趴在地上。
「好啊，還敢打人，我們一起上。」激動的人們蜂擁而上，想按住沈瑜。
有人直接下黑手。「打呀，打死臭丫頭。」
雖然都是體壯的男人，但想群毆沈瑜都還差點。看準機會，沈瑜把前面撲上來的幾個全部踹倒，包括那個要打她的，顴骨高聳、兩頰凹陷的老婆子。
那幾個人躺在地上，「唉唷、唉唷」地叫喚。
見沈瑜真敢下狠手，剛剛還趾高氣揚的人嚇得不停倒退，直到退出小院。

他們哪裡想到一個姑娘有這本事，幾個大男人都能輕易放倒，他們甚至都沒看清沈瑜是怎麼出手的？

沈瑜笑笑。「就這麼解決問題？看來你們還不知道我的名號啊！楊三叔，這就是你的不對了，帶人來怎麼不把我的光榮事蹟說清楚呢，讓人家平白挨了打多不好。」

接著，沈瑜面色突然一變。

「打架我還真沒怕過誰！你們一起上，生死有命，今天誰死在這兒都是他自找的，我若死了也跟你們無關。來啊！」

沈瑜快步上前，而那些人卻連連後退。

眾人微微發愣，一個姑娘怎麼這麼囂張啊？女娃子嚇唬嚇唬就成了，怎麼還論上生死了？

兩方正在僵持，大川和黃源帶著人跑過來。來的不只她家的六個長工，還有其他幾個村民和村長。

大川他們撥開人群，擋在沈瑜前面，與那些人對峙著。

趙作林指著人群罵。「你們下河村、長源村欺人太甚，一群大老爺們欺負孤兒寡母的也不嫌害臊？」

那位老者看趙作林一眼。「趙作林，你是小河村的村長，心也不能這麼偏，她家的田堵了小河水，我們下游用什麼？難道讓我們的田都乾死，這是要逼死我們啊！」

趙作林「呸」了一聲。「河水大家都能用，誰讓你們住在下游了，要怪就怪你們命不好，住在下游。這水是先流過錦水川，沈瑜家先用也是理所當然。居然還有臉來找，欺負我們小河村沒人是吧？還有楊老三，你居然跟著外人欺負自己人，你良心讓狗吃了？」

「什麼叫欺負自己人，沈瑜把小河水都用完了，咱們村很多人家都受到了影響，只是大家不好意思說。」楊老三被村長罵完，不服氣地說。

「別人家不好意思，就你好意思。遇上天災那是常有的事，遇上了就得認。你種了半輩子地，這點道理不懂？再說，別人為啥不說，開荒那陣誰家沒從沈瑜這兒賺到錢？轉頭拍拍屁股就不認人了？還有你們兩個村子，你們這些人誰沒在錦水川家幹過活、賺過錢？」

「趙村長，這是兩回事，一碼歸一碼。」先前的老者說。

「好，那就一碼歸一碼。咱就說說小河水是誰的，是你下河村的還是長源村的？都不是，誰先得誰本事。即便沈瑜不用小河水，你能保證你們的莊稼就都能活？

「人各有命，誰讓你們住在下游，人就得認命。」其實趙作林這話說得有點無賴。但這種事情又哪有道理可講，可不就得耍無賴嘛。

兩個國家因為爭奪水源都能發動戰爭，何況兩個村子？繼續吵下去也沒個結果，若發生械鬥也不是沈瑜想看到的。

錦水川用水量大這是事實，如果放在好年頭，沒人會跟她計較。但誰讓她第一年就攤上了幾十年不遇的大旱。

大家有意見可以理解，但認歸認，可不能把她當軟柿子。

沈瑜高聲說：「用不用小河水，在於我。不要以為你們人多勢眾，我沈瑜就怕了。如果我偏要用，你們也不能把我怎麼樣。今天來這裡的人有一個算一個，我都會記下名字，如果我的稻苗有任何人為破壞，那咱們衙門見。」

眾人被沈瑜的話氣得臉紅脖子粗，但問題就在於沈瑜說得在理。水是大家的，沒有哪個規定只能他們用，沈瑜就不能用。

沈瑜見眾人不甘的模樣，也就釋然了，何必跟他們置氣。

「還是那句話，用不用小河水，在於我。我想用就用，不想用可以不用。」停頓片刻，沈瑜繼續說：「我知道大家都不容易，我也不為難你們。給我十天時間，十天後，我就不再用小河水。」

沈瑜的話一出，在場的人俱是一愣。

剛剛還寸步不讓，怎麼這會兒就說不用了？不用小河水她用啥？難道要讓那八千畝水田乾死、旱死？

眾人一時間也摸不著頭腦。

「沈瑜，妳不用……」趙作林怕沈瑜犯糊塗，想出面阻止。

沈瑜打斷他。「趙叔，小河水恐怕也支撐不了多久，如果光指望著小河水，錦水川可能也保不住，我自有打算，您放心吧。」

「大家都回去吧，我沈瑜說話算話，十天後，不再用小河水。而且我也勸告鄉親們，錦水江都快見底了，小河水也用不了多久，離秋收還早呢，還是儘早想辦法吧，大家都不容易，我也不想看著大家的田都旱死。」

聽沈瑜這麼說，有些臉皮薄的覺得臉上有些燒，他們今天來也實在是沒辦法了。有些人還是擔心，但沈瑜都這麼說了，且看十天後吧。

該說的都說了，沈瑜讓他們都回去。

人散去後，趙作林憂心地問：「二丫，妳有啥辦法？錦水川不是小數，自己要是擔水澆一澆，八千畝也澆不過來。十天後真的要給稻田停水？」

「趙叔，小河水也快斷流了，離秋收還早，我打算在錦水川鑿井。」這是沈瑜早就有的打算。

之所以拖到現在，還是心存僥倖希望老天下雨。

畢竟鑿一眼深水井，價格不菲，她的銀子滿打滿算也就剩下五百兩，秋收還需要大量人力、物力，花一兩少一兩。

如今看來是躲不過去了，錦水川是她的希望和未來，也是她在這個世界安身立命的根本，絕對不能有閃失，這銀子不花也得花。

趙作林嘆了口氣。「也好，老天不開眼，妳早做準備也是好的，那我就不多說了。」說完村長背著手，心情沈重地往小河村走去。

對於村長與大川伸出援手，沈瑜是感激的。畢竟這事說起來和他們沒有關係，而且是得罪人的事，趙作林沒有躲避，還來給她撐腰，這個情沈瑜默默地在心裡記下。

還有大川他們幾人，凡是幫過她的人，她將來有能力必定償還。

等人都走了，黃源擔心地問沈瑜。「妳說鑿井？一兩口水井也不夠幹啥的，而且打一口井要花不少錢呢。」

他知道沈瑜應該有點銀子，但之前花去了那麼多，應該也沒剩多少，否則一家人也不會還住在這兒，恐怕也指著錦水川翻身呢。

「所以我想一次鑿十到二十口水井，具體數量還得找師傅來實際看看才能決定。」專業的事還得讓專業的人決定。

二十口井？黃源一驚，這得多少錢啊？小河村至今也就一口井，全村人都吃這口井的水。不是擔水不麻煩，而是鑿井太費錢。

下定決心，沈瑜沒有耽擱，駕上鹿丸直奔縣城。

「十幾口深水井？」

鑿井師傅聽沈瑜說要一次鑿這麼多水井，很是高興。

他幹了幾十年這個行當，從來沒有遇過這麼大的顧客，甚至都沒聽說過有人一次鑿這麼多井。

高興之餘，師傅又有些擔心。
「姑娘，咱們之前有過合作，我就實話實說了。深水井不比家裡的水井，費力得很，銀錢是要翻倍的。如果按照妳的要求，圓口六尺的大井，一口起碼得二十兩銀子。這個數妳承擔得起？」
上次鑿井時去過沈瑜家，低矮的茅草房，比村裡一般人家都不如，幾百兩可不是小數目。
沈瑜沈思片刻。「可以，只要能保證出水，錢沒問題。」
見沈瑜答應得爽快，師傅也放了心。「妳先回去吧，我去找人，下午就過去。在家等著就成。」
老師傅在這一行幹了幾十年，在錦江縣有口碑，徒弟自然少不了。
沈瑜告別了老師傅，直接往村裡趕。不過她沒有回家，而是去了小河村找了老木匠。
陳木匠和沈瑜打過幾次交道，沈瑜的木板車、家裡的桌椅板凳都是陳木匠做的。陳木匠對這個姑娘有幾分欣賞。
憑藉一己之力，把受苦的娘親和姊妹拉出苦海，又置辦了一份家業，比一般家的小子強多了。
「沈瑜，這個是？」陳木匠拿著一張圖紙，沒看明白，不解地問。
「陳叔，這個叫水車，是用在水井上面車水的物件。用這個東西可以從水井裡往外舀水，不需要用人力往上提水，省力得很。鑿井的人下午來，我想讓您先做出一個試試，如果行的話，可能要做十幾個吧。」

上輩子世道還沒亂的時候，沈瑜生活在水鄉之地，從小就穿梭在大大小小的水車中玩耍，架在水井上的水車，她自然不陌生。

但畢竟也只是用看的，這設計圖也是她花了好久才畫出來。

為了避免出錯，沈瑜把鑿大口圓井，用水車車水的想法講了一遍，讓陳木匠把把關。

陳木匠再次低頭認真地看圖紙。半晌，他一拍大腿。「妙啊！用這水車不用費很多力氣就能把水從地下弄出來，省時省力，真是太妙了！」

陳木匠對水車大為讚賞。「只是這個地方……」

不愧是老木匠，哪裡不合理、哪裡需要調整，一看便知。

他看出圖紙有不合理的地方，兩人又商量了許久，把錯的地方改過來，又商定鑿井時，陳木匠實地測量觀看一番。

辦好兩件大事的沈瑜終於吁了口氣，至於水車的動力——牛，等水井和水車都到位再買。

沈瑜大概算了一下，一輛水車三兩，一口井二十兩，一頭牛差不多也要十兩左右，等她把這些都置辦齊全，她手上的銀子夠不夠都兩說。

沈瑜有一絲絲後悔，如果當初聽齊康的意見，錦水川只買下一半就好了，手上的銀子也不至於這麼緊。秋收還有兩個月的時間，要怎麼度過？

算了，沈瑜甩甩頭，想這些有的沒的一點用都沒有，還不如把眼前的事情辦好。

下午左等右等，就是沒等到鑿井師傅，沈瑜納悶，是不是發生了什麼事？

直到太陽快下山的時候，錦水川那邊走來了六個人。為首的正是鑿井的老師傅。

原來沈瑜說要在錦水川鑿井，所以老師傅就領著徒弟們從縣城沿著錦水川一路勘察過來。

沈瑜不禁對老師傅的負責心生佩服。

「姑娘，錦水川都是妳的？」一位打井師傅不禁咂舌，怪不得要鑿那麼多大井，原來是錦水川啊。

縣城早有關於錦水川的傳說，都說是個姑娘一個人弄的，許多人都是不信的，如今人就在眼前，哪還有假？

沈瑜大方地回答了眾人。「各位師傅辛苦了，到家裡歇會兒吧。」

外面熱得很，這些人從縣城一路走過來，還揹著找水源的工具，已經是滿頭大汗。

一行人來到小院，老師傅知道沈瑜家沒有男子，便讓幾人在院裡陰涼的地方歇息，喝了口涼水。

「我一路走來，按照五百畝一口井計算，最少也得鑿十五口井。錦水川百年前是菏澤，地下或許還有水脈，出水應該是沒有問題的。」

老師傅既然這麼說，八九不離十，沈瑜高興，不要她辛辛苦苦花了全部家當鑿了井、買了牛，沒用幾天水乾了，她哭都沒地方哭去。

約定好，從明天開始鑿井，沈瑜讓大川趕著鹿丸把幾人送回縣城。

第二天天還沒亮，老師傅就駕著牛車、拉著鑿井的鑽具，來到靠近小河村的地頭。沈瑜昨天跟他說過，第一口井從小河村這邊開始，以便實驗第一架水車的效果。

幾位師傅脫了衣服光著膀子，再用牛配合。本以為可能得挖個十幾丈才能出水。沒想到第一口井只挖了一丈深就咕咕的往外冒水，時間居然還沒到中午，這可樂壞了眾人，尤其是沈瑜。

「沈姑娘，好命啊，第一口就挖正了，以後就沿著這條線鑿，保證妳有用不完的水。」一位臉色黝黑的師傅擦擦汗笑著說。

「是幾位師傅技術好，一找一個準兒，剩下的就有勞師傅們了。」

中午白米飯加燉肉，幾位師傅吃得心滿意足，一下午把水井用石頭砌好，因為水源較淺，所以井口比預定的要大上一圈，六尺水井變成了八尺大井。

第二天、第三天依舊很順利，一天一口井的速度讓沈瑜樂開了花，提著的心終於落了地。

三天時間，陳木匠那邊才把第一架水車做好。沈瑜叫上大川還有陳木匠，把第一架水井水車固定好，暫時用鹿丸當作牛。

水井周圍圍著一圈看熱鬧的村民，就連鑿井的老師傅也早早的過來觀看。

隨著鹿丸的走動，水車「咯吱、咯吱」的響動，圍著水井的人們心都提到了嗓子眼，沈瑜也不例外，畢竟圖紙是憑記憶弄出來的，是否能行，她也沒有十足的把握。

當涓涓的水流像小溪一樣流入水槽再流到田間的時候，在場的人們一陣歡呼。「成了、成了！」

就像他們自己做成了某件多麼了不起的大事一樣激動。

沈瑜擦了擦額頭上的汗，難掩內心的激動，把沈星抱起來狠狠的親了幾下。

天無絕人之路啊！

有些人來了興趣，把鹿丸牽到一邊，自己上去或拉或推，他們發現並不需要很大的力氣，就可以讓水車轉起來，甚至連小孩子都能推得動，於是人們更加驚喜。

沈瑜對還沒從激動的情緒中緩過神來的陳木匠說：「陳師傅，就按照這個樣子再做十四架，每口井上一架。」

「好，放心吧，我一定給妳做得好好的。」陳師傅開心得眼睛都瞇成了一條縫。他做木匠這麼多年，第一次感到自己的作品是這麼驚人。

村民們見沈瑜的水車車水是那麼的方便，忍不住眼饞。

「我家地裡要是鑿一口井，做一輛這樣的水車就不怕旱了。」

口。

「是啊，我家那十幾畝都快旱死了，可愁死我了。」

聽著人們的議論，沈瑜沒有作聲。但趙作林卻按捺不住，他猶豫地想說，又不好意思開口。

沈瑜多少猜到了他的想法。「趙叔，有話您就說吧。」

「二丫，這個水車，其他人能不能用？」趙作林看著沈瑜，生怕她拒絕。

# 第十二章

趙作林作為一村之長，還是挺有責任心的，沈瑜敬重他。「趙叔，這東西本來就是車水、澆田用的，誰想用就用，我沒意見。」

話一出口，村長和在場的人都鬆了一口氣。不過又有人擔憂。「太貴了，一口井一架水車，我家那些田都不一定能回本。」

用不用，怎麼用，就不是沈瑜關心的事了。

小河村這邊鑿了五口井後，老師傅他們從縣城那邊開始繼續鑿。

沈瑜這邊買了五頭小牛，車水並不需要大力氣，買的是兩年小牛犢，價格相對便宜。成年的壯牛都留著幹活，哪有人會賣，只有牛犢子半大不大的才會拉出去換銀子。

陳木匠顯然趕不上一天一口井的速度，他一人三、四天幾乎不眠不休才做出一架水車。知道沈瑜這邊急，陳木匠找了幾個幫手，製作水車的速度也提上來。

十天後，已經有十口水井可以抽水。

錦水川的水渠是互通的，兩側水井抽出來的水向錦水川中間匯聚，不用小河水也可以保證稻田每日用水。

來找過碴的下河村和另外幾個村的人，最近總在錦水川轉悠，估計是確認沈瑜是否能兌現承諾。

當他們看到錦水川每隔一段就有一口水井一架水車，清洌的地下水流向稻田時，都說不出話了。

沈瑜說到做到，十天後真的不再用小河水。

每口井車水每天一個時辰，五頭小牛犢輪流著來，任務量並不是很大。

為了這幾頭小牛犢，沈瑜請人在每口井上方搭了棚子，上面架上樹枝和青草。

有棚子遮擋烈日，有井水散涼，即便是正午時分，水井周圍也比較清涼，小牛犢們也不會很辛苦。

半個月後，十五口水井，十五架水車，全部投入使用。

沈瑜站在官道上，看著稻田中間，涼棚下優哉游哉轉圈拉水車的小牛們，深感欣慰。

如今水的問題解決了，秧苗馬上就要進入揚花階段。沈瑜彷彿看到不久後，十里黃燦燦的稻穗在風中搖擺的美景。

鑿井的老師傅也頗感自豪。「我活這麼大歲數，鑿的井沒有一千也有八百，還是頭一次這麼歡快。」

「老師傅的手藝、技術是這個。」沈瑜豎起一個大拇指。

被雇主誇獎，老師傅心裡高興。身邊的徒弟們也與有榮焉，黝黑的漢子，臉上均是自豪之色。

「師傅，剩下的銀錢全部在這兒，您拿好。」沈瑜把一包銀子拿出來給老師傅。之前付了一半訂金，這是剩下的一百五十兩。

老師傅接過銀子，又從裡面拿出一百兩遞給沈瑜。

沈瑜不解。「老人家這是何意？」

老師傅說：「雖然原先定的確實是二十兩一口井，但比預想的容易，就不收那麼多了，這個妳拿回去。」

沈瑜沒有接，笑說：「說好多少就是多少，我怎麼能再拿回來？這些日子多虧了您和幾位師傅，這是你們應得的。」

老師傅把銀子往沈瑜手裡一塞，擺擺手。「一行有一行的規矩，值一兩的東西，我向妳要二兩那就是壞了規矩，也壞了名聲。我雖然老了，但我這些徒弟以後還要吃這碗飯，不能沒有信譽。」

老師傅這麼說，沈瑜也不好再推辭，白來的銀子沒有不要的道理，她現在缺錢，極度缺錢。

沈瑜爽快地接下了。「好，這銀子我就先接了，不瞞師傅說，這次可把我全部家當都折騰進去了。等稻子熟了，我給您老和幾位師傅送大米，讓您嘗嘗我家大米，味道香甜，保證好吃。」

「哈哈，好，那我就等著了。」老師傅領著幾個徒弟回了城。

師傅做的決定，做徒弟的不敢有異議，但還是忍不住問：「師傅，咱收她三百兩其實也不多，整個縣城能攬下這個活兒的只有咱們，您為何要還回去一百兩？」

「你們哪，不要光盯著那一百兩銀子，要往長遠去看。你們看看錦水川，再看看那邊，看出區別了嗎？」老師傅示意徒弟們看另一側。

官道另一側也有一塊一塊的水田，但那些稻苗矮小、葉子蔫巴巴的、甚至有些枯黃，即便田埂裡灌滿了水，依然一副病懨懨的樣子。

雖然只有一路之隔，再看錦水川，稻苗一棵棵綠油油，秧苗粗壯、高大、健康，田埂裡的水也只是剛剛漫過根部，在大旱之年居然一點都沒有衰敗之氣。

錦水川的稻苗再有幾天就開始揚花了，而另一邊穗子還沒長出來，這差距不是一星半點。

老爺子這幾日還偷偷拔了沈瑜的稻苗，扎根深、莖稈粗，一看就是高產的苗子。

「確實不同，大概是沈瑜打理得好又不缺水吧。」

老師傅搖了搖頭。「據我說知，錦水川並沒有怎麼打理，你看那田裡的雜草都快有稻苗高了。或許是稻種，也或者是別的什麼地方，總之應該有特別之處吧。而且你看那姑娘，那麼重要的水車都不藏私，說給出去就給出去，誰想做都行，是個會做事的，今天賣個人情，虧不了。」

「還是師傅想得周到！」幾個徒弟這才釋然。

說到雜草，沈瑜也是沒有辦法，這年代又沒有除草劑，只能人工拔草。但是她手裡的銀子不敢花，就怕有個萬一。

事實上，沈瑜的思慮還是有必要的，銀子如今都花到點子上了。

至於雜草，長就長吧，今年倉促，畝產能達到三、五擔她就滿足了。

駕著鹿丸，沈瑜往家裡走，那五個田的魚苗已經長到手指長，似乎也沒有損失多少。

把鹿丸拴在山下，沈瑜去了水井邊。一群孩子圍著水車嘰嘰喳喳，你推一下他拉一下的擺弄水車。

「星星姊姊！」有孩子跟沈瑜打招呼，他們和沈星一起玩過，和沈瑜差著年紀不熟悉，但知道沈瑜是沈星的姊姊。

自從水井車水以後，每日都有人來觀看。沈瑜看著孩子們在井邊玩耍，突然想到危險。

儘管水井不深，也有水車架在上面，但是如果周圍沒有大人，有小一點的熊孩子好奇，爬井口不小心掉下去可就麻煩了。她小時候就經常這麼做，而且都是背著大人。

這個風險一定得想辦法解決，否則一旦出事，後悔都來不及。

「沈瑜，師傅們都回去了？」黃源戴著草帽，脖子上搭著條沾滿汗水濕答答的布巾。

「都回去了。源叔，怎麼樣，出水量還可以嗎？」

黃源一屁股坐到棚子下面，喝了一口剛舀上來的水。「都不錯，我看這情況，水的問題是徹底不用愁了。」

要是他家稻田也有這樣一架水車就好了，但他知道這一口井、一架車和一頭牛的總價格。

別說他家花不起，就是好年頭稻田的全部收入也置辦不起，只能眼睜睜地看著地裡的苗枯死。

同時，黃源也慶幸，他有沈瑜這一份工，即便他家顆粒無收也活得下去。

「不過，人手有點不太夠。小牛要輪換著來，要有專人管，還要有人疏、堵水渠，也還要有人巡查。自從水車建成後，很多外人來錦水川看水車，都要顧著，接下來又是揚花的關鍵時期，馬虎不得。」

「您覺得還需要幾個人？」以後就是水稻的關鍵時期，能不能有個好收成，就看接下來的日子，確實馬虎不得。

黃源沈吟片刻說：「我和大川商量了一下，至少還需要五、六個人，有人負責……」黃源把各部分需要幾人，跟沈瑜分析了一下。

「行，人手由源叔和大川哥決定，有事我直接找您和大川哥，人招到了跟我說一聲，我記錄一下。」

看看一旁玩耍的孩子們，沈瑜又說：「源叔，跟幾位長工打聲招呼，以後有孩子來水井旁，儘量看著點或攔著點，小孩子沒輕沒重我怕會有危險，我會盡快想辦法解決這個問題。」

交代完後，沈瑜牽著鹿丸回了家。

沈星穿著短袖、短褲坐在屋簷下寫字，黑天天和灰灰菜吐著舌頭趴在一旁，沈瑜回來，牠們抬頭看一眼，又有氣無力地趴回去。

三伏天，光坐著都熱得渾身出汗，此時，沈瑜的衣衫都濕透了。回屋裡換了跟沈星一樣的短袖、短褲。

家裡沒有男人，她這邊也很少有人來，沈瑜才敢這麼肆無忌憚地穿。「娘和大姊呢？她們去哪兒了？」

「她們去麥地了，娘還說要挑水澆麥子。」沈星說。

「啥？挑水？」沈瑜嘆口氣，劉氏真是勞碌命，都跟她說了，不要在乎那五畝地的麥子，能收就收，不能收就不要了，錦水川這麼多地還不夠她忙的？

沈瑜無奈，又回屋換了衣服去麥地，就見沈草和劉氏一人挑一個扁擔，從還有點水的水溝裡往麥田挑水。

不少村民都擔著扁擔往地裡挑水澆苗，一個個臉上盡是無奈和憂傷。

沈瑜攔住劉氏，硬把兩人拉回家，劉氏還十分惋惜。

沈瑜看了一眼自家的麥田，再看看旁邊的，她家的麥苗明顯高出一截，葉子也綠一些。

這就是系統良種的作用。

蔚藍的天空沒有一片雲，烈日炙烤著大地，花草樹木的葉子都打著綹兒。只有錦水川的稻苗似乎沒有受到影響，在烈日下仍舊生機勃勃。

齊康站在錦水川的地頭，看著遠處「咿軋、咿軋」不停轉動的水車。如今錦江縣城街頭巷尾被議論最多的就是水車。

他見過架在河流上的水車，高大笨重，顯然不如眼前的小巧精緻，可以架在幾尺的井口上。

呵，還真是驚喜不斷！看著眼前健康茁壯的稻苗，不禁讓人有些期待。

再說沈瑜，本想找陳木匠做水井護欄，把水井圍住，不讓熊孩子們靠近，不承想陳木匠根本沒空。

自從沈瑜做了示範後，花得起錢的在自家田裡鑿口井，做一架水車；花不起錢的就幾家聯合鑿井。

要問錦江縣城現在誰最忙，那必定是鑿井師傅和陳木匠。陳木匠也因此賺得盆滿缽滿，羨煞旁人。

陳木匠紅著眼睛，一看就是好幾天沒睡好覺。

「對不住啊，水車要得急，晚一天地裡的稻苗就缺一天水，妳看能不能晚幾天？等我騰出時間免費給妳做，行不行？」

說完陳木匠不好意思地撓撓頭。水車的生意是沈瑜給他帶來的，如今人家想做柵欄，他卻沒時間，心裡有些不好意思。

「沒事，陳叔，您先忙水車吧，等有空再給我做。」事有輕重，錦水川那邊只好讓大川他們盯緊一點。

這一等就等了十多天，等柵欄弄好，已經是半個月後的事了，這還是陳木匠抽空給做出來的。

此時，錦水川的水稻全部抽穗，進入揚花期。

開花結實是水稻能否高產的關鍵期，對水量的要求極高。水量不能多更不能缺水。這階段不只是大川他們，就連沈瑜每日都要去幾次。

度過了至關重要的六、七天，沈瑜終於吁了一口氣。沒意外，她的百萬斤稻米穩了。

沈瑜戴著草帽從田裡回來，一屁股坐到屋簷下的搖椅上。兩隻小胖狗一左一右慵懶地趴著。這天即便在家裡坐著，也是滿身汗，難受得緊。

「姊，喝點水。」沈星端來一碗剛打上來的井水，涼爽甘甜，一碗水下肚，燥熱頓時減輕了不少。

「人都曬黑了，也瘦了。」劉氏看看沈瑜，又低頭做著針線活。

天氣炎熱，沈瑜不讓她們下田，劉氏就把家裡該做的做，該縫的縫。

想想自家的田，劉氏心情愉悅。

「這百十里地就數咱家稻苗好，比往年好年頭的還要好，妳不知道有多少人羨慕咱家呢，都誇妳會種田。」

沈草從書本紙堆裡抬起頭。

「當初育苗的時候，不知道有多少人在背後說風涼話，說咱家浪費銀子費一遍事，把稻苗栽得病懨懨。」

沈瑜搖搖蒲扇，有氣無力地說：「嘴長在他們身上，愛說就去說吧，咱自己心裡有數就行。」

不必與無知之人爭那口氣，等成功了，那些風涼話自然也就變成了笑話。

這一日，沈瑜依舊在錦水川行走，遠遠地聽見有人喊她。沈瑜四處看看，見官道一輛馬車上有人向她這邊招手。

沈瑜沿著田埂往官道上走，隔著小河一看還真是熟人。「老爺子，您怎麼來了？」

來人正是松鶴堂的老闆周仁輔。

「妳弄這麼大陣仗，縣城早就傳開了，我也早想來看看，妳這孩子還真有點本事啊。」

爬上陡坡來到車前，聽周仁輔這麼說，沈瑜也不謙虛。

「那是，沒有點本事敢買下錦水川？我要像那樣種田，褲子都得賠光。」說著沈瑜用下巴指向馬路對面。

錦水川的水稻到了揚花末期，果實已經結成，但是官道對面的稻子才剛剛抽穗，關鍵是稻穗又小又瘦，一看長勢就不好。

周仁輔點點頭。「差距確實不小。」

然後他指著遠處，挑著扁擔橫穿官道的人問：「我怎麼看著有人從妳田裡擔水澆那邊的地？」

如今錦水川是不缺水了，但小河幾乎見了底，只有巴掌大的細流還頑強流淌著，只是這點水連用盆往上舀水都費勁。

所以官道對面總有人半夜偷偷摸摸，跨越十幾丈的小河到沈瑜田裡偷水。沈瑜的稻田每隔一段就有一個小小的蓄水池，大川他們警告過兩次，但沒什麼用。

沈瑜讓他們睜一隻眼閉一隻眼，只要不影響錦水川用水的情況下，用就用吧。所以導致白天也有人來擔水，見到沈瑜也是不好意思地苦笑。

「唉，都不容易，我這水多，不礙事！」沈瑜也不希望看到他們的稻田絕收。

周仁輔看看沈瑜沒說話，站在岸邊看錦水川千畝良田。

「老爺子，我這十里稻花如何？」沈瑜突然問。

周仁輔笑笑。「妳是想讓老頭子我誇妳幾句？好不好妳心裡不是都有成算？」

「哈哈哈！」沈瑜爽朗地大笑起來。

「您這是去哪兒？不會是去我家吧？」坐上馬車，沈瑜才想起來。

周仁輔嗤笑。「不知道去哪兒，就敢上車？」

沈瑜不好意思地撓撓臉，一時得意忘形，周仁輔叫她上車她就跳上馬車，走了好一段才想起來問。

「是去妳家，看看妳的神仙草。」周仁輔也不逗她了。

「哦，忘了跟您說，上次您給我的那個種子出苗了。」

「妳說真的？」周仁輔聲音陡然拔高，語氣裡盡是不可置信。

得到沈瑜肯定的回答後，老爺子不說話了，他需要消化一下。

到了沈瑜家，周仁輔跳下車就往沈瑜家小院跑，他迫不及待地想看辛黃草。周仁輔的動作，把院子裡的劉氏和沈草弄得一愣。

周仁輔見到她們的表情也知道自己唐突了，於是點了點頭，忍著心中的焦急，放慢腳步等身後的沈瑜。

「娘，這是周大夫，星星和我的傷都是周大夫治好的。」沈瑜介紹。

周仁輔和劉氏、沈草打過招呼，朝沈瑜使眼色，沈瑜看得好笑，領著他走進園子。

幾棵樹靠近園子的門邊，一進去就可以見到，只是周圍長了兩尺高的青菜，讓人看不清裡面是什麼。

等走近，幾個樹樁以及長在樹樁周圍的神仙草映入眼簾。再往裡面，緊挨著枯樹樁的是一小塊整齊的土地。

上面除了他認識的辛黃草外，還有雜草？

老爺子快步走近，仔仔細細地看，過了一會兒，等他眼裡不再全是辛黃草時，不禁皺起眉來。

「妳這丫頭，怎地這麼懶，這麼多雜草也不拔一拔，糟蹋東西。」不等說完，就自己動手開始拔草。

「老爺子您這可冤枉我了，辛黃草也是長在野外的植物，既然長在野外，周圍必定少不了雜草，所以有點雜草也未必是壞事。」

這話似乎有些道理，周仁輔思考片刻，停下了拔草的手。左看右看就是稀罕不夠。「沈家丫頭，妳是怎麼種出來的？」

蹲在樹蔭下的沈瑜一攤手。「就是那麼種出來的。」

一次是巧合，兩次是巧合，巧合多了必定有不可告人的秘密，周仁輔也沒再問。

他圍著幾個樹樁轉圈，突然指著神仙草傘蓋邊緣一個個小口子。「這又是妳家小妹咬的？」

「不是，這是小雞仔啄的。」

見沈瑜滿不在乎的樣子，周仁輔氣不打一處來。「我該說妳什麼好呢，這一棵神仙草能買多少隻雞，妳居然還讓那畜牲啄，妳到底是聰明還是糊塗？」

沈瑜嘻嘻笑。「沒事，那不是還有那麼多好的嘛。您不知道我家那隻小雞有多賊，不過我覺得肉一定好吃，等再長大一些就把牠下鍋燉了，請您吃，大補！」

周仁輔懶得跟她再說，看看神仙草，再走過去看看辛黃草，喜愛之情溢於言表。

看老爺子戀戀不捨，沈瑜忍不住說：「要不用盆裝點土給您帶回縣城去？」

雖然有些不捨，也想每日見到，觀察它們的生長情況，但周仁輔知道，這個季節不適合植物移栽，最重要的是他覺得不一定能養活。

「算了，損失一棵心疼死我，還是妳養著吧，養得挺好。」

說完，周仁輔瞧見一物。「這個是？葡萄？」

柵欄上綴滿果實的葡萄藤讓周仁輔又是一陣驚訝，這丫頭還有什麼種不出來的？這東西京城的價格都不便宜。

「是，外面還有瓜呢，已經熟了，一會兒給您撈倆嘗嘗。」

「撈？」周仁輔不解。

「哦，放井裡涼著呢。」

好吧，見多了也就不覺得奇怪了。

走出園子，周仁輔才有心思觀察小院。破歸破了點，倒是收拾得乾淨，再看劉氏幾人穿的衣服也整潔。

在院子裡說了會兒話，吃了冰鎮香瓜。離開前周仁輔表示以後會常來，讓沈瑜好好照看神仙草和辛黃草。

儼然他才是這兩種稀世藥材的真正主人一般。沈瑜也不介意。「放心，肯定給您照顧得好好的。」

周仁輔不經意間往牆角的柵欄裡瞟，沈瑜會意，立刻保證。「雞長半大了鑽不出來，不會再去吃了。」

周仁輔這才放心地走了，也帶走了送給齊康的香瓜。

「這老爺子一看就不凡，跟咱們村的人不一樣。」等人走了，劉氏感嘆。

沈瑜心想，人家可是做過太醫的人，能一樣嘛？

送走了客人，三人正準備轉身回院，有人喊她們，就見劉家的媳婦遠遠地走來。

「大妹子妳怎麼來了？」劉氏問她。

劉家媳婦期期艾艾看劉氏又看沈瑜，欲言又止，最後硬著頭皮說：「妳家星星把我家大寶的褲子給扒了！」

劉氏、沈草、沈瑜無語。「……」

沈星扒了大寶的褲子？

一時間三人不知道該說什麼好。劉大寶好像八歲了，個頭還不小，沈星是怎麼做到的？但人家娘都找到家裡來了，肯定不是瞎說。沈瑜、劉氏跟著劉家媳婦一起去小河村。

村頭有一棵也不知道多少年的老樹，樹冠高大茂密，是大人們閒聊之地，也是孩子們避暑遮蔭的好去處。

劉家媳婦邊走邊說，原來是沈星領著一群小娃把大寶綁樹上，扒了人家褲子。「唉唷，妳家星星一手插腰，一手揮著小鞭子，我兒子就那麼光著屁股哇哇哭……」

沈瑜扶額，沈星是不是讓她給養歪了？

她怕沈星在外面被人欺負，所以不但教她練拳腳，還教她被欺負了怎麼應對。

村裡半大孩子不少，平時都在一起玩，小孩子總有吵嘴打架的時候，尤其是男孩總愛欺負女娃。

但是，自從沈星加入小女娃的隊伍，但凡有人欺負她們，沈星第一個跑出去把人趕跑。稍微大一點的男孩根本沒把沈星放在眼裡，但沈星是誰啊？沈瑜的妹子啊，沈瑜言傳身教，手把手教她往哪兒打又疼又不會打傷。

十幾歲的男娃也在她手裡吃過虧，久而久之，沈星獲得了一眾小屁孩的擁護，顯然成了孩子王。

沈瑜的方針是：沈星不能主動欺負別人，但如果有人打她，就要還回去，打不過就回家找姊。

再有就是，能和沈星一起玩的都是十歲以下的小屁孩，小打小鬧，也就沒在意，怎麼還把男娃娃的褲子給扒了？

樹下，劉大寶滿臉淚痕地抽泣著，見她娘回來了，一下撲到劉家媳婦懷裡。引來一些孩子的哄笑，劉大寶覺得更沒面子了，把腦袋埋在他娘懷裡不出來。

只是孩子們剛笑一聲就不敢笑了，以沈星為首的一堆小蘿蔔頭，見到沈瑜都有些戰戰兢兢。

沈星背著手低著頭，用腳尖不斷摩擦地面，偷瞄的眼神暴露了她心中的忐忑。

「星星，妳欺負人家了？」劉氏語氣有些嚴厲。

沈瑜也板著臉。「沈星，怎麼回事？」

叫她全名啦，她姊生氣了。沈星低著頭不說話。

這小倔脾氣。沈瑜蹲下來，雙手扶住沈星的肩膀，讓小孩兒與她平視，柔聲問：「怎麼回事？跟姊說。」

看她姊好像也沒有真生氣，沈星撇撇嘴。「大寶說他是帶把兒的，女娃都沒有，還說他們比女娃金貴，煩人，我就要看他多了個啥，醜不拉嘰的，哼！」

沈瑜無言。「……」

劉家媳婦聽後尷尬地笑，然後拍了一下懷裡的兒子。「你這孩子怎麼什麼都往外說！」

沈瑜讓她給大寶道歉，別給人家留下心理陰影。

沈星執拗著不肯，沈瑜拍拍她後背，這才不情不願地說：「對不起，下次不扒你褲子了。」

劉大寶抽抽噎噎地探出頭問：「那、那妳說給我吃妳家的稻田魚還算數不？」

「一碼歸一碼，算數！」沈星分外豪氣。

眾人愣住。「……」這是記吃不記打啊。

「我剛才也是著急就去妳家，妳們別介意啊。」劉家媳婦此時恨不得找個地洞鑽進去。自己兒子說渾話，她還找人家去，丟臉。

沈瑜笑笑。「沒事，小孩子打鬧不礙事。但是有些話最好別當著孩子面說，您說是不是？」

小孩子難辨是非，這種話都是大人先說，小孩子學舌。

「是，是，回去我一定好好說說他，對不住啊。」劉家媳婦領著大寶走了。

沈瑜也領著沈星回了家。「妳是怎麼做到的？劉大寶可比妳大一圈。」

沈星見她姊沒怪她，膽子也大了。

「我和小花、菜菜她們一起把劉大寶摁地上，再用繩子把他綁樹上。小花她們都捂著眼睛不敢看，就我看了，那麼醜的東西還好意思炫耀。」

「妳這孩子越說越不像話，是不是太慣著妳了，男孩的……那是能隨便看的？」劉氏氣得打了沈星一巴掌。

沈瑜覺得有必要教導一下，便挑著能說的說。

總結下來就是：男女有別，男孩妳不能碰，妳自己更不能讓別人碰，尤其是男子。

沈星聽得似懂非懂。

沈瑜又說：「看人家的身體是要負責的，如果大寶非要妳將來嫁給他，妳怎麼辦？」

沈星終於知道事情的嚴重性，瞪大眼睛。「就他？鼻涕鬼，才不要。」

「所以啊，以後可不能這樣了。」

「劉家人品算好的，這要是換個混不吝的，人家非要跟妳訂親，妳也沒有辦法。妳將來想嫁給一個又醜又蠢還不愛幹活的人嗎？」劉氏在一旁再加一把火。

沈星越聽越害怕，跟娘和她姊保證。「以後絕對不敢了。」

這話倒也不是完全嚇唬沈星，這朝代娃娃親很常見，沈家現在眼看著富起來，萬一真被人訛上，總是麻煩事。

沈星畢竟是女孩子，三觀一定要給她擺正，懂得保護自己最重要。

「妳答應別人給咱家的魚了？」沈瑜想起大寶哭唧唧還想吃她家稻田魚的事。

「啊，他們給我抓小魚，都放到田裡了，我跟他們說秋天給他們吃魚，二十條小魚換一條大魚。」沈星說。

沒看出來，沈星還是個會做生意的。

沈星去園子外摘瓜吃，沈草噗哧一聲笑出來。「就沒見過膽子這麼大的，妳說她才多大，怎麼敢扒人家褲子？」

沈瑜想想也忍不住笑。「也就是小什麼都不懂又好奇才幹這種蠢事，等知道男女有別，讓她去她都不幹。」

「要我說，就是妳們太寵著她了，家裡的活都不讓她幹，就知道去外面瘋玩。誰家六、七歲的孩子不幫家裡幹活，我說她，妳倆還不讓……」劉氏絮叨著。

沈草想得簡單，她和沈瑜從記事起就不停地幹活，到了沈星這裡，她們有能力護著，無論如何不能讓沈星再像她們一樣。

沈瑜更不用說了，帶著現代人思維，讓她去奴役一個小屁孩她可做不出來。小孩子就該想玩就玩，被人寵著、疼著。

前一天鬧出那麼大動靜，第二天又玩在一起，所以說小孩子的世界是單純的。

這一日，沈家小院迎來兩位意想不到的客人。

「你怎麼來了？」

「我怎麼就不能來？縣令大人體察民情，微服私訪。」齊康左手用手帕不停地擦額頭上的汗，右手扇子都快搧出殘影了。

沈瑜看得好笑。「你這扇子終於用到正地兒了，這才是扇子的正確使用方式。」

知道沈瑜笑他，齊康也不惱。搧了一會兒，吃著剛從井裡拿出來的香瓜，稱讚道：「好吃，從未吃過這麼甜的瓜。」

沈瑜心想當然，系統出品，必定不凡。

「番邦每年都會進貢，但也要再等一個月左右，妳這瓜怎地熟得這麼早？」

「我也不知道，可能是外來品種水土不服，也可能是天旱提早熟。」沈瑜瞎編，不過高溫確實會加速瓜果的成熟速度。

「這瓜是稀罕物，妳不打算賣？」

一句話提醒了只想著自己吃的人，沈瑜一拍腦門。「對喔，可以賣啊，銀子啊。」反正她家也吃不完。

沈瑜躍躍欲試，恨不得馬上摘了香瓜去換錢。

「把能吃的摘了，我帶走，銀子我給妳。」

「你要吃啊？那不要錢。」齊康要吃，多少也不能要錢。

齊康擺擺手。「我有用。」

沈瑜心想可能是送禮吧，畢竟是稀罕物。

沈草和劉氏加上齊天，三人在園子外摘香瓜。

「聽說妳種出了辛黃草？周伯父很高興。」那天回去，周仁輔特意去他縣衙坐了一會兒，老頭樂得合不攏嘴。

周仁輔說沈瑜是個寶，一個勁兒攛掇他把人娶回家。

「嗯，我覺得應該是我這地兒風水好，種啥啥好。」沈瑜又胡謅。

「哼，十幾年的種子都能種出來，堪稱風水寶地，我縣衙也搬來妳這兒算了。」齊康嘴角噙著一絲冷笑。

沈瑜一噎。「……」多說多錯，她還是閉嘴好了。

「水車的事我報給了上頭，今年不只錦江縣乾旱，如果用上水車，也許很多人都不至於絕收。」

這個話題分外沈重，農民要是顆粒無收，那等待他們的將是什麼？

「衙門會選擇地點鑿井，給那些出不起銀子的人家提供幫助，這都託了妳的福。」

沈瑜轉頭看齊康，眉眼間有淡淡的憂愁，少了初見時的倜儻與桀驁，他在為錦江的百姓勞心勞力吧。

在權大於民的朝代，像齊康這樣的人應該也不會太多。

「聽說水車是妳設計的？妳是怎麼想到的？」

齊康的眼神灼灼，沈瑜都不忍心編瞎話了。

見她不答，齊康又道：「行，我不問，總之是妳設計的就對了，上面也許會有獎賞。」

「有銀子拿嗎？」沈瑜眼睛放光。

「很缺銀子？」齊康看得好笑，小魚兒似乎不在乎金錢，但又好像很貪財。

「也還行。」儘管沈瑜這麼說，但齊康算得出來，她手上沒什麼銀子了。

齊天他們足足摘了兩大筐香瓜，筐是齊康他們自己帶過來的。

沈瑜開玩笑。「都摘光了，我怎麼覺得你是為了這些瓜來的呢？」

齊康笑盈盈。「不然呢？」

沈瑜無語。「……」

齊康留下二百兩銀子，那兩筐瓜再怎麼金貴也不值二百兩，齊康這是扶貧呢。沈瑜樂得如此，反正欠他的，以後一起還吧。

這段時間，大川他們白天、夜裡兩班輪流，都很疲憊。沈瑜便讓大家休息幾天，晚上不用守著。

哪承想，一時鬆懈就出了事。

這天夜裡，灰灰菜和黑天天突然狂叫，叫喚得這麼凶應該是發現了什麼，或者有東西靠近。

沈瑜穿好衣服走到院子，遠遠就見錦水川方向有人舉著火把走過來，沈瑜摸摸灰灰菜和黑天天，讓牠們安靜下來。

「這是怎麼回事？」劉氏和沈草穿好衣服也走出房間。

沈瑜搖頭。「不知道，可能是去村子吧。」

人越走越近，黑暗中一束火光分外惹人注目。有六個人，走在後面的似乎十分不耐地推搡著前面的兩人。

本以為那些人是去小河村，卻在通往她家小院的岔道拐了個彎。

這是來她家？

「是來咱家的？」沈草有些害怕。

「妳們留在這兒，我過去看看。」沈瑜走到外側柵欄前，透過高度到她下巴的木樁往外看。

自從她家買了牛，就在原本的樹枝柵欄外又加了一層木柵欄，為了安全，沈瑜特意請人上山砍了一些手臂粗的樹木，幾隻小牛和鹿丸就拴在兩道柵欄中間。

沈瑜沒有打開大門，站在院裡靜靜等著六個人的靠近。

其他陌生人不認識，但前面被推搡的一男一女，似乎有些面熟。

等幾人走近，見沈瑜站在院裡，均是一怔，隨後聽見兩聲低低的狗叫聲，心中了然。

「沈姑娘，妳別害怕，我們是東莊的，一直用妳家的水來著。」說話的是一名中年男子。

另一名年紀稍大的中年人站出來說：「沈姑娘，這兩人禍害了妳家稻田，讓我們給抓住了，給妳送過來，妳看怎麼處置吧。」

「禍害稻田？誰？」不等沈瑜反應，劉氏瞬間氣炸了，拉開沈瑜率先打開大門。

劉氏走到那兩人面前，湊近了仔細瞧。那兩人用手擋著臉，瑟縮著肩膀，躲著劉氏。

「是你們？」劉氏不可置信。

東莊的幾人對視一眼。「我們去妳家田裡擔水，見這兩人鬼鬼祟祟，走近了才發現，妳家稻苗被割了幾塊，我們幾個就追著把他倆逮住。你們認識？」

沈瑜也想起來了，這兩人是她三嬸張氏的爹和娘。跟她結過梁子，他兒子因為她在邊疆待著呢。

「兩個不要臉的老東西，良心讓狗吃了禍害人，怪不得生的兒女沒一個好東西，小心死了沒人埋……」劉氏邊說邊上手打，張老太和張老頭被打得直往後躲。

沈瑜還是第一次見她娘發飆。沈草把她娘拉到一邊，給她娘順氣。

「多謝幾位大哥幫忙，大半夜的讓你們跑一趟，我沈瑜感激不盡。」

「謝啥，要不是去妳田裡擔水也發現不了，是妳沈姑娘心善，好人有好報。」

「這兩人，沈姑娘打算怎麼辦？」

「他們毀了我多少田？」

中年人想了想，說：「好像有四塊，天太黑沒往別處看。」說完不好意思地撓撓頭。

「也是我們去得晚了些，如果早一點，這兩人也不會得手。」

只有善良淳樸的人才會這麼想。

「不能怪你們，幾位大哥，好人做到底，麻煩幾位同我一起去縣衙作個證。」

「不能報官。」張老太嗷一嗓子就要撲過來，被後面的幾人拉住。「沈瑜妳害了我兒子，這是妳應得的，妳不能報官，妳不能沒良心——」

東莊的幾人面面相覷。

沈瑜冷笑。「妳兒子喪盡天良，壞事做盡，半夜要殺我們全家，被判流放妳說是我害的？老太太，人在做，天在看，妳就不怕遭報應嗎？不對，妳已經遭報應了。」

幾句話讓幾個陌生男人心驚，看沈瑜的眼神也不一樣了。

沈瑜讓沈草回屋拿繩子，把兩個老傢伙綁好拴在鹿丸腳下。

兩人嘴裡不停地咒罵，沈瑜又拿來抹布，把兩人的嘴堵上。「嘴巴太髒！」

做完這一切，沈瑜拍拍手。

「幾位大哥進院裡歇一會兒，等天亮請幾位隨我去縣衙一起作個證。你們放心，這兩人在縣衙有案底，不會連累幾位，事後我必會重謝。」

幾人面面相覷，沒有馬上回答，沈瑜能理解他們不想與官府打交道的心思。一怕貪官污吏，二怕惹禍上身。

沈默片刻，年紀稍大的那人說：「不用謝，妳讓我們免費挑水就是救了我們的命，作證是應該的。」說完率先向院裡走。

沈瑜想了想，決定還是把大川和黃源叫上。東莊的幾人畢竟不熟悉，順便把村長家的牛車也借來。

沈瑜讓劉氏和沈草做飯，等大家吃飽，天也差不多亮了，那時再去縣城。

——未完，待續，請看文創風1108《田邊的悍姑娘》下

2022年10月出版

# 見鬼了才當後娘

文創風 1104~1106

本來，她當一窩孩子的面吃香喝辣也不害羞，
可自打他們把她當親娘孝順、聽話，
她頓時慈母上身，不禁反省起來……

愛不在蜜語甜言，
在嘻笑怒罵下的承擔／霓小裳

何月娘穿越成乞丐後，最大的願望就是吃飽喝足恢復力氣。
因此，當陳大年這個剩一口氣的老男人，承諾給她溫飽，
並讓她照應他的六個孩子，不使陳家分崩離析時，她一口就應下了。
可憐她一個黃花大閨女，平白就有了六娃、兩兒媳、四個孫，
那陳大娃、陳二娃，都比她這個後娘年歲大了！
所幸陳大年逝去前強硬地將一家人擰成一條繩，接下來便是她的事了。
眼前一張張嗷嗷待哺的嘴，而這個家剩下的除了這棟房，
就餘下三兩二錢銀子，連給陳大年弄一副棺材的錢都不夠……
此外還有想欺負婦孺的親戚虎視眈眈，好在她填飽了肚子，
總算有力氣驅趕麻煩，並發揮她一手打獵的好功夫養家。
儘管她打獵、採藥掙得的錢，可比陳家給她那幾頓飯多得多，
但她既是答應負責任，那便會說到做到，可眼前這鬼是怎樣？
「我不放心孩子們，走了管道，讓一縷魂魄留在陽間一段日子……」
說來說去就是不信她，那怎麼不乾脆走走關係，從棺材裡爬出來呢？

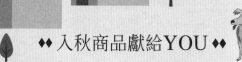

不繫舟 著

人生若只如初見，
何事秋風悲畫扇

冒然從空間裡拿出許多這世間沒有的種子太惹眼了，先種玉米就好，
待玉米豐收後，無辣不歡的她又種起了辣椒，
之後還有關乎百姓穿得暖的棉花、讓貴族們求之不可得的茶葉要種，
想想她一個農村姑娘卻擁有種啥皆可長得無比厲害的異能，
這不就是老天賞飯吃，要讓她妥妥地邁向致富之路嗎？

10/25、11/1 上市

文創風 1111-1114 《一妻當關》 全套四冊

要不要這麼驚險刺激啊？沈驚春才穿來，就面臨再度領便當的逃命大戲！
原來原身是宣平侯府的假千金，當年被抱錯了，與正牌大小姐交換了身分，
如今真千金回府認親了，她這個本來就不得侯夫人疼愛的狸貓只得滾蛋，
不料那個送她返回沈家的侯府護衛，在途中竟想對她來個先姦後殺！
幸好她是從充滿喪屍的末世來的，當初一路廝殺，練就了一身本領，
她連吃人的喪屍都不怕了，而今又怎會怕他區區一個人類？
輕鬆解決掉黑心護衛後，她帶著忠心小丫鬟順利返家認親。
某日上山時，她在一座孤墳前撿了個發燒昏迷的漂亮男子回家，
經沈母一說，這才知道男子叫陳淮，是個身世坎坷的讀書人，
生父進京趕考後另攀高枝，由母親獨力撫養長大，前幾年病逝後獨留他一人。
留他在家養病的日子，他可能感受到了家庭的溫暖，竟自願嫁她當上門女婿！
但婚後她意外發現他身上明明有錢啊，那幹麼把自己過得這麼窮苦潦倒？
一個才學過人、美貌沒話說、身上又有錢的男子，為何甘願當贅婿？
莫非……他對她一見鍾情？嗯，這倒也不是不可能，
畢竟她這人雖貌美如花又武力值極高，偏偏腦子還挺好使的，誰能不愛呢？

莫顏 著

有一種愛情叫莫顏，
有笑也有甜

七妹剛從村裡逃出來，初出江湖，自是不知險惡，
遇到有人求助，她定是二話不說，伸出援手，
但世上的人，不是每一個都像她那般單純。
於是她懂了，凡事不可輕信，在這險峻江湖，她要靠自己！

11/8 上市

文創風 1115-1116 《姑娘深藏不露》 全套二冊

安芷萱一開始並不叫這個名字，而是叫七妹。
七妹出生在溪田村，爹娘死後被二伯收養，
誰知無良二伯和村長勾結，一心只想把她賣了賺錢。
她才不願讓他們得逞呢，天下之大，何處不能容身？
她乘機逃脫，路上偶然得到法寶幫忙，
原以為靠著法寶，她可以美滋滋過著自己的小日子，衣食無憂，
誰料得到，竟是將她拉進一連串驚心動魄的旅程……
易飛身為靖王身邊的得力護衛，什麼江湖高手沒見過？
誰知一個看似無害的姑娘，竟讓他有如臨大敵的感覺。
易飛覺得安芷萱很可疑。「她一路跟蹤我們，神出鬼沒。」
好夥伴喬桑狐疑道：「可是她沒有內力，也沒有武功。」
安芷萱趕緊附議。「我是無辜的。」
易飛認定這姑娘有問題。「她掉下萬丈深淵，竟然沒死。」
軍師柴子通，捋了捋下巴的鬍子。「丫頭，妳怎麼說？」
安芷萱回答得理直氣壯。「我吉人自有天相，大難不死！」
一旁的護衛們交頭接耳，還有人說她是東瀛來的忍者……
安芷萱抗議。「怎麼不說我是仙子？」
靖王含笑道：「小仙子是本王的救命恩人，不可無禮。」
安芷萱眉開眼笑。「殿下英明。」
易飛冷笑，一雙清冷眉目瞪著她。妳就裝吧，我就不信查不出妳的秘密！
安芷萱也笑，回瞪他。你就查吧，看我怎麼玩你！

Family Day 2022 秋日紛紛

# 送粉絲好禮

是的！驀然回首，幸運就在轉個身ヽ(✿ﾟ▽ﾟ)ノ

**抽獎辦法** 活動期間內，只要在官網購書並成功付款，系統會發e-mail給您，並附上抽獎專用之流水編號，買一本就送一組，買十本就能抽十次，不須拆單，買越多中獎機率越大。

**得獎公佈** 11/30(三)於狗屋官網公佈得獎名單

**獎項**

10名 紅利金 200元

3名 文創風 1117-1119《金蛋福妻》全三冊

## Family Day 購書注意事項：

(1)請於訂購後**三日內**完成付款，最後訂購於**2022/11/13**前完成付款才算有效訂單喔！

(2)購書滿千元(含)以上免郵資。未滿千元部分：
郵資65元(2本以下郵資50元)／超商取貨70元(限7本以內)／宅配100元。

(3)特賣書籍因出書時間較久，雖經擦拭、整理，仍有褪色或整飾痕跡，故難免不如新書亮麗。除缺頁、倒裝外無法換書，因實在無書可換，但一定會優先提供書況較良好的書給大家。若有個人原因需要換書，需自付來回郵資。

(4)各書籍庫存不一，若遇缺書情形可選擇換書或退款。

(5)歡迎海外讀者參與(郵資另計)，請上網訂購或是mail至love小姐信箱(love@doghouse.com.tw)詢問相關訊息。

**狗屋有權修改優惠活動的實施權益及辦法。**

流浪貓狗介紹所

# 為流浪貓狗加油 和貓寶貝 狗寶貝

## 廝守終生(一定要終生喔！)的幸福機會

對人來說，貓寶貝狗寶貝只是生活的一部分，
但妳（你）對牠們來說，卻是生活的全部，領養前請一定要考慮清楚——

### ▲冠上名為「勇氣」的王冠　辛巴

性　　別：男生
品　　種：米克斯
年　　紀：2個月
個　　性：活潑親人、不怕犬貓、喜歡抱抱
健康狀況：近期規劃打預防針；有癲癇，已藥物控制穩定治療中
目前住所：台中市

本期資料來源：等一個幸福-喵喵中途之家
https://www.facebook.com/profile.php?id=100064110635130

## 第336期推薦寵物情人

### 『辛巴』的故事：

今年七月初，在二手市集網上有好心人士撿到一隻約兩週大、被貓媽媽遺棄的奶貓，失溫且營養不良的辛巴已毫無生氣，處在一個隨時會被死神接走的狀態，但求生意志強大的辛巴在我們接手照顧後日益強壯了起來，成為一名勇敢的生命鬥士。

興許被人工奶大的關係，很輕易跟人類打成一片，喜歡在我們做飯時像無尾熊抱著尤加利樹一樣抱著你的腳；睡覺時不願睡自己的窩，喜歡窩在你的脖頸旁入睡；抑或是在你洗完澡，從浴室出來時總是能看到一團小毛球在踏腳墊上迎接，然後撒嬌討抱，蹭得你不得不再洗一次澡。

看似快樂的辛巴，其實也有自己的生命課題要面對：癲癇。我們猜測應是在資源有限的野外，因為小辛巴患有癲癇，迫於無奈下才被貓媽媽遺棄。中途接手後約一個月多，小辛巴第一次發作。發作時會不自主地抽搐、亂衝、嚎叫，發作後辛巴總是會虛弱地舔舔我們，似乎告訴我們別擔心，牠會好起來的。所幸在藥物的控制下，現在幾乎不再發作（過去一個月僅一次），目前正在慢慢減低藥量中，未來有機會不用再服藥。

縱使發生了種種不如意，辛巴還是很勇敢面對生命，嚥下每一包醫生開給牠的藥，在貓砂盆裡處理好自己的大小便，珍惜每次遇到其他貓貓的機會交朋友，認真踏實過好每一天。正如我們為牠取名「辛巴」，而牠正在賦予這個名字新的意義——在自己的生命中做一隻雄偉的獅子王。辛巴的好朋友呂小姐，歡迎大家至FB發送訊息或是Line ID：0988400607，讓我們一同幫助牠迎接嶄新的未來。

**認養資格：**

1. 認養人須年滿25歲，有穩定的經濟能力，若非獨居，請徵求同居人（包含家人、伴侶等）同意。
2. 不關籠、不遛貓、不放養，必須同意施做門窗防護。
3. 須同意簽認養寵物切結書。
4. 須同意送養人日後以照片方式定期追蹤探訪，對待辛巴不離不棄。

**來信請說明：**

a. 個人基本資料：姓名、性別、年齡、家庭狀況、職業與經濟來源等。
b. 想認養辛巴的理由。
c. 過去養寵物的經驗，及簡介一下您的飼養環境。
d. 若未來有結婚、懷孕、出國或搬家等計劃，將如何安置辛巴？

love.doghouse.com.tw 狗屋誠心企劃

風 文創

1107

# 田邊的悍姑娘 上

國家圖書館出版品預行編目資料

田邊的悍姑娘 / 碧上溪著. --
初版. -- 臺北市 : 狗屋出版社有限公司, 2022.10
冊 ; 公分. --（文創風 ; 1107-1108）
ISBN 978-986-509-366-2（上冊 : 平裝）. --

857.7　　　111014671

| | |
|---|---|
| 著作者 | 碧上溪 |
| 編輯 | 王冠之 |
| 校對 | 黃薇霓 |
| 發行所 | 狗屋出版社有限公司 |
| 地址 | 台北市104中山區龍江路71巷15號1樓 |
| 電話 | 02-2776-5889～0 |
| 發行字號 | 局版台業字845號 |
| 法律顧問 | 蕭雄淋律師 |
| 總經銷 | 知遠文化事業有限公司 |
| 電話 | 02-2664-8800 |
| 初版 | 2022年10月 |
| 國際書碼 | ISBN-13　978-986-509-366-2 |

本著作物由北京晉江原創網絡科技有限公司授權出版

定價260元

狗屋劃撥帳號：19001626

網址：love.doghouse.com.tw　E-mail：love@doghouse.com.tw